谨以此故事

献给将美好青春失落在

山谷、田野、荒漠中的知识青年们

梦断繁花似锦时

赵品华 著

美国华忆出版社
Remembering Publishing, LLC. USA

Copyright © 2021 by Remembering Publishing, LLC. USA
RememPub@gmail.com

Meng Duan Fan Hua Si Jin Shi
Zhao Pinhua

ISBN： 978-1-68560-008-2（Print）
978-1-68560-009-9（Ebook）

梦断繁花似锦时

赵品华 著

出 版 人：乔晞华
责任编辑：张征征

出 版： 美国华忆出版社
版 次： 2021 年 11 月第一版，第一次印刷
字 数： 181 千字

美国国会图书馆编目号码 LCCN：2021 922934

作者介绍

  赵品华，女，湖南邵阳市人。出生于1950年11月，1968年下乡，在乡村学校任耕读教师，1975年因病返城。76年招工后从事过营业员和企业会计等职业，84通过自考，获取商学院大专文凭，91年取得全国会计师证书。92年企业倒闭下岗，曾在深圳赛格商业机器公司和长沙华阳消防公司任财务总监，2005年定居深圳。

  作者从小爱好文学，2008年开始文学创作，在国画和书法上也取得不菲的成绩，其作品多次参展并获奖。

引　子

　　雾霭消失时，太阳已升到中天。白云在蓝天上悠悠飘动，远处，大南山的峰顶沐浴在金色的阳光里。山风呼啸着穿过森林，山涛发出震天动地的怒吼。山间的道路从森林深处蜿蜒而下，山林繁花盛开。蜻蜓在清风里飞舞，鸟儿在浓荫里吟唱，山鹰展翅盘旋，令人神思。

　　清澈见底的巫水河从大南山奔流出来，向着东北方向，流向古老的宝庆城。空濛濛的山色之中，荡漾着莽莽林海古老而朴实的意境。当你伫立在陡峭险峻的悬崖边，蹰躅在温馨迷人的月光里；当大风扬起，森林发出排山倒海的吼叫。你的心里会涌起一股激情，好像在欣赏一幅气势磅礴的画，好像在听一支豪放而浪漫的歌。你会感谢上帝，在这原始的山林中留下了一方净土。

　　美丽而宁静的土岩寨，坐落在高高的南山上。从山下到寨子，只有一条弯弯曲曲，坑坑洼洼，狭窄而荒僻的山路。几十户半耕半猎的农户，在这条路上走了一代又一代，走过了无数强壮的男人和热情的女人。他们踩着这条路只是为了去山里寻找野菜和野味，去山坡春播秋收。他们世世代代过着几乎与世隔绝的简单的生活，无忧无虑，没有向往，也少有欲望。他们难得离开自己的寨子，更没有去过宝庆城。

　　可是，有一天，从宝庆城来了上山下乡的城里人，她们的到来彻底打破了土岩寨的宁静，让这个寨子万劫不复。

第 一 部

1

1984 年 5 月，我在公安部刑侦科任科长。突然接到上级交给我的任务，去广西与湖南交界的一个叫元宝山的地方调查一桩重大的命案。

有人在元宝山的一个废弃的矿洞里发现二十五具枯焦的尸骸。

发现这二十五具尸骸的是一个养奶牛的人，叫秦玉民。

自从南山农场开始养奶牛，大南山的农民就开拓了视野。农民们不但知道中国有个湖南省，湖南省有个城步县，城步县有个天然高山牧场叫南山奶牛场，还知道有个叫加拿大的国家帮助南山牧场建起世界一流的奶粉厂。

改革开放后，头脑灵活的农民也养起三、五头奶牛，将挤出牛奶卖给奶粉厂，奶农的日子渐渐富裕起来，秦玉民就是大南山的一个奶农。

五月，大南山漫山遍野草木葱茏鲜花盛开，奶牛就是躺在地上也能吃到鲜嫩的三叶草。秦玉民坐在大石板上，见奶牛慢悠悠地走着嚼着，眼睛慢慢合上就睡着了。等他一觉醒来，三头壮硕的奶牛不见了。

秦玉民顿时惊出一身冷汗，这三头奶牛是他的全部家当，就是掉了性命也要把奶牛找到。他在方圆几百里的大南山找了整整一个月，

1

一直寻到与广西交界的元宝山。那一天，他举着火把壮着胆子走进了村民们传说得有鼻子有眼的魔鬼洞，在那里被绊了一跤，定睛一看，真的吓得魂飞魄散。

只见洞里满地尸骨，有几具尸体还叠在一起，让他吓破胆的是，这些尸骨不像他平日见到的那种白森森的颜色，而是黑的，像地狱里的鬼一般蜷缩成一团。

秦玉民赶紧退了出来，即刻报告当地派出所。

因破不了案，便一级一级上报到了公安部，部里将此案交给我侦查。

在此之前我已侦破了几起历史遗留的疑难案件。

我来到元宝山，对发现骸骨的矿山展开调查。矿山是个已经被废弃的铀矿，据当地人反映，自从当兵的死在洞里，经常有鬼嚎叫，没有人敢从这个山谷经过。

我登上山顶向四处瞭望，这里山高谷深，莽莽森林中枭鸟号叫野兽出没，没有人迹，也找不到进山的路。有一条较为齐整的灌木带从国道边一直延伸到矿洞，估计曾经是通往矿山的土马路。

死者为什么会进入这个地方？他们去洞里干什么？

我和助手一起走进矿洞，看见二十五具骸骨蜷缩在地上，每具骸骨的腰间都摆着几个黑色的椭圆形的物体，像是烧焦的红薯。骸骨上布满灰尘，却完整无缺。骸骨的旁边放着铁镐，有的骸骨躺在铁镐上，数一数共有二十五把铁镐。一辆矿车停在轨道上，矿车和轨道全都锈迹斑斑，用手轻轻一碰，成块的锈掉了下来。

死者的前面似乎有一堵用矿石砌成的墙，因为它仅仅被挖开一部分，其余石块是倒塌后滚落下来的形状。毫无疑问，死者的最后一刻是在挖掘堵塞着矿洞的坚硬的石墙。

从矿洞的深处飘来一股淡淡的臭味，我已经闻出是硫化氢的气味。有毒气的矿洞是不能久留的，我要助手快速卸下死者的下颌骨并依次编号。经过仔细搜索，我从地上捡起三支三节电筒，除了灰尘，再也没有其他物件。我在死者骸骨和矿车上分别提取了粉尘，取走一个像烧焦的红薯的物证，收集了洞内与洞口处的气体。

矿洞的外面有一条运载矿车的铁轨，铁轨的右边有十来间破烂不堪的木屋。我踩着已经腐烂的地板往里走，成群的老鼠惊惶逃窜。这屋子曾经有人住过，处处留下人类生活过的痕迹。

从这些木屋的规模来看，至少能住下百来人，不过，洞内只有二十五个死人。木屋内一片狼藉，多次被野兽光顾过，几乎找不到可以作为物证的东西。我拍下数十张照片后，离开了木屋。

回到公安厅后，对提取回来的物证进行了微量元素的检验与分析，对二十五个死者的下颌骨进行了同位素鉴定。

经鉴定，死者均为男性，年龄跨度很大，分别在20—70岁之间，死亡时间大约5—6年，骸骨被烧焦过，部分已经炭化，骨头里含有硫化氢等有毒成分。

死者骸骨上提取的粉尘中含有较多的棉花灰烬，估计死者当时身着棉袄。矿车上的粉尘中含有微量的铀和铜的成分，应该装载过铀矿石。死者腰间的球状物系烧焦的红薯，中心约有直径1厘米的薯心未碳化。

矿洞内提取的气体中含有10%的硫化氢，长期吸入可致人死亡。矿洞口提取的气体中，含硫化氢1%，对人体有轻微伤害。流动到洞外的气体，经扩散硫化物不到0.1%，不会对人体造成伤害。

在死者骸骨旁边，有三支三节电池的生锈的手电筒，手电筒均是狮牌，由长沙市五金厂制造。电池均是长沙市光明电池厂生产的光明牌电池，电池已腐蚀。经核实，狮牌手电筒为长沙五金厂78年1月以后生产的新产品（该厂以前只生产两节电池的手电筒）。电池已经无法鉴定生产年限。

洞内有燃烧后留下的一厘米厚的尘埃，现场保存良好，不曾有破坏过的痕迹，也没有发现任何能证明死者身份的证据。

结论：1、死者系吸入有毒气体，中毒死亡。2、死者系有毒气体燃烧，窒息死亡。3、以现场遗留的手电筒分析，死亡时间为78年1月以后，与同位素检测相符。

因案发时间已久，证据不足，尚无目击者，未查出死者身份。

我当然知道，破案的关键是查出死者的身份。要查出死者的身份，最最关键的是找到尸源。

五年前，谁失踪了？有没有报案？在县公安局有没有案底？如果都没有，就只能在现场证据里寻找答案。

在县公安局没找到相关案卷后，我又一次来到现场。

现场提供了一个证据：那些已经碳化的红薯。

我是在小县城里长大的，我的家乡离这里不是很远，乡俗与这里有很多相同之处。譬如：乡下人在出远门时，用汗巾包着几个煮熟的红薯，扎在腰间当中饭。红薯不容易变硬，而且携带起来非常方便。那时，在城里吃饭买副食都要粮票，乡下人没有粮票。他们进城或去远方，都会带上几个煮熟的红薯。

死者腰际边留下的红薯说明死者是农民，家离这里不远，他们用汗巾把红薯扎在腰间走进来，还没来得及吃掉就死了。

死者应该住在附近的村子里。

元宝山的行政区域属于湖南，却离广西的平乡最近。我驱车来到平乡的乡政府，据乡政府的干部们反映，自从元宝山发现了铀矿石，就成了军事管辖区，原来住在那儿的猎户都被迁出去了。后来矿洞内突然泄漏剧毒气体，死了不少正在挖矿石的大兵，已经开采出铀矿石的矿洞就这么废弃了。这件事在平乡是公开的秘密，从没听说有人敢走过矿山，更没人敢走进夺命的矿洞，死者肯定不是平乡的人。

我问他们：除了平乡，还有哪里人离这儿近，也就是半天能走一个回程的？

他们说：湖南的土桥乡离这儿最近，只要翻过北边的那座山就是，要是从国道走就远了，有几十里路，一天走不了一个回程。

我再三叮嘱乡干部尽早封闭那个矿洞，然后驱车去土桥，一路上翻山越岭，到乡政府时，天已经黑了。

那一晚，我就住在乡政府。在和干部们聊天时，得到一条让人无比兴奋的消息：大约在五年前，土岩寨的男人们外出打工至今未归。

我决定去土岩寨做调查，干部们告诉我，去土岩寨只有一条崎岖的山路。

第二天，早上6点出发，一直踩在嶙峋的小径往山上走，下午一点才走进寨子里。

寨子里面荒凉而寂静，好多吊脚楼已经破烂不堪，似乎无人居住。大部分的村民神情落寞，反应迟钝，生存的艰难写在他们的脸上。

我在寨子里住了三天，虽然知情人只有二、三老人，但是对二十五个男人的失踪情况三缄其口，讳莫如深。

我只好装成没事的样子，整天和他们抽抽烟，聊聊他们记忆深刻的往事。第四天，当我再次和他们聊天时，有一个老头说：要说大事，莫过五年前寨子里二十五个男人突然失踪了，他对这件事记忆犹新。他这一说，其他老头也打开了话匣子，都说这件事谁又忘得了呢？大家七嘴八舌一致认为他们的亲人已经死在某一个地方了。有人认为是矿老板害死的，至于矿老板为什么要害死寨子里的男人，是因为那个矿主老板是女知青的鬼魂变的，他是特意来报仇的。在如此偏僻荒凉的乡村，鬼魂似乎无处不在。有人说，也未必是这样，因为谁也没见过矿主老板，不知道到底有没有这个人。

我问：女知青的鬼魂是怎么回事？

他们说，女知青是这些男人害死的。这件事从县里到公社再到大队的干部们，再三警告寨子里的人不准说出去，谁要是说漏了嘴，谁就去坐牢。

我又问：人不见了，就没有人去找过，去报过案？

他们说找也找过，案也报了，公安局还派人来过，就是二十五个大活人生不见人，死不见尸。

我去了女知青居住过的木屋，在那里，他判断出她们的生活非常悲苦。

我不再到县公安局查阅案卷，而是直接找到曾经在县知青办工作过的知情人员，通过他们找到当年办案的小公安田和平。

2

　　田和平什么都没说，直接从他的抽屉里拿出厚厚的案卷放在我的面前，我翻开第一页，上面写着《土岩寨人口失踪案》。所有的纪录都在面里。

　　田和平说，79 年 4 月，城步县公安局接到土岩寨村民的报案，报案人称：寨子里二十五个男人突然失踪了。局长派我（田和平）对此案件展开了调查。

　　以下是田和平关于《土岩寨村民失踪案》的记录：

　　报案时间：1979 年 4 月 14 日

　　地点：刑侦办公室

　　办案人：田和平

　　报案人：张米贵

　　问：哪个村的？

　　答：土桥乡土岩村的。

　　问：年龄？

　　答：三十五岁。

　　问：为么子事来公安局？

　　答：我家男人活不见人，死不见尸。

　　问：他有姓名吗？

　　答：我家男人叫蒋秋生。

　　问：咯事么子时候发生的？

　　答：今年正月十一日，我男人去赶圩，回家后交给我三十五块钱，说十五块是卖麂子的钱，二十块是一个矿主老板给的。我问他，矿主老板为么子事给你钱，他说，老板要他喊几个人去挖矿。接着他就去寨子里喊人了，老板说，要他找二十五个男人，女人不要，二十一岁以下的男人也不要。每天工钱十块，明天清早就要去，老板在马路边等他们。第二天，也就是正月十二日，天还没亮，寨子里二十五个男人用汗巾兜上几个烤红薯就跟着我家男人去挖矿，这一去就再也没有回来过。后来。寨子里的女人都问我要人，我被她们骂过打过咬过，我是没有法子了，才来报告政府的。

田和平看了一眼日历，案件发生距今已经一个多月了。问：为什么现在才报案？

张米贵用衣襟抹了一把眼泪，说：还不是天天在等我家男人回来。

田和平问：你丈夫说过为什么不要二十一岁以下的男人吗？

答：我男人说，不是他不要，是矿主老板不要，犯冲。

问：你男人说过老板的模样吗？譬如，是男是女，有多大年纪，穿什么衣服？

答：他说那老板是个老头，外乡人，人白净，穿着崭新的干部穿的衣服，还说他有个儿子在部队里当团长。

问：你男人还说过什么？

答：他讲就要发大财了。

问：发什么财？

答：我倒是问了，他不肯讲，那天他欢喜得很，夜里还喝了酒，喝醉了。

问：是不是从那天出去后，所有的人，就再也没有音讯？

答：是的。

田和平用笔敲了敲记录本，想了想，说：你先出去吧，有事再来问你。

接着他询问第二个报案人，问：你叫什么名字？

答：蒋大林。

问：年龄？

答：十六岁。

问：与失踪者是什么关系？

答：蒋秋生是我爸。

蒋大林的问答与他妈一样。

下面是张米贵和蒋大林盖的手印。

该问的都问了，情况很严重，案情却很简单，没有人提供有价值的线索。失踪者是去打工挣钱，却一去再无音讯。

接下来田和平记录了他对案件的调查和对案情进行梳理和分析：

按理，除非发生像地震、龙卷风、泥石流、火山喷发这样的大灾难，否则，二十五个大男人一齐失踪是难以发生的，当然，还有矿难。对，矿难是最有可能的。那么，蒋秋生他们真的是被矿主老板领走的吗？矿主老板又是谁？此刻他们是死是活呢？眼下还只是张米贵的一面之词。张米贵说蒋秋生是在集市上碰到矿老板的，集市上是否留下了线索？

土岩寨所在的土桥乡是个偏僻的乡村，乡政府的前面有一个小型的集市，十天赶一次集，赶集的人不多，却像流水一般变化，又有谁会知道那天发生了什么？

乡政府和马路对面的供销社、小饮食店是各种信息的发源地，尤其是供销社，赶集的人卖了几个现钱后，要到供销社去购买家里需要的日用品。

田和平立马去了土桥乡。时间虽然过去了一个多月，当田和平问起正月十一日，是否有外地的穿着新的干部装的老头来过时，供销社的小刘提供了一条重要的线索。

小刘说，那天中午，一个自称姓刘的老头来过，开口就叫她侄女，还送她一整只麂子肉，和她聊了好一会，问她供销社这几天会不会去县城进货，他想搭个顺风车去县城，希望小刘能帮他一个忙。

小刘说：我和他并不熟，之前，他来买过手电筒和一些电池。

田和平问：后来，他来过吗？

小刘说：再也没有来过。

田和平问：他买电筒是哪一天呢？

小刘说：应该是在赶集的前两天，他好像住在附近，我看见他在隔壁的小饭店吃过饭。

田和平立即去饭店调查，当他和饭店的老板说起老头的外貌时，老板记得有这么一个老头，自称姓刘，还在他的饭店住过几晚。田和平问老板：他是否和你说起过到这里来做什么？

老板说：没有，他的耳朵好像有点背，又不爱说话。

田和平问：集市里是否有你熟悉的逢集必赶的人？

老板告诉他，有几种贩子是每次赶集都会来的，那就是屠夫，收购毛皮的和卖豆腐的，他和他们都很熟。

田和平告别饭店老板，决定下一个赶集的日子再来。

到了赶集的那一天，田和平从卖豆腐问起，连续几个集市的调查，都一无所获，正当灰心丧气时，田和平碰到了平时不常来集市卖肉的王屠夫。王屠夫说，正月十一那天，他正好来集市卖肉，是有个卖麂子肉的中年男人，还差点和他打起来。有个老头过来劝架，后来，卖麂子肉的男人跟着老头走了。

田和平问：你还能记得老头的模样吗？王屠夫说，我敢保证，那老头从来没有来过集市，他像是外地人，皮肤白净，衣服是新的，微微驼背，有点气喘。那一天，他用十五元钱买下了那个中年男人的麂子肉。

除了王屠夫，没有人提供过其他任何信息。

王屠夫提供的嫌疑人与蒋秋生说的矿主老板的是否是一个人？

从时间、地点、事件、年龄、衣着来判断，应该是被蒋秋生称为矿主老板的人。这个老板在案发几天以前就住进了供销社隔壁的小饭店，到了赶集的那天，是他用十五元钱买下蒋秋生的麂子肉，再将麂子肉送给供销社的小刘。值得思索的是：他为什么提前几天就住到这个偏僻的乡下？难道就是为了骗走土岩寨的男人？他为什么要骗走这些除了有一身力气什么也没有的男人？真是令人费解，田和平一时琢磨不透。

接着，田和平去了土岩寨。如今的土岩寨只剩下女人、孩子和老人，情景十分凄凉。

女人们反映的情况基本一样，就是蒋秋生问她家的男人去不去挖矿，每天十元工钱。男人都很愿意，问矿山有多远，蒋秋生说到底在那里，他也没去过，反正不远。明天只去探个路，也有十块工钱，问他们去不去，如果不去，他就另外喊人。

女人们说，蒋秋生是寨子里的大能人，男人们都相信他，就跟随他去了。这一去再也没有人见过他们，是死是活也不知道。

田和平访问了寨子里年龄最大的老头，老头说：这些人肯定回不来了。

田和平问：你凭什么认定他们回不来呢？

老头说：这二十五个人害死了两个黄花闺女，她们是从城里下放到寨子里的知识青年。她们现在变成了鬼来寻仇了，在男人们离开村子的前一天，我看见鬼围着寨子转，我就警告他们要小心，谁知他们财迷心窍，要去挖什么矿。

田和平说：老人家，你看见的鬼是什么样子？

老头说：有时是白色有时是黑色，时隐时现，躲躲闪闪的。

田和平问：鬼的样子是不是很吓人？

老头说：鬼是没有脸的，只有很模糊的影子。

田和平问：除了鬼你还看见什么？

老头说：我还看见鬼在夜晚进了那两个女知青曾经住过的木屋，还在屋子里大声哭。

田和平问：女知青是什么时候死的？

老头说：已经死去五年多了。

田和平问：寨子里的男人是怎么害死这两个知识青年的？

老头说：不知道，这两个知识青年并没有死在她们住的木屋里面，但确实是他们害死的。

田问：这件事外面的人知不知道？

老头说：知道的，还把这二十五个人抓到牢里，后来把他们放了。是他们放了以后，那两个女子才死的。这事，公社干部不准我们告诉外面的人，他们说如果让外面的人知道了，寨子里的男人就会坐大牢。

回到县公安局，田和平便去查看1973年的刑事档案。他翻遍了所有的档案，没有找到有关土岩寨女知青死亡的任何案卷。

他在私下里向同事们打听，有同事说，那件案子并未立案，而是由当时的县革委和公安局长叶青秘密地处理掉了。

田和平决定去拜访前公安局长叶青，想从他那里得到更多的事实真像。

当他看到叶青时，大失所望。叶青已经在一年前傻掉了。他除了掉光了所有的头发，嘴里发不出声音，还疯疯傻傻地将屎尿拉在身上。

田和平问叶青老婆：他得的是什么病呢？

叶青老婆说：医生说他是药物中毒，可是他从未吃过药打过针啊，怎么会是药物中毒呢？

田和平问：他还能治好吗？

叶青老婆摇摇头说：看过很多医生，都说再也治不好了。唉，真是做多了孽遭了报应啊！

田和平似乎有点明白了，这两个女知青的死是不是与叶青有一定的干系呢？

田和平想继续调查下去，现任局长找他谈话了。

局长说：五年前，土岩村的女知青因遭到村民的强暴而自杀了，这在当时是一起恶性案件。这案件之所以没有立案，也是有原因的。因为在当时，知青们准备借着这件事闹事，要是真闹出事来在全国全省都会造成极其恶劣的影响，这是上至中央下至地方都不允许发生的。县革委找了十几个想闹事的知青谈话，威恩并施，总算把这件事压了下来。

现在。全国的知青又在闹事，他们闹着要回城，很多知青到北京请愿去了。县委要求我们严密监控知青们的行动，你要是在这时候调查土岩村知青自杀案，无疑是为知青运动点一把火，后果难以想象。

县委的意见是，这个案子暂时停停，什么时候可以调查了，再通知你。

田和平不想惹出事端，《土岩寨人口失踪案》也就到此结束，案卷一直锁在他的抽屉里。

田和平的调查很详实，我将所调查的事实串起来，这是一个惨绝人寰的令人发指的故事。从作案动机来判断，本案嫌疑人是被害女知青的父亲向成理。巧的是我和向成理有过忘年之交，不过，他已经死了。我见证了向成理的死亡，还参加了他的葬礼。关于向成理的生平，我从他女儿向芙蓉的悼词中了解一、二。

案情至此，我到向成理所在的工厂调查向成理的生活轨迹。

向成理的命运转折在发生在 1972 年的春天。

3

1971 年的冬季，林彪的幽灵在中国的大地上飘荡。林彪曾是一颗闪亮的政治明星，一直陪伴在红太阳的身边，不久前从天上摔下来了。接着，人们对这个幽灵进行了围剿，政客们把他和孔子相提并论，让他们一起站在斗争台上接受批判。其实，让他和孔子并列在一起是他的幸运。孔子著书立学，创立了中国的儒学，一直是读书人心中的圣人，是中国老百姓几千年来的道德灵魂。而林彪呢？虽然身经百战，叱咤风云，到最后只是一个倒霉的政客，倒霉到尸骨没有归宿。

从批判"三家村"开始，到林彪从天上砸下来为止，已有好多的政治家或明星人物死了，伤了，或在倍受煎熬。不过，文化大革命是这样子的：一个政治明星倒下去，却让无数无辜者蒙受冤屈，跟着倒下去。

宪法中钦定的国家主席的接班人林彪副主席，一夜之间成了反革命，让中国的老百姓着实吓了一跳。那么，又会有多少的反革命分子和黑线人物被牵扯出来？自上而下，所有的人都提心吊胆，无所适从。总有大批告密者为了表明自己的政治立场而卑鄙地检举揭发别人，说谁谁曾经赞美过林副主席，好让这些人跟着林彪去死。文化大革命，它最大的危害是颠覆了人们的道德观，让这个时代的说谎者、告密者、断章取义的发言人，把黑的说成白的，白的说成黑的小人物成了盖世英雄。

1972 年的春天，宝庆城破旧而肮脏，物资匮乏到人们食不果腹，衣不御寒的程度。"批林批孔"运动更让老百姓的日子雪上加霜。文化大革命运动好像停不下来了，整人，整人，还是整人！怪不得林彪说：中国已成了一架巨大的"绞肉机"。而且，那期间坐牢的人比任何时候都要多。

大运动的附属运动是一次又一次的"严打"运动。"严打"是把那些敢于"以身试法"的人关进了监狱，或遣送农村。这样，又有很多人再也吃不到"皇粮"，以此减少国家的负担。

服装厂的裁缝向成理是一个很实在的工人，从不过问政治。凭着祖宗三代被人剥削的红色血统，过着不斗争别人，别人也不关注他的满足而简单的生活。他的勤快而漂亮的老婆，和他一样是服装厂的工人。他的三个活泼可爱的女儿，即是他的心肝宝贝，又是他的骄傲。自从有了女儿，他一心想着如何多挣钱。加班、接私活，为顾客们量身定制时尚而漂亮的服装。向成理不关心时势，不知道这是违法的，何况，法律上并没有明确的条律规定不准手艺人出卖自己的劳动，他就是知道也会装着不知道，因此他为接私活他挨了不少批评。

向成理有个邻居叫周美姣，周美姣是百货公司的营业员。

市中心百货大楼坐落在宝庆城的中心，虽然只有三层营业大厅，商品一应俱全。尤其是三楼营业厅，所有布料都陈列在那里，顾客川流不息热闹非凡，人们只要看上一眼，就感到眼花缭乱。

无论过去还是眼下，人们站在卖布的柜台前，有时候不是为了买布料做衣服，而是为了饱饱眼福。她们要营业员把漂亮值钱的面料从柜上抽出来，只是为了观赏它。

布匹专柜的柜组长周美姣年轻漂亮，手脚勤快，乖巧和气，讨人喜欢，出身又好，是党组织重点培养的对象。每天，她就像个搬运工，把布匹从柜子里抽出来、放进去，热情地接待着顾客们。

晚上十点，忙碌了一天的营业员巴不得早点回家，周美姣总是主动留下来整理货柜。

有些人有着双重的性格。小偷小摸，是周美姣从小就有的习惯，不偷，手会痒痒，情绪会低落，心里会痛苦。每晚在同事们离开后，她大胆的扯下一块布料放进事先准备好的兜兜里。她知道在几百匹布料里少几尺布是无论如何也查不出来的，只是把布料卖出去比登天还难，万一被人发现，是要坐牢的。她已经偷了几十个布料，如果不卖掉，偷偷摸摸又有什么意思？

那时，人们的收入少得可怜，一个月的工资只有三十元。物价也很便宜，一米纯棉卡其布只需两元钱。两米卡其布可以做一件衣服，衣服的手工费只需几毛钱，总共花费不到五元钱就可以穿上新衣服。在普通人家一件衣服总是新三年，旧三年，缝缝补补又三年，一共要穿八、九年，一年下来也花费不了几毛钱。哀叹的是，那时中国人过的是供应制生活，每人一年六尺布票。衣服、裤子、单的、棉的、内衣、外衣，全在这六尺布票里面。谁不想把这有限的物质用到极限，谁不希望自己衣着在穿过几年后仍然漂亮时尚，尤其是爱美的女人们。

向裁缝就是帮助女人们实现爱美愿望的人。他手艺好，收费合理，最善于设计各式各样的款式，而且做工精致。女人们的衣服在他的手里越做越精美，除了剪裁合体，还给衣服拼接图案和点缀花边。几年下来，他已经有了大把固定的客户。不过，在这个特殊的年代里，人们崇尚的是极其简朴的生活方式。个人的生活方式与政治立场，被简单地统一起来了。也就是在政治上要求进步的人，必须身着打着补丁的款式平常的色彩单一的衣服，否则，不管是男人还是女人，就是一个有资产阶级或小资产阶级思想的人，人一旦有了"资产阶级思想"也就犯法了。向成理真是生不逢时，已经被居委会主任多次警告，说他做的衣服充满资产阶级情调，很容易让那些穿他衣服的人脱离革命队伍，跑到资产阶级的阵营中去。但是，他不怕挨批评，他在解放前是个工人，现在还是一个地位卑微的工人。他不想入党提干，只想凭手艺赚钱，凭什么就不能多做点活多赚点钱呢？文化大革命从开始到现在，他总共只参加过几次游行，常常趁着工人们上街游行的时候，偷偷溜回家做私活，这在服装厂是公开的秘密。也没有人敢说他思想不好，工人阶级嘛，骨子里流的是无产阶级的血，天生一颗革命者的红心，怎么会思想不好？所以，他一直在快乐地忙碌着。

向成理需要大量布做衣服，周美凤偷来的布料卖不掉。于是居委会主任周凤姣把妹妹周美姣领到他家。一交谈，原来他们是邻居。即是居委会主任的妹妹，又是邻居，向成理大胆买了周美姣的布。

正当他做得风生水起时，周美姣东窗事发。

后来，周美姣无罪释放，向成理却因唆使周美盗窃国家财产，传播资产阶级生活方式，开地下黑工厂，歌颂林彪等罪被判处八年徒刑。这一年，他四十五岁。

向成理成了人民的敌人，大女儿向芙蓉已经下放农村，向成理的妻子吕秀兰因包庇罪判处两年徒刑缓期两年执行，交贫下中农监督改造。一个月后，吕秀兰和二女儿向茉莉、小女儿向蔷薇一起被遣送到城步县的南山顶上，一个叫土岩寨的生产队。向成理的家就这么散了。

那些年，宝庆城的几万名知识青年全部插队在湘西南的新宁、绥宁和城步的大山里。湘南桂北，雪峰山绵延千里，散布着无数个封闭落后的村庄。八十里大南山是雪峰山的一条支脉，山势险峻，地域辽阔。土岩寨在湖南与广西交界的地方，是一个湖南不管，广西不管，干部不管的野蛮落后的乡村。

1973 年的 6 月，正在矿山服刑的向成理收到大女儿芙蓉写来的家信，告诉他茉莉和蔷薇在 5 月 24 日凌晨跳河自杀了。

74 年春节刚刚过完，芙蓉来信说吕秀兰因心脏病猝死。

"四人帮"打倒后，大批的冤案平反。78 年 12 月，正是元旦节前夕，向成理被释放了。他被提前释放的理由是：经他本人申诉，法院重新对本案进行调查，经查，本案在审判时，量刑过重，根据刑法 XX 条，重新判处向犯存理有期徒刑二年六个月。

从 72 年 4 月到 78 年 12 月，向成理已经服刑六年零 8 个月，所以他获释了。

79 年 3 月，农历正月十三日，也就在向成理释放的第三个月，土岩寨的男人们集体失踪了。

向成理的遭遇让我悲愤难抑，我不想再侦查下去，也不能再侦查下去。再查下去就会涉及我的好朋友向芙蓉。78 年向芙蓉随医学院的老师到元宝山抢救中毒官兵，她冒着生命危险到矿井下把战士背上来，还配制了一款解药拯救了很多官兵的生命，此事在大学里一时传为美谈。一旦涉及此案，只会增加对她的嫌疑。

回到公安部，我为此案写下结论：

经查，本案二十五名死者，均因吸入矿洞内硫化氢等多种有毒气体中毒死亡。现场证据无法证实死者身份，多方调查后，没有找到目击者及知情人。

我祈祷，故事到此结束。

4

1989 年 7 月，最高法院检察院再一次收到蒋大林诉状，要求调查城步县土岩村二十五个村民失踪案。高院责令检察官安妮以"钦差"的身份调查此案。

案发时，蒋大林十六岁，在镇上念中学，那一天，他正好放寒假在家。父亲虽然失踪十年了，生不见人，死不见尸，已经二十六岁的儿子再次将此案告上法庭。

安妮在接待蒋大林时，一直没有放弃的蒋大林向安妮举证，他认定土岩寨二十五个村民已经遇害死亡，而作案人是向成理和他的女儿向芙蓉。

我想像得出安妮接过蒋大林递来的诉状时吃惊的样子。

安妮问：向芙蓉？你确认是她吗？

蒋大林很肯定地点了点头。

安妮说：好，你先回去吧，等我看完诉状，再给你一个回复。

看完诉状后，安妮又到公安部查阅我调查的案卷。她知道我是芙蓉最好的朋友，她会仔仔细细一字不漏地读我的案卷。她的思绪在案卷中穿梭，不会放过任何一个细节。

蒋大林诉讼的犯罪嫌疑人正是她认识的貌美如花，热情似火，单纯而善良的向芙蓉。

安妮掩上案卷，长长吁了一口气。往事像放映电影一般，有了开头就一路放映过来，想停也停不下来了

5

一九六九年，春节刚刚过完。蒙蒙细雨夹着一星半点的雪花纷纷扬扬地飘洒着，雪花落在刚刚抽芽的梧桐树上，立即化成水滴顺着树干流走了，没留下半点痕迹。屋旁的柳树昨天还是光秃秃的，今天清晨冒出米粒大的嫩黄色的芽苞，僵硬的枝条忽然变得柔软，雨水正顺着它弧线形的枝条往下流。

寒冷的冬天已经过去，但那真正的春天还远远没有到来。

安妮背靠在台阶的木柱上，眼睛冷漠地盯着前方，远处的山峦笼罩在灰濛濛的水雾中，天空的颜色如铅一般灰暗。在这雨雪交加的日子里，真的没有好心情，天空有多阴沉与压抑，安妮的心情就有多阴沉与压抑。

她的同学，和她一起插队的知青张曙光又跑到隔壁林场的老知青那里去了，只留下她孤独的守在家门口。

快到中午了，队长李禾生咧着一张笑脸朝安妮走过来，在离她三丈远的地方扯着嗓子大喊：老安，公社又派一名知识青年来了，是个女的，要住到你屋里，你给她腾个地方吧。

安妮看到农舍的门都打开了，探出了无数个脏兮兮的脑袋，表情麻木地听完队长的话，将脑袋缩了回去。

"知道了。"安妮回应着队长，心从死灰般的沉闷中苏醒过来。转身看看自己的栖息之地，差点掉下泪来。

政府按每个知青三百元的安置费将他们安置到各生产队，钱很少，但对于现金收入几乎是零的偏远乡村，是一笔大钱。生产队用这些钱买农药和化肥，只用很少的钱给他们买必需的生产工具，如锄头、柴刀、箩筐。他们住的屋子原本是生产队的牛栏，做了几年的保管室后，生产队安排给她和张曙光住，满屋子全是挥之不去的臭烘烘的牛粪味。生产队在屋子的东边加盖了一个只有门没有窗的伙房，西边加了一个用土砖垒成的茅坑。她住在东边的屋子里，屋子里只有一张木床和一条板凳。

到了夜晚，乡村里格外寂静，窗外只有风儿吹过的"沙沙"的响声，似乎有脚步声正向窗户走近，让安妮感到格外的恐惧与孤独。于是，她总是提心吊胆，整夜想念父母和故乡——那个在生命里无法割舍的宝庆城，每晚都躺在床上默默地流泪。

安妮是去年十月插队到了这个叫着荷叶塘的偏僻山村的，塘和水总是连在一起的，但是这个村子却缺水。因为缺水而土地贫瘠，一座连着一座的山峦露出红色的岩石，疏疏落落的马尾松歪歪斜斜地伸出枯瘦的枝干，山坡上只有耐旱的狗尾草和芦苇。

山的那边，一条小河从大山流出来，经过村子里深深的山谷，流向远方的夫夷河。这条小河是村民们的生命河。每天，男人们用扁担穿在两只木桶上走下陡峭的河岸到小河汲水，然后弓着背一步一叩首将水扛回家中。

安妮很害怕这条凿在峭壁上的石阶，从不敢从石阶上走下去。幸亏张曙光主动承担了背水和其他重活，她也为张曙光洗衣服做饭。他们相互扶持着熬过了几个月。这几个月就像一个世纪那么漫长，想到以后的或许一辈子都要在这里生活下去，安妮恨不能立即死掉。

现在又来了一个新知青，安妮觉得身边即将多一个同命运的人，心里有了一些安慰。但她知道生产队里的社员们会不高兴，生产队不缺少劳动力，缺少的是粮食，凭什么要让外人夺走本属于他们的东西呢？

安妮回想起下乡后的第一个春节，除夕的那一天，生产队才把该杀的猪杀掉，按人头每人分一斤肉。队长决定让知青多分半斤，她和张曙光共分得了三斤肉，另外还分到了两斤菜籽油和二十斤糯米。她看到好多的女人撇起嘴，露出了不满的神情。原来，社员们只当他们来乡下锻炼几个月就走，就像以往的干部们到乡下来蹲点一样。没想到这一次来的年轻人一来了就不走了，还要分走他们少得可怜的粮食。女子还好，迟早会嫁出去。男子还要娶个老婆进来，在这里生根散枝开花结果，永久占去他们赖以生存的土地，从他们口中夺食，这能不让人恨吗？

安妮看到农民们看张曙光的眼神比看她的眼神要冰冷得多，恨恨的，就好像看到一条爱偷食的狗。还好，这里大多数的农民是温顺而善良的，心很软，虽然他们不情愿有人夺去他们的食物，但还是表现出他们忠厚的本性：知青也是可怜人，到了这里总不能饿死他们。

安妮转身回到屋里，她看了看，其实也不需要腾出什么地方来，屋子蛮空的，再放两张床也没问题。她拿起扫帚把地扫干净，便到伙房做饭。现在她心里想的就是新来的女知青会带些什么吃的来，通常刚下乡的知青，都会带来家里给他们准备的猪油和腊肉以及咸菜。安妮刚下乡时，她的妈妈也给她准备了这些东西，不过早被吃完了。安妮已经好久没吃荤了，每天变着花样吃萝卜和萝卜叶子。张曙光早就吃腻烦了，常常跑到老知青那儿去蹭点油荤。老知青们就到村外去偷鸡摸狗，弄得名声狼藉。安妮从不搭理他们，张曙光却与他们打得火热。

安妮想：张曙光这么做，是不是被饥饿逼的，男人为什么这样怕饿肚子呢？

6

　　而此时，向芙蓉坐在大队部等待生产队长来领走她。

　　昨天，在欢送知青的锣鼓声中，向芙蓉坐上送知识青年到乡下去的汽车。来欢送她"光荣上山下乡"的有老师、同学，还有她母亲和两个妹妹。父亲没有来，她离家时，父亲含着眼泪给了她十元钱，说：我不送你了，要是乡下太苦就回来，我能养活你的。

　　母亲舍不得她，总是一边哭一边叮嘱着她。她也知道，如果她去参军或被招去当工人，就是离家再远，母亲叮嘱是叮嘱，但会欢欢喜喜的。因为是去生活艰苦的农村，母亲为她担心也为自己委屈，辛辛苦苦养大的女儿成了农村人，别说让她为家里分忧，只怕这辈子都是父母的负担。

　　汽车在一片嚎哭声中离开伴随她长大的宝庆城，昨天晚上到了他们下乡的县城，大家慢慢平静下来。今天早上大家又哭起来，因为每到一个地方就要与一些同学告别，此时此刻同学间的感情胜过亲人，大家依依不舍，眼泪情不自禁流了出来。当她哭得眼睛红红的，她插队的金桥公社天堂大队到了。

　　她和其他九个同学从车上下来，大队书记、生产大队长和大队会计从大队部走出来迎接他们。

　　大队部很简陋，只有一张桌子和几条板凳。桌子摆着一个算盘和一碟旱烟丝，还有一个装茶水的瓦罐和几只陶碗。

　　大队会计很客气地为他们倒水，大队书记亲手把水递到他们手上。没有多余的话，大队长点了每个人的名，算是认识了。接着书记给他们讲话，他说：这次把你们十个人分到十个生产队，你们所去的生产队有的已经下放了知识青年，有的还没有。希望你们不要互相串门，大家刚刚离开家，难免思念亲人。但是大家串在一起又有什么好处呢？我看到以前下放来的知识青年在一起就是个哭，哭也哭不出油盐柴米来。我希望大家有空大家学习毛主席著作，不断提高思想觉悟，就说这些。现在宣布下放到各生产队知识青年的名单：向芙蓉一队，李智二队，安平平三队，刘亚玲四队，……戴中华十队。接着把他们要去的生产队队长的名字告诉他们，要他们坐在大队部等生产队长来领走他们。

向芙蓉记住了李禾生的名字，坐在板凳上等李禾生到来。现在大家都安安静静的，没有谁再哭泣。

第一个被队长领走的是刘亚玲，最后一个被领走的是她向芙蓉。后来芙蓉才知道四队离大队部最近，有一条马路穿过村子，是全大队最富裕的生产队。而她去的一队，那个叫荷叶塘的地方离大队部最远，没有马路，是全大队最贫穷的生产队。

傍晚，向芙蓉跟随着李禾生到了新的家。安妮早就站在家门口迎接着她。

芙蓉把手伸安妮，说：向芙蓉，叫我蓉蓉好了。

向芙蓉一边说一边打量着安妮，这个看起来比自己年龄要大的知青，鼻子很精致，细长的丹凤眼，小巧而丰满的嘴巴，笑起来露出雪白的牙齿，皮肤白嫩白嫩的，十分的秀气，个子不高，体态丰盈，显得温柔而沉稳。

安妮握住芙蓉的手，说：安妮，就叫我安姐吧。

说着也用眼睛打量着向芙蓉：这女孩就像小说里描写的天生尤物，长出了伊丽莎白.泰勒的模样，瓜子脸上两道漆黑的眉如画上去一般，窄窄的鼻子，鼻梁挺直，两只大眼睛顾盼生辉，嘴唇丰满鲜嫩，好像能让人吮出汁来，牙齿又亮又白，细碎而整齐，启齿一笑，两个酒窝在嘴角边旋动，百媚顿生。

安妮内心被芙蓉的美丽震撼了，微笑着接过芙蓉的行李。李禾生说：她先跟你挤一挤，等做好了床，再安排她睡新床。

安妮忙说：不急，不急。天还冷呢，多一个人暖和。

进屋后，安妮问：吃过饭了没？芙蓉说：还是早上在县城吃过饭的，真的饿得不行了，什么都能吃三碗。

安妮笑了，说：我也没吃中饭，一直等着你来一起吃。

安妮打开饭锅，米饭立即散发出诱人的香味。安妮说：没有什么好吃的菜，煮了一碗萝卜汤，炒了一碗萝卜叶子，萝卜叶子已经老了，用水淖过后还是很苦，你也许咽不下去。

芙蓉说：我带来了一瓶剁椒牛肉干，现吃的，用它下饭吧。

说话间天黑下来，安妮点燃插在土砖缝里的松树节疤，让人昏昏欲睡的浑黄的火苗照亮了屋子，松油的浓烟也飘散开来，呛得人直咳嗽。芙蓉问：这就是夜晚照明的灯？

安妮说：是的，刚用它时很难受，慢慢就习惯了。

芙蓉久久盯着松树节疤上闪烁的火苗，然后看看这简陋的家，竭力忍住泪，对安妮说：我们吃饭吧，我饿了。

那一晚，安妮和芙蓉有一搭没一搭地聊到很晚，安妮告诉芙蓉自己是宝庆一中六六届的高中生，已经二十一岁了。芙蓉说自己也是一中的，六七届的初中生，十七岁。安妮说，难怪一见到安妮就觉得面熟，原来是一个学校的。

于是她们聊起了亲爱的母校，聊起共同认识的老师和学校的名人以及熟悉的生活。安妮问芙蓉在学校时参加过什么红卫兵组织，芙蓉说父母不准她参加红卫兵组织，她什么组织都没加入过。安妮说怪不得我不认识你，原来你从没参加红卫兵的活动。大串联时你去过哪里？芙蓉说我没有去串联，不过在毛主席第三次接见红卫兵时，我作为红五类子弟被学校选送到北京，见到了伟大领袖毛主席。

安妮激动地说，你这么小就见到毛主席了，那一刻一定很幸福吧。芙蓉说，那当然。还有一件让我终生难忘的事，就是我们这些红卫兵被安排住在清华大学。

安妮激动得叫起来：你去过清华大学了？那是我做梦都想去看一看的地方，那怕只看一眼。你真幸运啊！

芙蓉说：所以，当伟大领袖号召我们上山下乡时，我不顾父母的反对，义无反顾地来到农村。

安妮说，你应该在去年十月就来的，怎么现在才来呢，你比最积极的知青们晚了四个月。

芙蓉说：我妈因为我偷偷把户口送到四个面向办公室而气病了，我是长女，出身又好，可以不下乡的。所以，这几个月我只好在家照顾我妈，她刚好一点我就来了。

安妮的心里发出一丝冷笑：天堂有路你不走，地狱无门窜进来。这年头尽出傻子。

她们刚刚睡下，芙蓉就听到有人唱着歌渐行渐近，接着隔壁的门被推开。芙蓉问：隔壁住着人吗？

安妮说：和我一起来插队的知青，叫张曙光，是我同班同学。

芙蓉说：怎么不见他来吃饭？他是自己做饭吗？

安妮说：和我一个锅里吃饭，今天他去另一个生产队的知青那儿串门了。

芙蓉说：不是不准串门吗？

安妮说：大队书记是这么说的，但是张曙光说，公社没有下过文件说不准知青们串门，我们有我们的人生自由，谁敢限制我们最起码的交友自由呢？这个人胆子有点大，以后你在他面前说话注意点，他喜欢抬杠。

芙蓉说：好的，我不喜欢和人抬杠，也不喜欢爱抬杠的人。

不过，芙蓉在心里很认可张曙光关于交友自由的话，如果说知青们响应党的号召，离乡背井来到偏僻的乡村，连朋友都不准交，那又怎么过得下去？芙蓉很高兴有个男知青住在她的隔壁。

小时候，父母太忙，芙蓉总流着黄鼻涕，穿着脏兮兮的衣服。街上的男孩子总欺侮她，直到现在她对男生都有心理戒备。

在读小学的那一天，父亲为她做了一件白地红花的连衣裙，母亲要她用纸擦去挂在鼻子底下的鼻涕虫，帮她洗净了脸，穿上新裙子，还给她买了新书包。她像正在学习飞翔的小鸟一样蹦蹦跳跳走进学校的大门。

"真可爱！"那一天见到她的人都这么说。她以为人们在称赞她好看的裙子，为了她的裙子，便不再流鼻涕，脸也洗得干干净净。从那以后男生们再也没有打过她。

读初中的那一天，父亲又给她做了一条连衣裙。那是一条薄而不透亮的、的确良面料的裙子，淡黄色的底上洒满了金色的向日葵。裙子的色彩将她尖尖的脸衬得雪白。一进校门她就吸引了众多的目光。父亲原本是个很用功的裁缝，他为这条裙子骄傲。接着父亲又给她缝了一条白色棉绸的连衣裙，裙子的造型很简单，前后各打了三个很大的褶折，褶折从衣领中间一直延到她柳枝般柔软的腰间，裙边上镶着白色的玫瑰花边。芙蓉每走一步，裙边上的玫瑰就翩翩起舞。

尽管"美丽"成了资产阶级的标签，但是对"美"的执着的爱流淌在年轻人的血液里，金色的向日葵和白色玫瑰不到半个月就开遍校园。向芙蓉被老师强迫脱下连衣裙，但却被同学们戴上了"校花"的桂冠。

真好看！这是所有男生见到她时说的第一句话，而且，芙蓉一直到现在都不明白，为什么男生们一说了这句话，在她面前就变成了傻子，总是任她调遣。

也许，张曙光见到她后，说的就是这句话。只要他说了这句话，芙蓉认定自己以后不会被他欺负。

7

张曙光推开门后将自己重重地摔在床上，痛苦与忧愁像沉重的石头压着他的身心，让他无法自由呼吸。

昨天他收到母亲从老家寄来的信，母亲在信中说，刚刚过完春节，她的粮食就吃光了，她每天去挖点野菜充饥，已经瘦得皮包骨头，再见面，他会认不出她来。母亲说她特别特别想他，但又不准他去探望她，怕连累他。

张曙光的母亲李珍，是一个聪明而要强的女人，在婆母去世的那一天，她踩着孝堂与丈夫成亲。丈夫说，妈去世了，我们也成亲了，我以后不再念书，守着祖宗留下的产业过日子吧。

可是新媳妇李珍不同意，她要丈夫完成学业，说：靠祖宗的产业吃饭的男人太没出息，大丈夫要靠自己的本事打天下。再说，祖上留下的田产我会帮你掌管好。

丈夫去省城读书后，她请长工雇短工收租子卖粮食，打理桔林，生养儿子，拿钱供丈夫念大学，自己也没有中断学业，继续在县城的女中念书。三年后全国解放，她把所有的财产交给农会，抱着儿子来到省城。那时，丈夫刚好大学毕业，在法院做了一名小小的法官。

到了省城后，李珍在丈夫的支持下考上师范学院，那一年她二十一岁。大学毕业后她被分到宝庆师范学校当老师。1957 年曙光的父亲被打成右派分子，母亲为了幼小的曙光不受政治上的伤害，不得已与丈夫离婚。不久丈夫被送到洞庭湖农场劳动改造，后来患上急性吸虫病死在那儿。从此李珍与曙光相依为命，活得像罪犯一样。李珍总在人前赔着笑脸，把委屈藏在心里。对于儿子，她承担起父亲和母亲的双重责任，在他的面前总是表现得乐观而轻松，好像保护他的力量是绰绰有余的，而且让他享受比同学们更优越的物资生活。

文化大革命运动刚刚开始，学校突然宣布李珍是漏划的地主分子。在强调阶级斗争的新中国，地主是乡村里的吸血鬼，吸干了贫、下中农的血汗，地主分子是最让人痛恨的阶级敌人。

学校开了一场又一场的批斗大会，李珍被打得死去活来。这还不算什么，又从曙光的老家请来贫、下中农站在斗争台上，揭露李珍残酷剥削农民们的罪行。校党委的目的是用李珍来转移红卫兵的斗争方向，红卫兵小将们也看出了党委的阴谋，干脆将他李珍遣送回老家，永远开除公职。小将们把校长和书记们揪上斗争舞台，紧接着波澜壮阔的文化大革命运动走向高潮。

母亲李珍被斗争后，张曙光万分痛苦，他不相信善良的母亲会是个凶狠残暴的地主婆，但是，从老家来的贫、下中农都这么说，他不得不相信自己的母亲比《白毛女》里的地主婆还要狠毒。从此，他痛恨自己的家庭，痛恨右派父亲和地主母亲。他用大字报写了一封要跟家庭永远脱离关系的声明，张贴在家门口，然后背着简单的行李住进学校。没有了母亲的庇护，尤其是没有了母亲的资助后。张曙光一度陷入绝境。幸亏安妮知道了，帮他在建筑工地找了份在夜里看守材料的工作，他才有了生活费。尽管如此，张曙光没有逃脱上山下乡的厄运，最让他痛苦的是，没有人相信他是个积极要求进步的革命青年。"老子反动儿混蛋"的烙印刻在他的脸上，使他与家庭决裂的声明变得一钱不值。成长的过程是痛苦的，成熟意味着他明白了党的阶级路线早就将他定格在不可以教育好的子女里，无论他怎么做都无法洗白自己。

等到张曙光下乡插队时，他母亲已经在老家做了两年多的阶级敌人，被监督劳动，日子过得很委屈。下乡后，艰难的处境让张曙光突然明白了更多道理，他给母亲写了一封信，请求母亲原谅他的不懂事。母亲很快给他回了一封信，告诉他，她从没生过他的气。从此，母亲每星期都给他写一封信，告诉他自己的生活状况。母亲不让儿子到老家来看她，怕连累到他。

张曙光从不敢把对母亲的担忧诉诸他人，既然母亲早早离开了文化大革命的舞台，除了安妮，同学们都不知道他母亲被遣送到农村去了，他又何必在别人面前提到母亲呢？

但是母亲始终是他心中不可动摇的丰碑，他尊敬她爱戴她思念她牵挂她。如今母亲没有吃的，瘦得皮包骨头，快要饿死了，这意味着他就要失去母亲，变成孤儿。

作为知青，张曙光在下乡的第一年享受政府每个月三十斤大米、半斤菜油和七元钱的津贴。他用三元钱买粮食，五角钱买油，去县城买粮食时，化二角钱吃中饭，买三角二分钱的邮票，其余三元钱他小心翼翼地存在贴身的口袋里，春节前他给母亲寄去六元，这两个月又攒下了六元，正准备给母亲寄去，却发现钱不见了。他怀疑是队长的小儿子偷去了，只有他喜欢在他睡着的时候偷偷溜进他屋里。

于是，他想到林场的老知青那儿借点钱，到了那里见到他们窘迫的样子又开不了口，只好和他们说说笑笑打打扑克度过一天，回到家里倒在床上，心里着实难受，二十一岁的大男人，还养不活自己养不活母亲，实在是太窝囊太丢人了。可是，生活的道路又是这么艰难的安排着他，能怎么办呢？

8

　　向芙蓉一早起来打开箱子，从箱子里拿出一面镜子和黑色的牛角梳子。她把镜子摆在窗台上，对着镜子梳妆起来。她散开已经凌乱的发辫，乌黑油亮的头发瀑布般泻在她的肩头上。她原本梳着两条齐腰长的大辫子，下乡前她把辫子剪短了，现在她的辫子齐肩长，就像两把硬邦邦的刷子向两旁翘着，倒也显出她烈焰般的青春活力。她对着镜子眨眨眼睛，长长的眼睫毛又长又直，她用手背将睫毛揉一揉，睫毛向上翘起来，又浓又密。咧开嘴笑笑，两个迷死人的酒窝像漩涡一样在雪白的脸上旋转起来。她转身看看安妮，安妮正扒开门往外看，蒙蒙细雨像烟雾一般弥漫在天空中。安妮说：又下雨了，这样的天气，生产队不会出工，我要继续睡觉。说完，她趴到床上假装睡着了。

　　向芙蓉抖落身上的头发，收拾好镜子梳子，走出屋子。她看到台阶上站着一个高而匀称的男生，他正对着天空吟诵：天街小雨润如酥，草色遥看近却无，最是一年春好处，绝胜烟柳满——。

　　听到背后的动静，他停下吟诗转过身来，一个穿着红地白花对襟棉袄的青春亮丽的女孩就站在他的眼皮下，笑容荡漾在她天使般纯洁的脸上。他也跟着笑了，他们彼此对视着，笑着，似曾相识的感觉油然而生。

　　你是——，张曙光有点局促地问。

　　我叫向芙蓉，昨天才来的知青。芙蓉也有点羞涩。

　　你是昨天来的知青？插队到这里？

　　是的。

　　看到芙蓉平静的笑容，曙光说：好像在哪里见过。

　　我也是一中的学生，初中部的。

哦，难怪有点面熟。

向芙蓉想，你只觉得面熟，我在初中部是鼎鼎有名的校花。

不过，眼前的男孩高大英俊，一脸的书卷气，看起来蛮舒服的。

张曙光略有所思，接着说出了让自己震惊的话：你有钱吗？你刚从家里来，一定是带了钱来的。借我十元钱，我会在以后还给你。你一定要借给我！

向芙蓉也很意外，她说：我还不知道你是谁呢？

张曙光指了指身后的门，说：我是住在这间屋里的知青，叫张曙光，初次见面就向你借钱，不好意思。

向芙蓉问：你是不是遇到特别大的困难？

张曙光连连点头。

向芙蓉从裤兜里掏出父亲给她的十元钱，说：借给你吧，不过，要记得还给我。

张曙光说：谢谢，我一定会还给你。话还没落音，他已经像去救火一般飞也似的在芙蓉眼前消失了。

向芙蓉回到屋里，安妮还在睡。她从行李里拿出了猪油、腊肉和猪血丸子，还有一大包烘干的咸豆腐。

为了怕她在路上饿着，母亲为她煮了鸡蛋和煎了一大包的面粉饼子，她在慌乱时把这些吃的放在装衣服的木箱里，木箱又被人放到汽车的顶上，不到达目的地，放在车顶的东西是不准拿下来的，她昨天只好吃同学分享给她的食物。

此时，她把这些食物拿进伙房，伙房很宽绰，只是光线太暗。过了好久，芙蓉才看清楚伙房里有一个新做的木柜和做工粗糙的放炊具的木架子，架子上放着一个用来煮饭的铁鼎，一个炒菜的铁锅和一个用来烧水的陶罐，陶罐很大，很夸张地坐在木架上。所有的炊具都被柴火熏得墨黑墨黑，看起来很肮脏。

芙蓉打开木柜的门，柜子里除了半瓶菜油什么也没有。她把从家里带来的东西放进木柜，只留下熟鸡蛋和冻得发硬的面饼。

伙房的后面有一个简陋的柴火灶，它是由三个土砖摆成"品"字组成的，灶的旁边堆了一些柴薪。

向芙蓉决定先烧点热水，等安妮起来一起吃早餐。她吃力的提起陶罐去装水，可哪儿也找不到水。水缸是空的，水桶也是空的，锅里盆里都没有水。她放下笨重的陶罐走到外面，屋外面一条弯弯曲曲的泞泥小路，像一条肮脏而粗大的被人随意丢弃的麻绳。"麻绳"的两旁拴着几间破旧的土砖屋，屋子上盖着黑色的破破烂烂的瓦片，低矮的偏屋上盖着厚厚的稻草，周围长着几棵光着枝桠的大树。细雨如烟如雾，山坡下的农舍只显出隐约可见的轮廓。

外面看不到水的踪迹，芙蓉心里隐隐有点不安。她回忆起昨天跟着李禾生往这里走的时候，起初青山绿水，风景怡人。当她离开公路走上乡村泞泥的小路，渐渐地青山变成了光秃秃的黄土包，小路的两边堆满卵石，薄纱般的绿草下露出田野褐红的颜色，一路走来确实没见到水塘和水渠。

这里该不会缺水吧，芙蓉低声嘀咕。

这儿就是缺水。安妮不知什么时候起来了，站在芙蓉身后面告诉她。

妈妈不准芙蓉上山下乡，在劝阻她时，说得最多的一句话就是：乡下要口水吃都没有，我的心肝宝贝，你去受罪啊！

这话难道应验了？母亲说话为什么总是那么灵验！

对于艰苦的生活，芙蓉是有心理准备的，毛主席教导她们到农村去，到边疆去，到祖国最艰难的地方去，越是艰苦的地方越是要去。为了做毛主席的好学生，革命事业的接班人，她什么困难都想过，甚至希望自己能去冰天雪地的边疆，出乎意外的是她真的下到了没有水喝的地方。现在她想洗洗脸，刷个牙，烧点水都这么难，将来接受贫、下中农再教育，和他们一起战天斗地还会有比没水喝更大的困难吗？

一定有！命运开始向我挑战了！芙蓉这么想着。

安妮将张曙光的门敲得山响：曙光，起来，去河里背水！

芙蓉说：他已经出去了。

这时，芙蓉看到安妮与她温婉的外表极为相反的表情，她声嘶力竭喊了起来：张曙光，你这个王八蛋，你去死吧！

小路的边缘上冒出了一个大大的水桶，接着又冒出一张年轻的又黑又瘦的脸，很快一个青年踏着斜坡走上小路。

国生，安妮对着那青年喊，你去帮姐姐背桶水吧。

好的，国生答应着向她们走过来。当他走近时，眼睛傻傻地停留在芙蓉的脸上。

安妮对芙蓉说：这是回乡青年李国生，队长的儿子，生产队里最勤快的后生仔，他的优点是助人为乐。

国生点头如鸡啄米一般。

芙蓉说：我叫向芙蓉，昨天才来插队的知青。

国生看着芙蓉，一双脚好像生了根一样。

安妮对着芙蓉使眼色，芙蓉说：国生，我和你一起去背水吧，我也好晓得背水的路。

国生这才从梦中醒来，对芙蓉大喊：老向，你真好看！

谢谢，我们一起去背水吧。

芙蓉跟在国生的后面向大山那边走去，登上山后才看到大自然的鬼斧神工，连绵的山峦活生生地被撕开一道缝，河水急湍着从裂缝中流过。河岸凿出了一个巨大的"之"字，男人们正踏着这条狭窄而陡峭的石板路背着水往上走。

国生要芙蓉在岸上等着他，芙蓉不同意，她壮起胆子跟在国生的后面兢兢战战走了下去，蹲在巨大的卵石上为国生装了一桶水，然后拾着石阶走上来。

安妮在芙蓉走后进了伙房，她看到芙蓉放在木柜上的鸡蛋和面粉饼子，打开柜子的门，她又看到芙蓉放在里面的猪油和其他东西。关上门后，她对着鸡蛋和面饼苦笑了一下，心里说：就这些东西，看来新来的又是一个穷光蛋。

安妮出生在干部家庭，她的父亲是市工业局局长，母亲是商业局的宣传干事。在那个物资紧缺，计划供应的年代，干部们是高高在上的特权阶层。他们享受着老百姓无法享受的购物券，按照干部的等级，享受不同级别的待遇。像安妮爸爸这样的级别，每个月的购物券可以购两斤猪油，一斤香肠，一只母鸡或一只鸭子，三、四斤鲜鱼，一包她爱吃的五香牛肉干和五斤面条。购物券还可以购买她爱吃的零食，如：奶油蛋糕，手指饼干，太子妃软糖和松子仁，这些东西在市场上就是拿着钱也买不到。

除了让全家人改善生活，还可以隔三岔五送些给大姨和舅舅们。文化大革命运动中，安妮的爸爸被打倒了，妈妈在商业局虽然是个无足轻重的人物，但受到父亲牵连有时也会挨批斗。好日子似乎到头了，但是安妮的母亲是个善于见风使舵的人，不管谁掌权，她都能保住自己的那份工资。和平民百姓比，安妮的物资生活还是处在社会的上层。

在她下乡的时候，购物券已经被取消了，不过她妈妈是商业局的干部，近水楼台先得月。妈妈为她买了足够她半年吃的东西，倒霉的是，她和张曙光分配在一个生产队。张曙光什么都没有，是个十足的穷光蛋，吃起来却狼吞虎咽。他们一个锅里吃饭，总不能因为他没带吃的东西，就不给他吃。所以，三个月后，她带来的物资被吃个精光。

安妮看到芙蓉从家里带来的东西，除了豆腐有一大包，其余的都只有一小瓶，她在心里哼哼：典型的贫民，除了从牙缝里省出来的计划物资，一点上档次的东西都没有。

其实，这几年是芙蓉家收入最为丰厚的年头。父亲即使不上班也能在缝纫厂拿一份固定工资，在家里给别人做衣服还有一些报酬。要是在文化大革命前这么做，他的父亲早被工厂开除了。

到了文化大革命，大家的眼睛盯在阶级敌人身上，没有谁敢去招惹工人阶级和贫、下中农。三代贫农的向成理放心放意地做着黑活，赚着手艺钱，过着比神仙还惬意的日子。随着芙蓉的长大，向成理的手艺越来越好。每给芙蓉设计一样新款式，都会给他带来空前的好生意，有些人为了能早点赶上时髦，愿出两倍的工钱。

有了这些活钱，向成理夫妻真让三个女儿过上了更好的日子。可是芙蓉硬犟着要上山下乡。拗不过革命形势，架不住居委会干部和老师们的登门动员，父母只得帮芙蓉准备一些到乡下去吃的食物。他们拿着钱却找不到买东西的门路，于是向成理发挥自己的优势，给芙蓉做了四季衣裳。虽然每年每人只有六尺布票用来穿衣，但是不要布票的尼龙、的确良、凡尔丁、棉绸等在这几年多起来了，只是价格太贵，平民百姓消费不起。有了钱的向成理用高级面料给女儿做衣服，芙蓉已经长大了，成熟了，胸脯上有了两个圆鼓鼓的东西。向成理为女儿的衣服裁剪出好看的曲线，每一件衣裳都显出芙蓉纤细的腰身和正在成熟的胸脯，每一条裤子都恰到好处的显出芙蓉丰盈的臀部和细长的腿，美到让她的同学们无比嫉妒。

虽然，芙蓉带来的吃的不多，衣服却有一大箱。

尽管安妮看不上芙蓉带来的吃货，但总比什么都没有的张曙光强。张曙光要东西没东西，要钱没钱。安妮在饥饿时拿钱去农民那里买几个鸡蛋偷偷煮着吃，张曙光饿了只能硬撑着。这也是张曙光常去找老知青玩的原因，饥饿把他逼到不顾自尊的地步。当然，这只是安妮的想法。

李国生背着水进屋了，向芙蓉紧跟在他后面。

国生把水倒进安妮准备好的水桶里，便在屋子里坐下来，半点没有想走的意思。

安妮说：国生，你妈在等你背水回去哩，她要为你们做早饭了。

国生说：只要不出工，我妈就不煮早饭，要是每天都吃三顿，家里那点粮食早就吃完了。

芙蓉问：不吃饭不饿吗？

国生说：只要能坐在你们这里，也就不晓得饿了。

芙蓉拿起一个鸡蛋递给国生，说：吃个鸡蛋吧，我们一起吃。

国生说：一个鸡蛋顶个庇用，塞在牙缝里反而不舒服。

芙蓉转过脸来，想看安妮的意思。安妮不理她，眼睛往门外看。

芙蓉知道，国生已经看到了她放在柜子上的东西，便到伙房把所有的鸡蛋和面粉饼子拿给国生，说：吃吧，饿肚子是很难受的。国生说了声：多谢。接过东西，蹲在门槛上吧哒吧哒嚼着，一口气吃个精光。

安妮不理睬芙蓉，拿本书坐在板凳上大声读起来：意识本身可以把地狱造就成天堂，也能把天堂折腾成地狱……。

那是作者吃饱穿暖了，没有被饥饿折磨过，国生对安妮说。

安妮不与他争辩，继续大声念着。国生吃完了也不走，一直坐在门槛上，眼睛随着芙蓉转，他看着芙蓉刷完牙齿，洗完脸，在脸上抹上友谊牌的雪花膏，淡淡的香气拂过他的脸颊，钻进他粗大的鼻孔。

芙蓉到伙房去烧水。国生跟了进去，他坐在当凳子用的土砖上用拨火棍把灶膛里的灰扒开，在上面放了些干枯的树叶和细细的枯枝，说：火要空心，人要忠心，放柴火前要把灶膛扒空。

接着，他用火柴点燃枯叶，拿起吹风筒轻轻一吹，火苗一下子蹿了上来。说：这叫风助火势。

他接过芙蓉装满水的陶罐，挂在火膛上面的用树杈做的木勾上。木勾用铁链吊在火膛的上方，陶罐悬在火焰上。国生说：这样煮东西，氧气才能充分燃烧。接着他往火膛里继了一把柴，火苗直往上蹿。他对芙蓉说：毛主席说过卑贱最聪明，高贵者最愚蠢。城里人连火都不会烧，是不是要当农民的小学生呢？

芙蓉说：我们就是来接受贫、下中农再教育的。

这时国生的弟弟民生来喊他回家，民生说：娘说，就是从河里挖条渠，水也流到屋门口了，要你背水，水的影子都没有。

国生走后，安妮说：蓉蓉，有些话我非说不可。这里很贫穷，物资很匮乏，你有再多的东西也填不饱他们的肚子。还有，国生是队里唯一的初中生，是个很有心机的农民，和他讲话要注意点。

这时，村子里最漂亮的姑娘何田田捧着好多蕨菜走进来。她在跨进门槛时看到了向芙蓉，便问：老安，这是谁呀？

安妮放下书站起来说：新来的知青向芙蓉，你进来坐吧。

田田说：我给你和老张送些蕨菜来，刚摘的，很香，不信你闻闻。荷花走进来让安妮闻她手中的蕨菜。

芙蓉看到和自己年龄差不多的田田，心里有几分喜欢，便说：下雨天你也上山采蕨？

田田说：是去扯猪草时顺便摘一些。老向，你是什么时候来的？

芙蓉说：昨天晚上。

安妮对芙蓉说：蓉蓉，田田和你一样年纪。你说，她是不是长得很好看？至少比我好看。

芙蓉老老实实地说：她比你高比你白，是比你好看些。

安妮心里一直认为自己长得还算好看，谁知芙蓉说她不如乡里妹子，田田是个如此一般的女孩，把她丢到人群里就像把一滴水丢进大海里立刻就会不见了，自己会像她这样平庸吗？如此审美观，太没水准，心里面不由对芙蓉有几分排斥。

安妮把自己的情绪隐藏起来，说：田田姓何，是队里的外姓人。队里的人都姓李，只有三户姓何，就是田田的伯伯叔叔们。田田，我一直想问你，你们何姓人与李姓人相处得好不好？李姓人会不会仗着人多而欺侮你们？

田田说：这个地方原本是我们老何家的，只是解放的时候，我们老何家的人一大半迁到城里去了。老安，你是不是因为自己是外姓人而怕他们欺侮啊？

安妮说：没有，我随便问问。

芙蓉说：田田，你长得水灵灵的，不像在没水喝的地方长大的。

田田说：荷叶塘从前是有水的，是这几年才没有的，我小时候喝的是荷叶塘的水。

芙蓉说：为什么这几年会没水了呢？

田田说：城里来的干部要我们把荷叶塘的泉眼用石头砌个围围，把水围起来。再把塘填起来改成水田，让十亩水塘变成十亩水田，他们说这就是农业学大寨。后来那个被围起来的泉眼慢慢枯了，再后来一滴水都没有了，村里人只有到河里去背水。自从村里人到河里去背水，就再也没有女人肯嫁进来。村里的光棍都可以排队了。听到大队书记说，要下放一批城里妹子到荷叶塘来给光棍们做老婆，光棍们都高兴死了，他们说只要你们分了队里的粮食就要嫁给荷叶塘的光棍。

安妮说：没王法了吗？婚姻大事由光棍们说了算？

田田说：在乡下什么都是大队书记说了算。

安妮问：大队书记又听谁的？

田田说：当然是公社书记。

安妮说：这样我就不怕了。你知道公社书记听谁的吗？听县委书记的。县委书记听谁的？听我们知青的。我们要是不愿意嫁给荷叶塘的光棍，县委书记都奈何我不得。

田田说：哦嗬，我要是知青就好了。

她把择好的蕨菜送到伙房后，说：老向，有空到我家里来玩耍。

望着田田远去的背影，安妮对芙蓉说：乡下人看起来很蠢，骨子里精得很，吃了他们的粮食就要嫁给这里的光棍，不愿嫁到这里，会怎么对待我？唉，我真是想都不敢想。

张曙光到傍晚才回来，他身上的衣服被毛毛细雨淋透了。

安妮问：你到哪儿去了，也不说一声，水也不去背，是想饿死渴死我们呀！

张曙光连声说：对不起，对不起，让你们受苦了。我现在就去背水，就去，就去。

芙蓉说：水的问题已经解决了，你赶紧把湿衣服换了，洗个热水澡，不然你会生病的。你先喝口热茶，我帮你烧洗澡水。

张曙光像没听见一样，急急地掀开饭锅。锅里为他留了饭菜，热气腾腾，香气扑鼻。他赶紧拿大海碗满满盛了一碗，风卷残云一般，不到五分钟锅里的饭全进了肚子。

芙蓉烧的水也热了，她问曙光：你到哪里去洗呢？

张曙光说：在乡下没有专门的洗浴室，我就在伙房里擦擦。

晚上，芙蓉心里特别难受，她隐隐觉得她生命中最基本的需求在这里找不到。人，最基本的需求是什么呢？她也说不清。不过，水应当是人们最基本的需求，是人类赖以生存的希望和源泉，没有它，以后的日子无法想象。

9

春天来了，春风如温暖的手抚摸着大地。粉红的桃花和雪白的李花迎着春风盛开，雪花般的柳絮在春风里飞舞。金黄的迎春花和多姿多彩的杜鹃花，开放在山崖上，雪白的梧桐花挂在高高的枝头上。

天堂大队第一生产队的社员们弓着身子在水田里插早稻的秧苗。天还很冷，脚被稻田冰冷的水浸得发红，如果不是正在干着力气活，会冻得浑身发抖。

铃……，邮递员的铃声惊醒了正在插秧的芙蓉，芙蓉从水田里站起来，接着安妮和曙光也站起来，他们一齐朝邮递员看去。

邮递员站在小路上，举起手中的信向他们挥舞。

芙蓉放下秧苗，朝邮递员一路奔去。当她站在邮递员面前时，桃花般的脸上冒出了细细的汗珠。

邮递员上上下下打量着芙蓉，芙蓉穿着铁灰色的的确卡军装，掐腰的军装把芙蓉窈窕的身材恰如其分地表现出来。当他的目光落到芙蓉的小腿时，尖着声音大喊：蚂蟥！

几条圆滚滚的蚂蟥正在贪婪地吸着芙蓉腿上的血。芙蓉轻轻一抹，吸饱血的蚂蟥掉在地上。

邮递员摇摇头，刚才的情景让他太难受，他把信递给芙蓉说：城里学生到乡里来喂蚂蟥，造孽！

芙蓉只顾拿着信欢快地回转，她把信递给安妮和曙光，他们也收到了家里的信。对于苦闷而压抑的年轻人，远方的来信就是甘露，能滋润干枯的心灵。

没有谁敢放下手中的农活读信，再过一个时辰才会收工吃午饭，那时他们才有时间读信，对于只想读到信的知青来说，这一个时辰除了肉体还有精神上的折磨。

水田的秧苗全部插完了，平滑如镜的水面被绿色覆盖了。太阳向天空的正中移动着，被晒过的水田发出腐臭的气味。

上午收工时，插秧的人站在田埂上将手脚洗干净。安妮已经腰酸背痛，她的例假来了，不能浸泡在冷水里。早上，安妮向妇女队长请假，妇女队长说：农村没有例假这一说法，凡是女人都这样，没听说过这日子与其他日子有什么不同。你不想出工就不出，不少你一个人。

安妮还是出工了，因为是春耕季节，无论是田里还是土里都在下种，连平时不出工的婆娘们都下到水田插秧了，她不能不把自己泡在寒冷刺骨的水田里。

自从住进知青屋，芙蓉就主动为三人做饭。从水田走到屋里只要十分钟，她用最快的速度向知青屋奔跑，今天她要先看完信再做饭。

芙蓉的家书通常由父母口述，大妹妹茉莉执笔，写完了再念给父母听。

今天的信写的是茉莉自己的事情。茉莉说，爸爸给她做了好几件春装，当她走上大街，人们便将目光投向她，她很享受这种与众不同的感觉。她已经满了十五岁了，这学期她由小学生一下子升为高中生，不需要读初中了，她们的初中已经被文化大革命耽误了。同学们说，反正读书没有用，学校也不再考试，高中初中一个样，直接升高中更好。

接着茉莉告诉她，父亲越来越聪明了，女装做得特别好，百货公司的女装是直筒的，父亲做的衣服是掐腰的，每天晚上来做衣服的女人们都挤破门了，父亲又买了一架新缝纫机，偷偷请了工厂手艺最好的刘姨来帮忙，父亲接黑活的收入是工资的两倍，不过，父母很累，每夜做活做到天快亮。

随信给她寄来十元钱。

芙蓉读完信，就像吃了兴奋剂，她哼着歌开始做午饭，决定晚上再给家里写封回信，要父母别太辛苦。

安妮的信是弟弟写的，弟弟在信中告诉她，父亲的问题又升级了，原来定性是走资派，现在是叛徒，父亲过去的光荣历史都是假的。母亲是最近查出来的中美合作所的特务，已经关起来了。庆幸的是，母亲被抓走的前一天，他领到了留城证。弟弟很感谢安妮，因为她的下乡，给了他留城的机会。

看完信后，安妮伏在床上失声痛哭。

张曙光收到的是母亲的来信。母亲在信中感谢他给她寄去的十元钱，她用那些钱买了红薯和鸡蛋。现在她每天吃几个红薯和一个鸡蛋，身体已经好多了。春天来了，她种下的蚕豆已经开花了，再过一个月，她就能吃到新鲜的蚕豆，到那时饥饿也就解除了。

读到这里，张曙光心里无比欣慰。母亲活过来了，是他的十元钱把她救活的。张曙光的心里充满对芙蓉的感谢，一个多月来，他和芙蓉朝夕相处，还没有对她说过一声"谢谢"，真有点对不住人家。

张曙光走进伙房，饭正飘着香气，是那种火候正好合适的香气。芙蓉把洗好的菜放在一块很大的砧板上，砧板有两寸厚，是一块大树的横切面。

张曙光把煮饭的铁鼎从木叉上取下提到木架上，又把铁锅架在灶火上，帮着芙蓉涮锅。

芙蓉看到张曙光情绪很好，就问：你是不是收到情书了？

张曙光说：是我妈的信。芙蓉，我借你的钱还没谢你。不好意思，钱要过两个月才能还给你。

芙蓉说：不要紧的，有了再还，不要说谢，也不要挂在心里。

芙蓉说着向灶里续了一把柴，火光映红了她秀气可人的脸蛋，使她格外妩媚可爱。

张曙光说：芙蓉，你真美！

芙蓉问：你今天才知道？

张曙光说：我是说你心里很美，真的。

芙蓉并不理解地看着张曙光。心里美？在她看来外表美的人心里也是美的，正如电影里所传播的正面人物一定外表英俊，反面人物的外表奇丑无比。她的母亲也常说：饭少锅巴多，人丑精怪多。芙蓉很感谢父母给了她美丽的外表，努力让自己诚实与善良，让自己的良心和外表一样受到人们的赞美。

张曙光这么说也许是在赞她外表和内心都很美吧。

芙蓉做好菜去叫安妮吃饭，见到安妮正在哭泣，不知该怎么安慰她。安妮说：你们先吃吧。

芙蓉在和张曙光吃饭时，说：我听荷花说，在乡下要是自己家不养猪就没有肉和油吃，拿钱都买不到。我想砌个猪栏养一头猪，你说呢？

养猪？张曙光大吃一惊，说：我是不是听错了，我们自己都养不活自己了，还养猪？

芙蓉说：我不但要养一头猪，我还要养一群鸡。

张曙光开玩笑说：你是不是想养一群母鸡，母鸡下蛋孵小鸡，鸡下蛋，蛋孵鸡，后来，漫山遍野都是你养的鸡。然后把鸡卖掉买一头母牛，牛生牛，变成一大群牛。再把牛卖掉，在乡下盖一栋大房子，变成一个新生代的地主婆。

芙蓉大笑起来，说：你让我狗血淋头啊，我可不是三家村里的邓拓吴晗廖沫沙。我是个农民，按农民的思维生活，不养猪养鸡就没有肉和蛋吃，这很现实，跟钉子钉板子一样，一个钉子一个眼。养猪有肉吃，养鸡有蛋吃。

安妮坐起来擦干眼泪，从枕头下摸出一块镜子，用镜子照了照哭红的双眼。听到芙蓉和张曙光有说有笑，心里很不爽，她想。我倒霉了，见到我哭泣，他们像过节一样高兴，可恶！她强忍着痛苦，没事一般走进伙房。

安妮一进伙房，芙蓉就把自己的想法告诉她，要她也表个态。安妮说：我同意张曙光的意见，不养猪。人都养不活还来养猪，幼稚！

芙蓉说：你们不同意我也要养，和你们商量是尊重你们。

下午出工时，芙蓉问李国生到哪里能买到猪崽。国生说：你买猪崽干嘛？想养猪吗？

芙蓉说：我怎么就不能养猪呢？

国生说：你拿什么养猪？

芙蓉说：我去扯猪草。

国生说：我们这里穷山恶水，连草都不生。

芙蓉说：我像田田一样到五里地外的河滩上扯猪草。

国生说：那不是个办法。我倒有个主意，你们不是也有两亩自留地吗，在地里种牛皮菜和凤凰萝卜给猪吃，再搭个竹架种点豆角和丝瓜给人吃，这样饲料的问题解决了一大半，人也有菜吃了。买猪崽按重量计价，最少要七、八块钱，你有吗？队里好多人家想养猪，就是没买猪崽的钱。

芙蓉说：我刚好有十块钱，买了猪崽剩下的钱买鸡崽。

国生说：鸡倒是会自己刨食，但是大队规定每人养三只，你们最多养十只。

芙蓉说：十只就够了。

10

春耕完毕，已是农历三月，下雨天总是多过天晴天。只要是下雨天，生产队就不会出工，知青们便就近串串门。

知青们聚集在一起，免不了怀念旧日的同学和朋友，怀念父母和亲人，怀念共同生活过城市。

城市里光洁平整的柏油马路，路边闪烁的耀眼的灯光。装饰着的绚丽多彩的霓虹灯的酒店，张贴着明星们头像的电影院，百货公司五光十色的橱窗，街边的香气四溢的小吃。一年四季鲜花盛开、绿草如茵的公园，这一切都成了大家说不完的话题。

曾经，他们把手插在空空的裤兜里，只在百货公司的橱窗前逛一逛，或三五个好友很无聊的溜马路逛公园。但那座城市是属于他们的，有他们未来的梦想和令他们心动的诱惑。

到了乡下后，才知道城市不止是林荫大道和商店与乡下大不一样，生活观念、行为习惯和举止谈吐对知青们来说都是陌生的和难以接受的。

现在，城市的一切远远地离开了他们，也许是永久的失去。于是，他们难过得流下了眼泪。

芙蓉已经搭好了猪舍，托国生买来了一只四斤重的小猪和十只小鸡。她把全部热情投放到养猪和养小鸡的事情上，不再参加知青们的聚会了。

芙蓉的这一举动引起了大队书记的关注，在公社召开的关于怎样教育知青的支部书记会议上，天堂大队的吕书记把芙蓉作为决心扎根农村的知青典型推了出来。

公社书记王天泰听完汇报后，说：各大队的书记们，政治工作是一切经济工作的生命线，我们不能只看知青出不出工，劳动时肯不肯出力，而是要提高知青的政治觉悟，要把他们改造成和你我一样的农民。所以我们要把政治工作放在一切工作的首位。怎么教育这些从城里来的学生们？就是从知青中找一个典型的例子，要所有的知青向她学习。现在这个典型有了，就是天堂大队荷叶塘生产队的向芙蓉。我现在带领你们，所有的大队书记们去天堂大队荷叶塘生产队去取经，我们要好好总结荷叶塘生产队教育知青的经验，要让全公社的知青向这个养猪的知青学习，最好的效果是让每一个知识青年每人每年养一头猪，这样，他们除了出工，还帮生产队完成国家派下来的生猪统购任务。最主要的是他们没有时间聚会，哭哭啼啼，胡说八道了。

大队书记们说：要是能有这样，我们正求之不得哩。

王天泰书记说：毛主席教导我们说，榜样的力量是无穷的。只要我们按主席的教导去做，就会取得胜利。我们抓紧时间，现在就去。

那天，艳阳高照，风卷着小麦的清香从河那边吹过来，漫山遍野弥漫着只有春天才有的清新的气息。

公社书记和大队书记们参观了芙蓉的猪舍，虽然猪舍很简陋，猪比拳头大不了多少，但它却是知青中的典型。全公社两百多名知青，有的还是五年前来这里插队落户的，从来没有哪个知青搭起猪舍养猪。

看完猪舍，王书记又来到社员们正在劳动的山坡上。芙蓉和社员们在刚刚收割完蚕豆的地里种红薯，种完红薯，麦子熟透了，又忙着收割麦子。春末夏初，是乡村里第一个繁忙的季节。

王书记和大队书记们环顾四周，荷叶塘四面环山，中间的盆地是几十亩水田，禾苗绿油油的，长势正旺。在起伏的山峦上，红色的土壤里混合一半以上沙砾和卵石，几乎看不到植被，壁陡的层次分明的红色页岩光秃秃的耸立在山腰上。

村民们已经在平缓的山坡上种了玉米和高粱，现在又种上红薯，如果风调雨顺，他们会来给庄稼松松土，这样会收获更多的粮食。要是老天爷不下雨，他们索性放弃耕耨，能收获多少算多少，一切由老天爷说了算。

像荷叶塘这样贫困的生产队，干部们一般是不会来的。没有能懂得事理的人招待你还是小事，一旦被农民们缠上，多多少少要补助他们一点点救命的粮食，不然，干部们是难以脱身的。

眼下还没到青黄不接的日子，国家的救济粮也还没拨下来，公社书记这才敢领着大队书记到荷叶塘生产队来.

见到这么多陌生人来到地里，农民们停下手中的农活驻足观看。当大队吕书记向在家介绍公社王书记时，生产队长慌了神，在他们头顶上的这块天，公社书记就是政府派来的土皇帝。要问农民最怕什么，农民怕干部，干部怕政府。

于是男人们赶紧扬起锄头在地上挖一个坑，女人抓起一根薯苗塞进坑里，再抓一把湿漉漉的牛粪盖在上面。李禾生手足无措，慌里慌张地走到王书记面前，把自己的抽的旱烟卷递过去。

正在地里干活的三个知青没有因为干部们的到来而停下来，他们不慌不忙地干着，显出见过世面的样子。

吕书记扯开喉咙喊：老向，公社王书记今天是来看你的。

向芙蓉站起来，安妮听到公社王书记五个字，也站直了身子，张曙光是最后一个站起来的。他们一齐将脸转向王天泰书记。

王天泰还很年轻，与大寨的书记陈永贵相反，他的皮肤白净细腻，一点皱纹都没有，衣着整洁，模样很斯文，像一个乡村教师。

王书记向他们招手，嘴里嘟哝了一句谁也没听清楚的话。

于是三个知青满脸疑惑走了过来，他们手上沾着牛粪，臭烘烘的站在公社书记的面前。

公社书记说：同志们，你们好，我代表全公社三万贫、下中农来看望你们。

安妮说：谢谢王书记。

王书记说;你们离开父母，离开城市到我们穷苦的乡村来，接受贫、下中农再教育，你们受苦了。

安妮说：听毛主席的话，一不怕苦，二不怕死。吃这点苦不算什么。

王书记说：说得好。你们过去在城市没做农活，现在下地干活，你们觉得累吗？

安妮说：我们不累。

芙蓉说：很累。

王书记说：累是肯定的，但是你们克服困难，不怕苦不怕累，决心扎根农村是不是？

芙蓉和安妮异口同声回答：是！

王书记说：伟大领袖毛主席教导我们说，农村是一个广阔的天地，在那里是大有作为的。你们的行动，尤其是你们养猪的事业，印证了主席教导是无比正确的，一句顶一万句。我刚才看过你们养的猪了，就是这头猪，表现出你们扎根广阔天地的决心，给全公社的知青树立了优秀的榜样。

安妮说：谢谢书记的鼓励，我们做得还不够好，还要继续接受贫下中农的再教育。

王书记连连说：好，好！我听说好多知青不安心在农村生产，他们常常聚在一起哭哭啼啼的埋怨党的上山下乡政策。当然，我国还处在社会主义建设的初级阶段，城乡差别还是有一点，但是我们正在消灭这一差别。如果大家都不愿当农民，谁来种粮食给大家吃？七亿人民岂不是会被饿死？

安妮说：王书记教导得对，我，安妮，决心把美好的青春献给社会主义新农村。

王书记说：有了这样的决心，我相信你们是不怕苦不怕累的。你们今天在地里撒牛粪，手弄得臭臭的，但是撒掉了你们资产阶级的臭思想，树立了无产阶级的世界观，这是非常可贵的。我听说你们平时的表现都很好，很能吃苦。

安妮说：因为我们时时刻刻都把毛主席的教导记在心上。

你们听毛主席的话，按毛主席的教导办事，很好！有一个问题，我必须问你们，当你们遇到困难心里难过的时候，会找谁谈心，是找知青呢？还是找贫、下中农？或者闷在心里？

安妮说：报告王书记，我会找贫、下中农谈心，只有这样我们知识青年才能改造掉资产阶级思想。

王书记用眼睛瞄着芙蓉，笑着问：你呢，怎么不回答我的问题，是不是在平时喜欢和知青聚会？

芙蓉说：刚插队到这里的时候，很想家，大家聚在一起说一些想念家人或怀念故乡的话，我也参加了，也哭过。后来喂猪了就再也没时间聚会了。

王书记问：要是有时间呢，你会不会去？

芙蓉说：去呀，为什么不去。要是我心里难过，会去找唐平平和刘亚玲说心里话，我们三个是好朋友。

然后呢？

我们在一起哭一哭，笑一笑，再唱几支我们都会唱的歌就没事了，心里也就不难过了。

王书记说：你说的倒是真话，不过思想觉悟还有待提高。你家庭出身是什么？

芙蓉回答：工人。

原来是工人阶级的女儿，难怪表现得这么好，王书记说。然后问安妮：你家庭出身是什么？

安妮回答：革命干部。

革命干部。王书记重复着，好像心存疑惑。然后问一直没说话曙光：你呢？

地主。曙光用喉咙眼里发出的声音回答。

王书记对曙光说：哦，你出身在剥削阶级家庭，党的政策是有成分论，不唯成分论，重在政治表现。你是来接受贫下中农再教育的，要在这里好好改造自己。曙光说：是。

王书记对芙蓉说：真话可以讲，但要注意场合。你是工人阶级的后代，只要好好锻炼将会有美好的前途。听说养猪的建议是你提出来的，是吗？

芙蓉不好意思地回答：是的。

安妮说：我很支持她，我们每顿饭的米汤都给猪喝。

王书记说：你们俩都用行动扎根农村。安妮，我在学校读书时有一句很流行的话，叫作'学好数理化，不如有个好爸爸'。'好爸爸'决定一个人的前途，尤其是在贯彻党的阶级路线后，'老子革命儿好汉，老子反动儿混蛋'。你是个有革命理想的知识青年，你有没有前途，就看你爸爸了。你爸爸现在是什么级别的干部？

灿烂的笑容从安妮的脸上消失了，她的脸色顿时苍白，眼神茫然无措。她说：我爸爸以前是工业局局长。

王书记明白了安妮说的"以前"，不再追问，说：公社要组织一次毛泽东思想讲用团，让典型的先进人物宣传活学活用毛泽东思想的优秀事迹。安妮同志和向芙蓉同志各准备一篇演讲稿，作为知青代表到各大队各生产队去演讲，这是很高的荣誉。但在你们生产队只能挑选一个知青，你们谁的讲演稿写得好，写出了水平，谁去。公社给你们记男劳动力的工分，以义工工分补贴到生产队，总之，不能让生产队吃亏。

王天泰书记说完后，在三个知青的掌声中和大队书记们走了。

11

三个知青带着不同的表情回到地里，芙蓉平静，安妮略有所思，张曙光垂头丧气。

收工后，张曙光要去河里背水。自从养了小猪，曙光要多背一次水。安妮如果要洗澡洗衣服，他还得多背两次水。乡下女人很少洗衣服，即使洗衣服也在肮脏的水塘里搓几下。安妮觉得在那样的水塘里洗衣服，只会使衣服更脏。所以，张曙光在她洗澡换衣时，不声不响给她准备好两桶水。

芙蓉一回家就做饭，她知道张曙光饿了，得早点吃晚饭。

芙蓉把滚烫的米汤倒进早上煮好的猪潲里，心里有点内疚，凭什么要安妮、曙光也和她一样，把米饭中的精华给猪吃掉。

初夏是乡村里食物最丰富的时候，豆子、麦子、洋芋刚刚收获，自留地里白菜芹菜莴笋胡葱一个劲地疯长。农民们把自家最好的新鲜蔬菜送给还不会种菜的知青，所以，在知青的伙房里堆满各种各样的蔬菜。

芙蓉喂饱小猪，小鸡，赶紧洗菜炒菜。当饭菜摆上当成饭桌用的木柜上时，张曙光已经背了三次水，累得大汗淋漓，气喘吁吁。

这时国生来了，向他们借手电筒，说用电筒去田里抓青蛙。国生说：只要把光打在青蛙身上，青蛙的眼睛就看不见了，一动不动，等着你去抓它。

芙蓉说：你家没有电筒吗？

国生说：电筒是有，就是没有电池。

芙蓉说：我送你崭新的电池，保险你能用上一个夏天。不过你抓的青蛙要分一半给我。

国生说：分了一半给你，我还能有多少。不如让曙光和我一起去。

抓一鱼篓青蛙大早就回来了，不会累得明早爬不起来。

曙光说：我没有鱼篓。

国生说：我送一个给你。

芙蓉说：好啊，好啊。这样我也没白送电池给你。你吃过没有，要不要和我们一起吃饭？

国生用眼睛瞟了一下安妮，说：不用。

芙蓉喊安妮：安姐，吃饭了。

安妮说：你们先吃吧。

曙光说：她在写讲用稿，看起来去讲用团的事，她志在必得。

芙蓉说：我不会跟她争的。再说，养个猪有什么好说的，我是为了吃肉才养猪的，真的没什么可以向党和毛主席汇报。

曙光轻轻说：这件事安妮至少能写出十万字的汇报材料。

芙蓉说：怎么这么能写？弄虚作假吧。

国生说：这年代不说假话，成不了大事。

芙蓉沉默了片刻，说：曙光，你不是要去抓青蛙吗，我们就先吃吧。

12

王书记回到公社后，要公社秘书沈小年替向芙蓉写活学活用毛主席著作的先进事迹。王书记说：养猪是先进事迹的重点，写的时候不要一下子就进入高潮，要有反复曲折，有过程，有思想斗争。譬如，当她提到养猪时，遭到其他知青的反对，她犹豫了，退却了，这时她认真毛主席著作《实践论》或者《纪念白求恩》，思想进步了，困难也就迎刃而解。

沈小年秘书苦思冥想，紧赶快赶，化了两天两夜写完讲用稿，王书记又要他改了几次，总算通过了。

沈小年骑单车到荷叶塘去，王书记要他用单车把向芙蓉载到公社去。公社离荷叶塘十来里，沈秘书用不了半小时就到了。可是向芙蓉死活不肯跟随沈秘书到公社去。

她说：我没空，中午我要喂猪做饭，还要洗衣服。

沈秘书说：其他的知青没长手吗？

芙蓉说：张曙光中午要背水，安妮要写讲用稿。

沈秘书说：她不用写了，公社决定由你去。

芙蓉说：我已经想好了不去，根本就没写讲用稿。

沈秘书说：不劳你费心，我已经帮你写好了，你只管照本宣科。

芙蓉说：那我就更不能去了，我不能用你的讲用稿欺骗全公社三万贫、下中农。

沈秘书说：怎么说话的？我在公社当了七年秘书，还没见过像你这样说话的人，我的发言稿是骗人的，要是让你自己写，难道会句句是实话？

芙蓉说：我也不知道。如果是为了讲用团的事，我不会去。你们要安妮去吧，她真的表现很好，每天晚上都在读毛主席著作。

沈秘书说：这事不是你说了算，公社书记说了算，他选中了你，你应该听书记的话。

芙蓉说：我不去。说完，芙蓉笑了，露出整齐雪白的牙齿。这甜甜的笑，让沈秘书让步了。沈秘书说：你是城里来的知青，我奈何你不得，要是本乡本土的社员，我用绳索把你绑了去，不会站在这里和你打口水仗。

沈秘书虽然没有载走安妮，却很高兴，心里有点幸灾乐祸。芙蓉今天得罪的不是他，而是王天泰书记。在金桥公社有谁敢得罪公社王书记呢？他觉得芙蓉很单纯，比他见到过的农村姑娘还要单纯得多。

后来，安妮随《活学活用毛泽东思想讲用团》到处演讲。

13

这年夏天，老天爷没下过雨。太阳像灼灼燃烧的火球悬挂在湛蓝的天空。白云浮在高高的天空上，如丝如缕微微飘动。地面上的风变成了一波又一波的热浪，扑向田野，扑向山岗。

被太阳烤焦的大地上，谷穗孕育在禾苗里抽不出来，水田已经坼裂。山坳里的水塘已经见底，地里的庄稼蔫蔫的，一副快要死的样子。

队长李禾生急得嗓子都哑了，就是想不出什么办法。当然，最好的办法是有台抽水机，把水从河里抽上来，灌到水田里去。可是，到哪里去找抽水机呢？

社员们早已习惯了靠天吃饭，天不下雨，奈何！

每到旱天，荷叶塘的社员们越发怀念那眼已经枯竭的泉水，那简直是老天爷给荷叶塘的村民们安装的抽水机，越是天旱，泉水喷涌得越高，那湍湍激流欢快地流进荷叶塘里。然后，村民们架起水车把水从荷叶塘车到稻田里。那时候，他们从不知道什么是天灾人祸，日子过得丰衣足食。到如今，眼看就要颗粒无收，社员们也弄明白了哪是天灾，哪是人祸。唉，真是天作孽，犹可说。人作孽，不可活。

这样的日子时，曙光每天要背七、八次水，他要保证自留地的猪菜不被旱死。

芙蓉已经懊悔养猪，养猪太累人了，这两个月，这头猪耗费了她所有的精力，还把曙光也拖累了。

就在她养猪后不久，国生说他娘想养猪都想疯了，就是没有买猪崽的钱。她给了国生十元钱，国生拿到钱后，立马买了小猪崽，他买的猪崽有芙蓉的两倍大。国生经常来看她养猪，说她把猪当成儿子养，养了两个月才长十斤。他娘养猪疯长，一个多月长了二十多斤。

国生的娘挺着个大肚子来看芙蓉养的猪，说芙蓉的猪积食了。国生娘从家里拿来做酒的药饼喂小猪，小猪果然不再挑食。自从她给了国生十元钱，他们一家对她特别好。芙蓉觉得，得她十元钱的好处，就对她这么好，国生不像安妮说的那样，是个特别有心机的人，而是一个懂得感恩的人。

荷叶塘十二户人家，九十多个人口。家家户户都会生养。队长李禾生刚刚四十岁，正当壮年，已经生了六个儿子，老婆的肚子又大了起来。荷花已经嫁了两个姐姐，还有四个妹妹一个弟弟，荷花娘觉得自己只有一个儿子将来无论是挣工分还是分粮食都亏大了，还打算再生两个儿子。在这个连喝水都困难的山沟里，女人可以用来攀比的只有丈夫和儿子，多生儿女对她们来说很容易，养大儿女也只是在饭锅里多加一瓢水。村里的后生多半长得歪瓜裂枣三等残废一般，女孩却个个眉清目秀招人喜欢。

老一辈人讲，荷叶塘的风水历来旺女不旺男。

田田是村里唯一待嫁的姑娘，出落得鲜花一般，如今成了芙蓉的闺中密友。让芙蓉难以理解的是田田从未跨进校门，大字不能认一斗，说话却滴水不漏，聪明过人。芙蓉问何田田：田田，我每次问你话，你总是回答得头头是道，令我佩服。你的这些聪明才智是从哪儿学来的？

田田说：是荷叶塘的水好，女人家喝了荷叶塘的水就能说会道了。

可是荷叶塘已经没有水了呀。

我奶奶说，老一辈喝过变聪明了，便将智慧传下来了，这是真的。芙蓉，你听说过吉卜赛人吗？

我在普希金的诗里读到过，在俄罗斯叫茨冈人，是欧亚大陆的流浪民族，靠给人抽纸牌算命讨生活。

芙蓉，荷叶塘的女人就是从西方流浪过来的吉卜赛人。她们世世代代四处流浪，用说唱的形式给人抽纸牌、看相、算命。很多女人在年轻时算命算到东南亚去了，挣了好多的钱回来。

荷叶塘的人从前不用种田也过得好，凭的就是嘴巴两块皮，会讲又会移。讲话会移，就是善于察言观色呀，不是聪明人会讲出句句都讨人喜欢的话来么？

田田，记得小时候常听到街上有女人尖着嗓子喊'抽牌看相哦——！'原来就是你们荷叶塘的吉卜赛女人。

是啊，我奶奶，我娘都是抽纸牌算流年运气，看手相面相算命的高手。

为什么不做这一行了呢？

不敢做了，再做会被公安局关进牢房。

这么严重？

说轻一点是宣扬封建迷信，重一点是诈骗罪。

诈骗？算个命能骗多少钱呢？

我奶奶说，窃国无罪，偷瓜为贼。

奶奶说得对。田田，你会算命吗？

可惜传媳不传女，我娘不传给我。娘说，荷叶塘的女儿命好，从荷叶塘嫁出去的女儿个个都有旺夫命，嫁到糠箩变米箩，嫁到刺蓬蓬里也会变成金窝窝，不用去赚算命的辛苦钱。

这我不相信，不可能人人都好命。

芙蓉，我们乡下女儿嫁的不是男人，而是地方。荷叶塘的女人走南闯北，哪里地肥水美，风水养人，都心中有数。要是碰上那哥哥人长得好，家里又殷实。便千方百计诱惑他来算命，算命时便说他要娶哪个方向，属相是什么的女儿家。过几天便有媒人过来给那哥哥说媒，说的正好是算命人要他娶的女人。我的两个姐姐都是这么嫁出去的。这个世界城里人认为乡下人是傻子，富人认为穷人是傻子，当官的认为老百姓是傻子。我奶奶说，这人世间没有一个人是傻子，人人都在想方设法谋取利益，只是手段千差万别。要说傻，就是那些凡事都认为只有自己聪明的人，才是真正的傻子。

田田，你奶奶说得真好，我很佩服她，想请她给我看相算命，她会答应吗？

会肯的，我奶奶喜欢你们这几个城里人。

那还等什么，我现在就去。

到了田田家，田田奶奶对着芙蓉的脸看了又看，再仔细看了芙蓉的手，说：你还是等两年再来算命吧。

芙蓉走后，奶奶对田田摇了摇头，说：这妹子心是最好的，可惜命苦得很。

14

那一年，荷叶塘几十亩水稻颗粒无收，整个村子陷入饥荒之中。

队长的婆娘在农历六月六日这一天生下第七个儿子，也在这一天，他的第六个儿子饿死了。队长将儿子埋了后，悄悄宰了他家养的猪。他用煮猪食的锅煮了满满一锅猪肉，猪肉的香味飘荡在荷叶塘的上空，久久不散。孩子们咧着嘴巴大哭：娘，我想吃肉。队长的母亲拿着一个破碗到儿子家讨肉吃，敲了半天的门，队长不情愿地给他娘半碗。

芙蓉说：曙光，我们把猪宰了吧，好歹也有三十几斤，给每家的孩子送一小块肉吧。

曙光说：猪是你辛苦养大的，你想怎样，我都同意。我去河里背几桶水，你去叫田田的爸来帮忙吧。

那天，芙蓉把猪宰了，叫田田爸分成十二份，除了队长家，叫村里每一户拿去一份。她自己留下一份，煮了给曙光吃。曙光见芙蓉不吃也不肯吃。芙蓉又将那碗肉送给田田家，田田家上有老下有小，日子过得特别艰难。当芙蓉告诉田田：这肉我尝都没尝一块，就给你家送过来了。田田奶奶拉着芙蓉的手，说：好人哪！

这时芙蓉心里有了史诗般英雄的感觉。

张曙光却说：芙蓉你把自己对农民的好心全毁掉了。你知道农民最看重的是什么吗？是绝对平均，尤其是物质，无论什么人，在什么情况下都要绝对平均。譬如，队长家宰了猪自家吃，社员们的心态很平常，因为他谁也不给，连他妈都不给。你宰了猪，把社员们都叫过来，当着大家的面给每家一块肉，他们有肉吃了，也很感谢你。何况猪那么小，田田的爸分得也很公平，所以大家谢过你后赶紧回家煮着吃。当你再给田田家一碗肉时，他们就有了想法，为什么你给田田家而不给他，认为你只对田田家好，而看不起他们。不管你是从嘴边省下来的还是你与田田有着深厚的友谊，总之都会对你不满。何况队长家你没有送，还不知道队长对你有什么想法。

芙蓉说：我的猪我做主，我需要管那么多的想法吗？

15

安妮随着讲用团到全公社二十几个大队讲演，后来又去县里讲演。安妮越讲越顺口，已经把养一头小猪变成了养三头小猪，三个知青各养一头，还展开了你追我赶的竞赛，小猪也由一个月长十斤变成一个月长二十斤。

安妮在县里的讲演获得热烈的掌声，县革委非常欣赏她。要她参加县里的演讲团，到全县讲演。

这是安妮下乡以来最快乐的日子，每天迎接她的是热烈的掌声，送走她的也是热烈的掌声。所到之处，都是人们羡慕的眼光，她感到特别自豪，特别陶醉。

不过，她也有一点遗憾，那就是张曙光还没有看到她的讲演。安妮对张曙光的感情非常复杂。这种复杂的感情是从他们分到荷叶塘的第一天开始的。

那一天，安妮和曙光跟随着队长李禾生来到荷叶塘。安妮扫去地上的浮土，准备用水擦一擦积满灰尘的木床，她问：队长，到哪里有自来水。

队长有点难为情，他不知道从城里来的知青说什么，如果说的是水，他明白，人哪会不和水打交道。可她说的好像不是水，是屎或别的什么。

安妮做了一个舀水的动作。队长说：你说的是水？安妮点点头。

荷叶塘的人说的是好懂的方言，有点像北京话，据说在明万历年间，他们在朝做官的祖宗从京城流放到了荷叶塘，以后的子子孙孙也就一口京腔。当然，随着婚嫁改变基因，话也越来越本地化了。不过他们还是以北京话为基本方言，这也是荷叶塘人几百年来走南闯北以说唱形式为人算命的语言优势。

这时，队长对张曙光说：老张，我带你去背水吧。

队长从伙房里拿出两只背篓，背篓里面放着崭新的木桶。队长说：水离我们这儿很远，一般是男人背水，女人做饭。

安妮说：我也能干男人干的活。说着去抢背篓，张曙光不让。安妮说：我跟你们一起去。

一路上，只见山峦不见平地。当他们爬上山顶时，安妮看到了独一无二的风景。深谷中，小河静静流淌。用心去听，听到了小河的呜咽。那若有若无的呜咽，是小河撞击河岸的声音。

穿过小河的上空，瞭望对岸，悬浮的夕阳里，太阳正在向西沉落。

队长说：这是从雪峰山流下来的哭河。解放前，我们荷叶塘也出了不少有钱人，大家凑钱在这里筑了一个水坝，荷叶塘的人站在水坝上往东一望，大山全在漂在水里，青山绿水，那个美景呀盖过了苏州杭州。由于长年失修，在一场洪水中，大坝垮了。水冲走了下游十几户人家，还把上百亩良田冲成沙洲。至今人们还叫这里烂坝，叫下面的河滩白沙洲。要是坝不垮，像今年这样的大旱，这个水坝不知能救多少人。

曙光说：水坝垮了，就不能再筑？

队长说：再筑水坝，需要很多石料。水坝垮了以后，大家都来抢石料盖屋子，稍微整齐一点的石料都被搬回家。现在想再修个水坝，就没钱买石料了。

曙光踏着队长的脚印走下悬崖，悬崖上的石阶唤起安妮对纪录片《红旗渠》的回忆，林县人民修红旗渠，轰轰烈烈举世闻名。同样是战天斗地的壮举，她看到的只有一条诗一般朦胧的石阶蜿蜒而上，诉说着从盘古开天地就有的故事。

安妮站在石崖上默默看着张曙光走下去，心被揪得紧紧的充满恐惧。暮色渐渐将她包围，她不相信张曙光能从深谷里走上来，不相信她刚刚离开的山坡上的土屋是她的家，她不知道归宿在哪儿？心里像被千万只虫子在啃咬。

当曙光在她身边轻轻呼唤：安妮，走吧。安妮才从痛苦中挣扎出来，默默跟在曙光后面恍恍惚惚往山下走。

到了家，队长帮他们点燃松树节疤的灯，说：我婆娘已经做了你们的夜饭，今夜在我家吃，等会我再来领你们去。

在晃动着的灯光里，只剩下她和曙光。安妮突然感到她身边唯一的亲人就是曙光，她猛地扑进曙光的怀里哭喊起来：曙光，我总感觉一股无形的压力挤逼着我们，它比劳动更使我疲惫不堪，我们怎么办？

曙光的目光突然坚毅起来，轻轻抹去她脸上的泪水，说：总有办法活下去！

那一晚他们相拥着，等待着天亮，可是，时光如凝结了一般，竟是那么漫长。

天快亮了，曙光说：我给你唱一支歌吧，歌词是我自己写的：

天空高远辽阔，景色迷人，

我们来自哪里，去向何方？

路途遥远，也没有归宿，

从一个地方，去到另一个地方。

冷冰冰的原野，故乡如梦如幻。

我想离开这里，流浪远方，

独自经历自己的生活，

和那难以忘怀的爱情。

……

在摇曳的灯光里，在缥缈的烟雾中，在弥漫着松香味的土屋里，安妮听到曙光的歌里充满爱与乡愁，还有那流浪远方的决心。那一瞬，她想随曙光去流浪。曙光的歌给她那已经绝望的心浇上热血，让它重新活过来。她忍不住吻了又吻曙光的唇，把初吻献给曙光。如果这时候曙光向她求婚，或者要她献出处女的贞操，她都会毫不犹豫地答应。总之，欲生欲死的心境让她失去理智，失去判断力，就像她无法驾驭未来一样，也无法驾驭感情。

安妮在挣扎，曙光也在挣扎。对于曙光来说，现实更残酷。他从安妮的眼光里看到绝望。他是男人，不能看着她被痛苦折磨着。他要给安妮一种力量，一个希望，鼓励她活下去。当安妮扑进他怀里时，他变得无比坚强，甚至把自己当成安妮的兄长，在心里发誓要一辈子爱她保护她。他对安妮说：相信我，生活不会到此为止，荷叶塘只是我们人生中的一个驿站。

后来，安妮越来越清晰地意识到：插队知青是最苦的，他们生活在农民中间，周围的一切都与他们的成长经历格格不入。他们被农民的意识包裹着，挤压着，已经没有了对知识、理想、灵感，欲望和快乐的思维空间，如果在这里结婚生子，就要像这里的村民一样过着非常简单、贫乏、直观、现实的生活，现实到没有领悟力。

她必须挣脱对曙光感情的依恋，挺住了对苦与累的畏惧，她不能让自己的一辈子毁在就这穷乡僻壤。

但是，安妮毕竟处在热血沸腾，即现实又浪漫的年龄，时时刻刻在她眼前晃动的只有英俊挺拔，才气逼人的曙光。她的炽热的青春，反反复复不断变化的思想总被曙光占据着，想甩也甩不掉。她无法遏制自己对曙光的思念。

安妮的青涩的爱情并没有让曙光快乐，也没在他心里保存多久。相反，他对安妮的自私与专制产生了厌恶。在他的心里，安妮是个自私的控制欲很强的女人，只想着他按照她的思维去做。如果他做错了，她就会大发脾气。而且看不起他的穷酸，来到乡下，他的确一分钱也没有，但这能怪他吗？曙光把安妮对他的指责曲加包容，毕竟他们必须相互扶持着走完这段路。

与安妮相反，曙光只要一离开安妮就不再想她，常常忘记掉安妮要他做的事情和给他定下的规矩。

现在，他们的生活里又多了一个芙蓉。

曙光从芙蓉的身上看到了善良与单纯，这是安妮身上没有的。

芙蓉并不知道他们之间发生过什么，她看到的是他们之间很简单，很独立，彼此很少交融。

16

久旱无雨对于荷叶塘人真是最大的折磨，人们必须从河里去背水，每天背十桶水，往返六七十里，谁都感到疲惫不堪。农民们把水灌在自留地里，在颗粒无收的时候，如果不把自留地种好，让它长出一些瓜果来，那就只有死路一条了。

荷叶塘是个人少地多的村子，除了生产队按人头分配的自留地，农户们还会在农舍周围刨出一大片地来，他们把一大半的精力放在自留地里，虽然，水田和山坡上的庄稼都已经变得荒芜，点缀在其间的自留地却郁郁葱葱长势正旺。谁也不会去批评这一自私的现象，因为这是农民们与生俱来的求生的本能。

早稻虽然连种子都赔了，晚稻还得种下去，尽管天还旱着，谷种还得提前育秧，育秧需要化肥，生产队却没有买化肥的钱。队长想到了芙蓉，这几个月来，芙蓉差不多每个月都借出了十元钱，现在生产队已经没谁家不借她几元钱了。村民们争着把自家养的鸡和鸡蛋卖给她，把她当财神一样供着。如果，他以生产队的名义向她借十五元钱买化肥，相信她会借的。不过，这事要早点说，免得她把钱借给别人了。

当李禾生把借钱的意图说出来以后，芙蓉说：我现在没有钱了，不过我可以要我爸赶快寄来。

李禾生问：那要多久？

芙蓉想了想，说：最少也需要十二天。

李禾生说：行，你就赶快写信吧，我帮你送到公社的邮箱去。

提笔写信时，芙蓉心里一阵难过。想到父母每天都在辛辛苦苦地缝制衣服，自己帮不了他们，还让他们牵挂着。父母已经每月给了她十元钱。现在又要向他们要钱，真是太难张口了。可是队长说不撒化肥，秧苗就长不壮，收割时会减产。早稻颗粒无收，社员们指望的就是晚稻，要是晚稻减产，这一年的辛苦都付之东流。

她只好硬着头皮往下写：亲爱的爸妈，你们前几天寄来的钱已收到。我在农村挺好的，请不要挂念我。我今天给你们写信，是有一件重要事情商量……

于是，芙蓉把队长说的话在信里重复一遍，最后她写道：这里的农民对我像亲人一样，作为工人阶级的后代，我也应该把他们当成自己的亲人，现在他们有了困难，我没有能力去帮助他们，就只能向你们求助，希望父母能理解女儿此刻的心情。

芙蓉知道父亲本来就是热心肠的人，又那么疼爱自己，看完信后会立即寄钱来的。十五元说多不多，说少不少，是父亲半个月的工资。

进入伏天以后，荷叶塘和它周围的山野，看起来已是一片焦土。在阳光烈焰般的烤晒下，可怜的哭河已经瘦得像一根麻绳，眼看就要断流。自留地里的瓜瓜菜菜，都耷拉着头，蔫蔫的立不起来。

吃了几个月瓜菜的农民们，脸已经浮肿，再也没有力气去悬崖下背水。在这个小小的世界里，又有几位母亲带来了新的生命，但是，他们在来到人世后不久，又匆匆离去。队长的第七个儿子和年迈的母亲都饿死了。不管发生了什么，村子里总是那么平静，人死了埋掉就完了。芙蓉问曙光：娘死了，儿女死了，都不见有人伤心难过，是不是人们盼望着老天下雨，盼得心都麻木了？

曙光说：也许是他们经历的苦难太多吧。

这时，芙蓉的好朋友唐平平和刘亚玲来了。

芙蓉问：你们不出工，一齐跑出来玩？

唐平平说：我们生产队和你们这儿不一样，我们那儿地势低，水塘又多，天天车水灌稻田，已经把我们累得没气了。现在又进入了"双抢"，天没亮就起来，弯着腰面朝水田，不是插秧，就是收割，头上顶着烈日，脚踩在滚烫的稻田里，田里的水把人都蒸熟了，身上的汗水就像自来水一样哗哗地流。我们累得连饭都不想吃了，就想找个地方睡一觉。

刘亚玲已经哭得蹲在地上起不来，她说：我从来没想到下乡会这么苦这么累，累得我骨头都散架了，晚上八、九点散工，还要挑一担重百斤的谷子回晒谷坪，呜……，早知道这么累，打死我也不下乡。

曙光说：别哭了，赶快去睡觉，我和芙蓉做饭，饭好了叫你们。

芙蓉端着筛箕走到自留地，她环顾四周，全是火红色的土地，连最后的一点绿色也开始发黄。因为没有水，生产队已经有两个月没有出工了，所有的村民全力以赴种好自家那一小块菜地，现在瓜菜都下季了，老天爷好像要让村民们去死，这简直太可怕了。

知青们的生活比起农民要好过一些，芙蓉有父亲寄钱，安妮有舅舅姨妈寄钱，曙光有芙蓉与安妮照顾，他也照顾她们。

就在这时，芙蓉看到天边飘过来一朵乌云，慢慢地那朵乌云的背后又涌出了无数朵乌云，而且越积越多，悬挂在天空，就要遮蔽住光芒四射的太阳。

要下雨了！芙蓉仰视着天空，惊喜地大喊。

她的周围，有的人站在山坡上，有的人站在农舍前，有的人正停在乡间的小路上。所有的人都在仰望着天空，忘记了一切。

一道闪电划破长空，随即"啪！"的一声巨响，大雨像瓢泼一般倾泻在这片早已被烤焦的土地上。芙蓉看到所有的人都惊喜若狂，从家里搬出可以盛水的器皿放在屋檐下，大家担心雨就要停下来。

芙蓉浑身已经淋透，她已经忘记自己来干什么的，满腔喜悦地往家走，她要像村民们一样赶紧接住雨水，因为它太宝贵了。

唐平平和刘亚玲被雷声惊醒，当她们发现下大雨了，兴奋得从床上跳下来。

他们也像农民一样，把木桶和脸盆放在屋檐下接着雨水。当看到芙蓉向她们飞奔而来时，她们感动得冲进雨中与芙蓉拥抱在一起。接着三个女孩在雨中跳起了欢快的哈尼族舞蹈：

村村寨寨哎，敲起鼓打起锣，
高高兴兴唱山歌——

饭熟了，张曙光炒了一碗酸掉牙的腌冬瓜，大家就着腌冬瓜欢天喜地吃着饭。

唐平平说：我听说林场的老知青因为偷农民养的狗，被农民抓住了。农民们把他们扭送林场，林场又把他们送到县公安局，公安局说不够判刑，把他们放了。

刘亚玲说：林场知青去偷鸡摸狗，真是丢知青的脸。要让他们看到你们荷叶塘，看到你们汗摔成八瓣还颗粒无收，看到你们几个知青过得这么苦，他们要谢天谢地了。

芙蓉说：是啊，我们今年吃着国家供应粮，到了明年挨饿是必然的趋势。

唐平平说：贫、下中农的今天，就是我们的明天。有一天我们也会像他们一样，靠吃糠咽菜活下去。可是林场的知青吃的是国家粮。

张曙光说：你们也不要责怪林场的老知青，他们中有我的好朋友，我了解他们，林场伙食连猪食都不如，如果不是饿得头昏眼花，是不会去农民家里偷鸡摸狗的。

芙蓉说：我爸常说饱暖思淫逸，饥寒起盗心。

刘亚玲说：这个话题太沉重了，沉重到我不愿意说下去，我们说点别的吧。哎，听说安妮在县里成了学习毛主席著作的积极分子，她在县城讲演时，说她为了扎根农村，克服了重重困难，一个人养了三头猪，这些猪光是给生产队提供的肥料就有三吨。

曙光和芙蓉笑了起来。芙蓉说：一头猪都没养大，已经死了。

刘亚玲说：县里的青年人都被她感动得哭了，大家都把她当英雄，还说要来荷叶塘看她养的肥猪哩。

唐平平说：我也听说了，就你们不知道。可见住在马路旁边的和住在山沟沟里的就是不一样，难怪乡下妹嫁人首先要嫁到有马路的地方。你们这儿太闭塞了，不知你们在这里接受的是什么样的再教育。

曙光说：你们住在马路边的又受到什么再教育？

唐平平说：我们那儿的农民，看到马路上走过的年轻女孩就喊，妹仔，钥匙放在猫洞里，去拿吧。

芙蓉问：这是什么意思？

刘亚玲说：这你都不懂？乡下人出门，把钥匙放在猫出进的洞里面，这个秘密只有夫妻知道。他们这么喊，是在说马路上走过的女孩是他老婆。

大家都笑了。曙光说：农民是有点阿Q精神，受了欺侮，骂几句娘，捡到小便宜就当占了个大便宜，能高兴半天。

芙蓉说：我们这里的光棍们真的很讨厌，常常问我一些脏话，我无法将那些话再说一遍。后来，我骂了他们几次，现在好像收敛了一些。

唐平平说：你们说，我们来到这里，究竟接受了什么样的再教育？那些简单的农活难道需要人教吗？

曙光说：三届毕业生聚集在城市，无法安排工作，这对给城市造成多大的压力？再说红卫兵们已经完成了在文化大革命中的先锋桥梁作用，不把我们赶到农村，难道让我们在城里继续造反？

刘亚玲说：以革命的名义，让我们合法成为时代的牺牲品。现在，我也以革命的名义，让我们为正在逝去的青春干杯！

饭已经吃完了，她举起手中的白开水大声说：干杯！

四只饭碗碰在一起，白开水从碗中溅出来，溅在四张年轻而快乐的脸上。

暴雨持续下着，到了下午，二生产队和三生产队的知青也冒着倾盆大雨来荷叶塘聚会。小小的屋子里一下子聚集了十个知青，芙蓉冒雨从地里把所有的瓜菜摘回来，又从邻村的农民家买了几十个鸡蛋和几只鸡鸭。大家好不容易聚在一起，就要吃吃喝喝说说笑笑玩个尽兴。

因为下雨了，农民又忙乎起来。他们把平时已经踏平的水沟重新疏通，让雨水流进家门口的水氹里。有些农民家的水氹也被泥土填平了，一家人赶紧挖一个。那些坼裂的土墙和被风吹走了屋顶的茅草屋都要赶紧修补，缺材料的要满山满野去找。

农民忙的时候也是知青们尽情欢乐的时候，二队的知青王磊站在床上，手拿一根木棍作指挥棒，他大声说：老知们，忘掉忧愁，忘掉饥饿，让我们重温学生时代无忧无虑的生活，尽情地唱吧跳吧。

王磊的话点燃了在场所有人压抑已久的青春热情和活力，风雨飘摇中，农舍里飘出了知青们久违的歌声：

我们是毛主席的红卫兵，
大风浪里炼红心。
毛泽东思想来武装，
横扫一切害人虫！
敢批判，敢斗争
革命造反永不停，
敢批判，敢斗争，
革命造反永不停！
彻底砸碎旧世界，
革命江山万代红！

《红卫兵之歌》曾经唱响校园，随着文化大革命运动深入发展唱遍了全中国。当红卫兵变成知青时，天堂大队的知青用《红卫兵之歌》的曲填上了他们即兴创作的新词：

我们是毛主席的红卫兵，
上山下乡到农村。
读了一十二年书，
搞了三年文化大革命。
打户口，打背包，
打起背包到农村。
去上山，去下乡
告别城市去农村。
亲爱的妈妈，再见吧，
我要做个新农民。

歌词里没有革命的豪言壮语，很平实，很中性，有点无奈。知青们平时不敢大声唱出来，在今晚的知青们聚会上有大声吼的，有流着眼泪唱的，有边唱边跳的，张曙光用手风琴为大家伴奏，大家都陶醉在欢乐中！

芙蓉说：欢迎张曙光给我们唱他创作的《流浪者之歌》，好不好？

大家拼命鼓掌，大呼：张曙光来一个！

张曙光拉起手风琴，用富有磁性的歌喉唱道：

到处流浪，啊——

到处流浪，命运逼我走向远方，啊——

没有亲人，没有朋友，也没有爱情。

到处流浪，啊——

到处流浪，因为我已失去故乡，啊——

我没有户口，没有住的地方，

没有豆腐票，也没有口粮，

到处流浪，啊——

到处流浪，命运逼我走向远方。啊——

王磊挥动着指挥棒喊：张曙光唱得好不好？

好！大家齐呼。

再来一个要不要？

要！大家欢呼。

张曙光说：大家都没有豆腐票了，还这么高兴。

唐平平说：那你是要大家哭？好不容易聚在一起，为什么要哭呢？

刘亚玲说：哭的时候还多着哩，不管那么多了，继续唱吧！这一次唱个欢乐一点的歌，好不好？

大家说：好！

芙蓉说：我们唱电影插曲《婚礼之歌》好不好？它很喜庆。

不好，不好。还是唱《毛主席的战士最听党的话》。

不，我想唱《远飞的大雁》。

我喜欢唱《草原英雄小姐妹》

我要唱《赞歌》《啊，北京！》

张曙光说：今天的饭是向芙蓉请大家吃的，大家吃得高兴不高兴？

大家异口同声，大喊：高兴！

张曙光说：那么，我们先唱芙蓉喜欢的歌，再唱你们喜欢的歌，好不好？

大家说：好啊！

张曙光说：王磊指挥我伴奏，大家一齐唱吧！

王磊是在上海长大的知青，为了战备的需要，十三岁时随父母的工厂迁居到了宝庆这座山城，如今又插队到了这偏僻的乡村。此时，他压低嗓门对大家说：春节时，我回到上海，在上海的知青中，正在传唱一首歌，叫《可爱的故乡》，是南京的知青创作的，知青们叫它《知青之歌》，你们想不想听？

大家都说：吊什么胃口，你快点唱呀！

王磊轻声唱起来：

蓝蓝的天上，白云在飞翔，
美丽的扬子江畔，是可爱的南京古城，
我的故乡，啊——
……
……
告别了妈妈，再见吧故乡，
金色的学生时代已载入青春史册
一去不复返，啊——
未来的道路多么曲折，多么漫长啊，
生活的脚印深浅在偏僻异乡。
……
……

让我吻你，心爱的姑娘，

擦干脸上的泪水，去掉心中和忧愁，

面上的悲伤，啊——，

……

……

王磊还没唱完，知青们已经激动得泪流满面，抱头痛哭。

此刻，窗外风雨大作，电闪雷鸣，狂风咆哮，淹没了知青们痛苦的哭声。知青们内心的悲痛，随着歌声释放出来。那令人怀念的学生时代，莫明其妙的失落了，成为记忆。故乡遥远，只出现在梦中。和朋友们相逢，那欢乐的时刻总是转瞬而逝。明天更让人迷茫，不知前途在哪里。

国生冒着大雨来敲门，他想分享知青们的快乐。他的敲门声被外面的风雨声和知青们的难过淹没了。没有谁听到敲门声，也没有人看到他在窗外呼叫。松油灯的光亮在狂风的肆虐下晃动着跳跃着已经难以辨认人与物，总之，年轻的心被《知青之歌》深深感动，激情一次又一次推向高潮，不再有人关注窗外发生着什么，即使听到响声，也只当是风雨雷电的侵扰。

国生敲不开门，心里十分生气，认为知青们故意冷落他。这时，田田也冒着大雨来找芙蓉玩。见国生敲不开门，便说：国生，我们回家吧。国生不肯，他数了数，屋子里五男五女。在这风雨之夜，男男女女聚在一起，还不让外人进来，是在淫乱吗？他对田田说：我不回去，我要在屋子外面待一夜，一旦他们淫乱了，我就喊院子里的人打进去。

田田说：你真没良心，还是回去吧，回去帮你娘搓麻线吧。国生不肯。

可是，整整一晚，知青们除了唱歌跳舞，饿了就吃饭，渴了就喝水。他们哭了很久，也说了很多很多的话，可惜他一句也听不清楚。他从他们的表情可以看出，他们的聚会并不快乐。

国生在昨天上午就想来知青屋，可是他爸要他挖一个水凼，这个水凼让他从中午挖到天黑。等他来到知青屋，知青们已经吃过晚饭，尽情狂欢了。他在门外待了整整一晚，浑身淋透，又饿又困回到家里，被他老爸一顿臭骂，心里充满对知青的怨恨。

早饭后，雨渐渐停了下来。鲜红明亮的太阳慢慢升上蔚蓝的天空，金色的霞光映红着天边的云彩，那缥缈美丽的云彩，就像一只只彩凤在天边飞翔。天空是那么的清新、辽阔。阵阵清风迎面拂过，将那夏天的灼热一扫而光。

天晴了，知青们必须分别了，重新回到他们的知青屋去。这一刻，他们又哭了。生活原来这么无奈，连一点点快乐，都无法抓在手里。

芙蓉、曙光与知青们一一告别。队长李禾生在大喊：出工啦！

邮差推着他破旧的自行车走进了村里的小路，走到知青屋前，喊：向芙蓉，盖章！

芙蓉高兴得几乎跳了起来：我爸爸汇钱来了！爸爸在汇款单上附言：共汇款四十元，三十元给生产队买化肥，十元给你做生活费用，你一定要节省着用。今年生产队遭遇大旱，我这三十元钱是支援队里生产的。钱不多，是我的心意，请全体社员收下。

芙蓉把钱交给李禾生，李禾生不识字，芙蓉将父亲的意思转达给他。李禾生惊呆了，三十元，在这贫穷的山区是一笔大钱，是一个男劳动力不吃不喝半年的收入，是一个男青年用来定亲的全部支出，是李禾生一家在年终结算时想都不敢想的现金收入。芙蓉的父亲将三十元钱白白送给生产队，她家真是太有钱了。

李禾生说了几句客气话，心里面算了算，这三十元轮到他家只占到两元多钱的好处。

17

安妮结束了在县城的演讲，本来可以直接回到荷叶塘。但是，她不甘心就这么平平淡淡偃旗息鼓的回生产队。她一定要让公社王书记知道，是我安妮过五关斩六将，最后成为全县唯一的知青代表，是我的精彩的演讲，让金桥公社闻名全县。

安妮提着行李走进金桥公社的大院，第一个碰到的是公社秘书沈小年。

安妮很热情地招呼：沈秘书好，我是安妮，刚从县讲用团回来。请问王书记在吗？

沈小年放下手中的笔，对安妮说：王书记去供销社检查工作了，就会回来。你先到我办公室坐下来等他。

安妮巴不得有人请她坐一会，一边道谢一边走了过去。

沈小年为安妮倒了一杯白开水，客气地问她在县城演讲的事儿。

安妮没有多讲，她要保留着良好的情绪，用最高的热情表演给王天泰看。

安妮最大的优势就在于，无论何时何地都能营造一个谈话的氛围。虽然她没有讲在县城演讲之事，但是聊天的话题太多了，沈小年和她年龄差不多，长得又帅气，和他聊天是件愉快的事情。

安妮说：沈秘书，我这次参加讲用团真是长了见识。我了解到，凡是在公社做秘书的都是未来的公社书记。换句话说，秘书是书记的接班人。

沈小年说：你真不愧是荷叶塘的女人。

安妮说：沈秘书，你这话真是说得我一头雾水，我怎么就不愧是荷叶塘的女人呢？

沈小年说：荷叶塘的女人能说会道，还精于抽牌看相算八字。你说我将来会做书记，我看你是在给我算命吧。

安妮说：No，我可不会那些封建迷信。我是个唯物主义者，一切从实际出发。你看看你才多大，在我面前还是个小朋友，已经当上公社秘书了。等到你三十岁的那一天，就算你不去努力，论资排辈也轮到你当书记了。你说，我说得对不对？

沈小年说：天上没有掉馅饼的事，不努力也能当书记？你安妮不努力能到县里去演讲？

安妮笑了起来，说：当然，除了努力还要有运气。

沈小年说：看你蛮聪明的，我给你透露一个消息。公社要从基层抽调一名广播员，虽然是社来社去，到了公社机会还是蛮多的，你想不想争取一下？

安妮说：太好了，我试试看，谢谢你把这个消息告诉我。

沈小年说：不过……

正说着，王天泰回来了。安妮说：我去王书记那儿争取一下，沈秘书，你可要帮我哟。

沈小年苦笑了一下，摇摇头离开了。

王天泰刚推开办公室的门，安妮就跟在后面进来了。

王书记，安妮亲昵地叫他。

哦，安妮，演讲结束了？

刚结束，特来向您汇报。

请坐请坐，我给你倒杯水。王天泰给安妮倒水时，眼睛在安妮身上乱转。

经过差不多两个月的调养，安妮的皮肤变得格外白皙，眼睛水汪汪的含情脉脉，樱桃小嘴红嘟嘟的丰满而性感，白色的衬衣里隐隐显出两个粉嫩雪白的乳房。

在农村，为了不让基层干部办事讲情面，县委将他们安排在离家较远的地方做官。基层工作烦琐，却谈不上沉重，能不能干好，全在干部们的觉悟。那些不给自己压力的干部们，有着充裕的时间和旺盛的精力，凭着狗一般的嗅觉，寻找风骚的女人。的确，他们难得回家与老婆团聚，却又生活在性色彩浓烈的乡下。

在乡下无论是人还是牲畜只要想做爱就会尽情去干，从不会矫情地掩饰。农民们一边干着活一边讲着脏话，用生殖器和性行为比喻世间万物，以此取乐和羞辱别人。女人们无所顾忌地把自己的性生活当着笑话讲给大家听，男人们女人们随时随地把对性的渴求无比粗野地暴露出来。这一切时时刻刻刺激着那些长期忍受着孤独，健康而好色的农村基层干部们。

安妮已经二十三岁了，完全能读懂书记的眼神。想到这几个月来自己漂漂亮亮、才华横溢地站在演讲台上，下面虽然一片掌声，可是没有人在内心里看得起她。因为在城里人眼中自己就是一个乡下女人，将来的日子就是面朝黄土背朝天干着体力活，汗水摔成八瓣也得靠男人养活，总有一天皮肤被晒成酱色，身上流着臭汗，衣服褴褛，怀里奶着一个脏孩子，一文不值地在地里刨食。安妮在人们的眼里读出对她的歧视，她想，与其那样苟且生活，不如趁着年轻豁出来，为自己杀出一条血路。

安妮没有多想，挺了挺胸脯，脸上露出温顺而暧昧的笑容。

于是，王书记看到到一个曲线优美，面庞精致，年轻诱人的安妮。他在将水杯递给安妮时，温情地捏了一下安妮的手。安妮的脸上飘过了一朵红云，羞涩地低下头来。

办公室的门敞开着，对面是沈秘书的办公室。沈秘书走了，王书记正想把门关上，这时，他看见安妮抬起头对他灿烂地笑了，他立刻放心了。本来，这样的事对他来讲已经轻车熟路，毫无悬念。但是，安妮毕竟是城里来的有文化而且很洋气的女知青。他忍不住摸了她一把，对于他的暧昧的举动，她会不会反感呢，安妮没有反应，看来安妮和所有乡下女人一样，对他王书记是无限崇拜的。

王书记在摸过安妮的手后，也显得随意多了。他问：回来后有什么打算？

安妮嗲着说：王书记，我跟你说实话吧，在生产队过日子岂是一个'苦'了得，'苦'只是物资上的，更重要的是我们学过的知识派不上用场。我们是知识青年，插队在没有文化也不需要文化的穷乡僻壤，这是我们做梦也没想到的。英雄无用武之地啊，让我太苦恼了。我听说公社要从基层抽调一名广播员，虽然是广播员，吃住在公社，这样我就离开了荷叶塘那个岩鹰也不肯落脚的地方，也能让我的文艺天赋好好发挥一下。王书记，你能不能考虑我呢？

王书记想了想，说：公社是方圆几十里的政治和文化中心，是每一个社员都向往的地方。我们这次抽调虽然只是个广播员，已经有好多人向我打了招呼，不过——

王书记说到这里，咧着嘴笑了，用眼睛眈着安妮，说：我优先考虑你，这样，我也有一个和我谈文化的红颜知己。

安妮说：谢谢王书记，我先回荷叶塘去等你的好消息。

安妮把雪白细嫩的小手放在王书记白皙柔软的手掌里，任他抚摸。王天泰说：明天我要去天堂大队，想不想我顺便来看你？

当然。安妮羞涩地说，把手抽了回来。

18

　　这是一个慵懒的早晨，太阳像一个慈祥的母亲，亲切地凝视着大地。晨风轻吟浅唱，游荡在原野里。炊烟若有若无，袅袅上升。山握着另一座山的手，再也没有分开过。被群山环抱的稻田一片翠绿，禾苗上挂满晶莹剔透的露珠，就像那喜悦的泪水，溢出来，闪耀着。

　　李禾生拍打着禾苗，露珠儿纷纷坠落，他无比欣喜，自言自语：这一夜的露水胜过一场大雨啊！

　　幸亏老天连续下了几场大雨，荷叶塘的晚稻全部插了下去，又施了两袋化肥，禾苗长势赛过往年。可是，荷叶塘的社员们还在饥饿中挣扎。李禾生想趁早到大队部去，请求大队干部们发发善心，帮他们到公社申请一点救济粮。如果还得不到政府的救济，荷叶塘会有一些人走到生命的极限。

　　李禾生用尽力气大喊：出工了！

　　张曙光揉揉睡意蒙眬的眼睛，拖着锄头走向田间。向芙蓉用水抹了一下脸，也跟在曙光的后面。

　　安妮说她浑身没有力气，好像生病了，不能出工。

　　李禾生见该出工的人差不多齐了，便吩咐大家除水田中的稗草，然后，他去了大队部。

　　可是，大队部里没有一个干部，他只好回家。

　　从大队部回来，太阳已有两丈高，应该是出上午工的时候。这时，李禾生看见一个男人急匆匆走在他的前面，从衣着上来看像干部。接着那男人走进了知青屋，并关上了门。

　　李禾生心生纳闷，屋里只有安妮在家，难道他是找安妮的？李禾生稍稍犹豫了一下，便去了田头。

　　安妮在家等候王天泰。

王天泰说好今天上午来，他来的目的安妮很清楚。

对于自己的归宿，安妮有过很多设想。尤其是初夜，安妮一想到就耳热心跳，在那神秘的一刻，她的英俊新郎一定是无限温柔，拥抱、接吻、抚摸，令她如醉如痴。从开始到结束都充满激情，浪漫而热烈，让她几乎在幸福中窒息。

而在今天，她要把初夜奉献给王天泰，一个不可能给她归宿的人，在她眼里就是个形象猥琐的臭流氓，这真是她一千个不情愿的。

王天泰推门进来，看到美丽而柔弱的安妮。他把草帽丢在桌上，一把抱过安妮，在安妮脸上重重亲了一口，说：我进屋的时候，四周静悄悄的，一个人都没有。我们要抓紧时间，完事后就安全了。

安妮按照他的吩咐，战战兢兢躺在床上。王天泰已经脱光了衣服，对安妮说：快点！

安妮惊恐地睁大眼睛盯着他那肮脏的下体，她感到恶心。王天泰说：是第一次吗？安妮点点头。

王天泰一边脱下安妮的衣服一边揉着安妮的乳房，说：女人都有第一次，不要怕，我揉揉你的奶，你的下面就……，安妮的身体像被蜂蜇了一般颤抖起来。王天泰猛地压在安妮身上，安妮发出一声撕心裂肺的叫喊。

窗外的柳叶缓缓落下，这是一个温馨的初秋的上午，太阳正在冉冉上升，风挟裹着稻香吹过田野。

李禾生找到芙蓉，对芙蓉说：你屋里来客人了，回去待客吧。

芙蓉问：你是怎么知道的？

李禾生说：是我领他进你家的，快去吧。

芙蓉依着队长的话往家里走。到家时她见门关闭着，以为安妮在睡觉，便喊：安姐，开门！

安妮没有来开门，芙蓉从窗外往屋里张望，床上的蚊帐在晃动，显然有人在床上。

芙蓉不相信安妮睡着了，但是，安妮为什么不愿起来为自己开门呢？队长说家里来了客人，客人会是谁？是男人还是女人？在还是不在？她真的很好奇。反正此时正是出工的时候，村子里萧肃静穆，不如溜到后面的窗户偷偷看一眼。

芙蓉从离家稍远的山坡绕到屋后，她看到床前的板凳上放着男人的衣服，再看桌子放着一顶草帽。全公社只有王天泰戴草帽，大家叫他"草帽书记"。

芙蓉倒吸一口冷气，她看到了她不该看到的一幕，被吓坏了。芙蓉尽量让自己镇定下来，然后悄悄离开了。

李禾生见她回来得这么快，就问：是不是客人走了？

芙蓉说：是的，已经走了。

李禾生说：我看那人不像知青，有点眼熟，好像是个公社干部。

芙蓉说：我回家时客人已经走了。

散工了，曙光和芙蓉回到屋里，出乎意料，安妮已经煮好饭等候着他们。

安妮说：我早上头好痛，吃了两片去痛片就睡着了。后来，我听见有人敲门，就是挣扎着起不来。过后什么声音也没有了，我又睡着了。芙蓉，是你在敲门吗？

芙蓉说：队长说我们家来了客人，要我回家看看。我跑回来，没见有什么客人啊，就去田里干活了。

安妮的脸色突变，冷汗直冒，她问：队长说他看清楚客人了吗？

芙蓉说：没有说，他只说那人是公社干部。

安妮差点晕了过去，脸色越发苍白。芙蓉说：安姐是不是不舒服？去躺着吧。

芙蓉把安妮扶到床上躺着，安妮差点失声痛哭。她想：我为什么这么倒霉，本想以身体换取一个公社广播员，想不到被这么多人发现，要是此事传播开来，王书记肯定会受到处分，自己也会身败名裂。老天爷为什么不可怜可怜我，为什么非让我眼里含着泪水，身上背着枷锁？

19

在离荷叶塘不远的地方，有一个国营林场，林场里有二十几个老知青。是文化大革命前的第一批下乡青年，到这儿已经有五年了。我就是他们中的一个。

林场活累，工资特别低，每月只有几元钱。但是新来的插队知青却把它幻想成天堂。张曙光当时也是这么想的，在他还不认识我和肖建北时，我们已经认识他了。

后来张曙光告诉我，插队知青们特别羡慕林场知青们有组织有规律的生活，譬如有个大食堂为职工供应一日三餐，就算伙食很差，比起每一天都为油盐柴米发愁的插队知青们要好得多。再说，知青们住在一起，一齐干活，一齐休息，业余生活丰富多彩。到了冬天，树木都在冬眠，职工几乎都在宿舍里玩扑克。在林场，知青们就算不出勤，去享受大自然，也没有谁会说三道四。最令插队知青羡慕的是：共同的命运让林场的知青格外齐心，人多力量大，连场长都让他们几分。

我告诉张曙光，林场的老知青们与公社插队的新知青在生活观念上存在着很大的差距。在新知青眼里，老知青已经变成老油子，身上脏兮兮的，散发出农民一样的让人难以忍受的臭味，还缺乏革命斗志，对生活也缺乏热情，渐渐变成了观念落后的乡巴佬。在老知青眼里，新知青还带着浓浓的学生意气，对未来的幻想与现实生活相差甚远，都当农民了，讲起话来文绉绉的，把"革命"挂在嘴巴上，实在幼稚得可笑。

我们确实经常干着偷鸡摸狗的事。有一次，我和肖建北在军犬场偷了一条黑色的拉布拉多，这是一条非常名贵的狗。我们必须先把它藏起来，因为一旦被发现，就会判个十年八年。

我们牵着漂亮的拉布拉多，左顾右盼，忽然见到张曙光朝我们走过来。

你好，你是天堂大队的知青张曙光吗？我问。

是的。

我叫袁权，他叫肖建北，我们是林场的知青。

曙光说：很高兴认识你们。

肖建北笑着伸出手，说：我们交个朋友吧。

曙光握了握他们俩的手，说：行，都是知青，同为天涯沦落人。

肖建北说：说得好。我不转弯抹角了，现在就有件事想请你帮忙。

接着他向曙光介绍了他们的狗。曙光这才知道这是一条经过短时训练的警犬，属于加拿大的拉布拉多品种，只有半岁，是建北从军犬场偷出来的，公安局正在找它。他们带着狗已经躲了好久，再也无法躲下去，想找一个安全而可靠的人，为他们养一段时间，等到风声过了，他们再将狗领走。

曙光想了想，问：它叫什么名字？

我说：奥赛罗。

曙光把手伸给奥赛罗，奥赛罗立刻亲热地舔了舔。曙光说：我喜欢它，愿意带它回家。

这样，我们成了铁哥们。肖建北大胆、仗义，无论是生活理念还是社会问题，一说起来总是口若悬河滔滔不绝，令曙光佩服得五体投地。

肖建北是这么介绍我的。

他说：1964 年，我 16 岁，读书时一直调皮捣蛋，学习成绩很差。老师便要班里成绩最好的袁权帮我补习功课，好不容易成绩上到了中等。中考时，袁权因为出身不好，不予录取，面临上山下乡。我因为爸爸是公安局长而考上重点中学。袁权是那么优秀的一个少年，刚16 岁就被剥夺读书的机会，这对他来说是多么沉重的打击。他想不通，变得很自卑。我很为他抱不平，便放弃重点中学，与袁权一起去了林场。为这事，我爸爸一直生我的气。

到了林场后才知道，所有的下乡青年都是因为出身不好而被剥夺上学机会，他们都很优秀，无可奈何到了林场，却备受歧视。我们这一代毕业生，出身好的有可以上学参军当工人。出身不好的，等于三面机枪，你走何方？社会把他们逼到了农村，还要歧视他们，我觉得他们特别冤屈。

曙光说：老三届一开始全都下乡，大家在心理上还是平衡的。后来，出身好的招工招干参军，剩下出身不好的知青还留在乡下，渐渐被农民们歧视，我们也觉得很委屈。

后来，曙光把芙蓉介绍给我们。

那天下工一定很早，我猜想曙光也一定是这么问芙蓉的：你想认识我在林场的朋友吗？

芙蓉回答：常常听你说起他们，不知不觉就觉得亲切起来。

曙光说：我还以为你会对老知青有成见，既然如此，我和你一起去看望他们，他们也是知青，是与我们命运相同的人。

林场在哭河的下游，要经过白沙洲。晚饭后，暑气渐渐散去，清凉的风从山那边吹过来，曙光和芙蓉踏着月色走在一片银亮的沙洲上。哭河的水从高山冲下来，流到了平原上，泥沙俱下，在这里堆积重叠。可是，岁月又是那么残酷，年复一年带走泥土，留下砂粒，让砂粒们在这片荒野上诉说生生世世的凄凉。

除了砂粒，洲上还有涓涓细流和一丛丛芦苇。月亮毫不吝啬地将银光撒得到处都是，后面的山峦像一面屏障将荷叶塘与沙洲隔开。

曙光和芙蓉默默走着，他们走得太急，寂静的沙滩上只听见"沙沙"的脚步声和"嗖嗖"的风声。

"金童玉女，赏月银洲，难得一见。"

"这真是天下独一无二的风景啊！"

我和肖建北从芦苇丛中钻出来，拦住了他们并大声赞叹。

"肖建北，袁权！"

张曙光惊喜有加，与我们拥抱在一起。

张曙光说：我正是来林场看望你们的，想不到在这儿碰到了你们。

我说：不是碰到，是奥赛罗告诉我们的。

原来，奥赛罗已经知道他们来了。

肖建北说：我和袁权特意到这儿来等你。忽然看到月光下走来穿着白衣的魁梧英俊少年和窈窕秀丽少女，竟那么妙曼动人，简直像银幕里的特写。我问袁权是不是遇到白狐了。袁权说那个男的是你，等你走近，果然是的。啊，月色朦胧，俊男俊女，还有奥赛罗，我好像在哪幅油画里见过。

曙光说：建北，我早就想来看看你们。今年大旱，我们是重灾区，粮食颗粒无收，人还累个半死。既然在这里碰到了，你们的精气神也挺好的，我们就不去你们林场了，早些回去。

我说：不着急，你还没给我们介绍身边的美女呢。

曙光说：她叫向芙蓉，是荷叶塘的插队知青。

建北说：我听说向芙蓉是金桥人民公社的社花，今日得见，果然名不虚传。

芙蓉说：建北兄，过奖了。我和曙光来的时候，都来不及洗澡换衣，一路走来，风把我们身上的汗臭吹得漫山遍野都是。

芙蓉说这话时，乌亮的眸子里闪着不停跳跃的火花，本来就无可挑剔的脸蛋更添几分魅力。这张生动的脸深深打动我的心。

我说：你们还算好，我和建北都半年没有理发了，蓬首垢面，像山里的野鬼。

建北说：早知道会在这里见到美女，我借钱也要理个发。唉，生活令我们失望，不，是绝望。都快三十岁了，失去父母的资助，连理发的钱都没有。

曙光说：建北，我听说你前一阵子被公安局抓了，又放了，是怎么回事？

建北说：五丰坪是个富裕的地方，我到那儿本想偷几只鸡，谁知窜出一只恶狗，我一怒之下将狗打死。农民们将我扭送到林场，场部纠察队将我送到县公安局。县公安说打死一只狗不够服刑，又把我放了。这事把我爸气坏了，他说：我从前是抓小偷的，现在自己的儿子成了小偷，被抓起来了。说什么打狗不够犯法，我看打狗也是阶级斗争新动向，你们把他关进去算了。

我说：建北爸说的是气话。他认为，他要是还坐在公安局长的位子上，谁敢把建北送进局子里？可恶的是林场的纠察队长，好像跟知青有仇一样，只要知青犯个屁大的错，不是开斗争大会就是扭送到公安局，弄得我们像罪犯一样。建北总和他斗，这次他以为找到机会了，把建北押送到公安局，以为建北爸爸挨批斗了，建北也会是受到牵连关起来。

建北说：我有一个内部消息告诉你们，我爸就要解放了。等我爸解放，那些欺负过我的人，我会让他们得到加倍的报复。帮助过我的人，我会加倍去报答。我受的罪也要这个社会加倍偿还。

20

安妮假装睡着了，她听见张曙光说：从荷叶塘到林场来回十二三里，走快点大约要一小时，在那儿坐一会，最少花两小时，不过，还是能在今晚赶回来。

她知道他们是去林场的老知青那儿。待他们走了，安妮翻身坐起。她在今晚要解决的事情是：决不让李禾生和芙蓉把今天看到的事说出去！

王天泰不能栽倒在这件事上。他是安妮要依靠的一棵大树，他倒了，安妮所有的努力化为乌有，还会名誉扫地，结局无比悲惨。

安妮想了想，这件事情的关键人物是李禾生，首先要堵住李禾生的嘴巴。

这两个月安妮一直住在讲用团，吃的是公家提供的伙食，她节余了六十斤大米和二十元钱。她去队长家送他十斤、二十斤粮食，封住他的嘴巴。但是，他那个讨厌的儿子会看出她心里的想法吗？

最重要的是，他们知道多少？芙蓉说，队长看到的是公社干部，而她告诉队长，客人走了。如果是这样，即使队长看到了王书记又怎样，从他看到王书记到芙蓉告诉他客人走了，在那么短的时间里又能干出什么事情来？

她要弄清楚的是，芙蓉说的是不是真的。

安妮从床上爬起来，穿上鞋，再洗把脸，拿着十斤粮券和五元钱往李禾生家去。在县城，粮票和粮券的作用是不同的，粮票可以用来购买副食和粮食类产品，没有期限。粮券只能购买大米，而且期限很短。所以，安妮不但要送李禾生粮券，还要送他买粮食的钱。

李禾生住在离安妮五百米的山脚下，村子里十二户人家有一半住在那里。知青和另一半人家在山腰上，彼此相望。

安妮在月光的照耀下，横过家门前的小路，一溜下坡到了李禾生家。

队长正在灯下切着旱烟丝，见到安妮有点吃惊。这个女知青是全公社的榜样，名声比他这个队长大得多。她居然在光荣归来的头一天来到他家。

请坐，队长说。

安妮看看，国生好像不在家里。

安妮说：队长，王书记今天到了荷叶塘……，

啊呀！不等安妮说完，李禾生就喊了起来：我今日看到的是他呀，难怪好眼熟哟。

安妮笑笑，感觉队长不是故意说给她听的。她接着说：他是来拿县里的文件的，县革委要我带一份文件给他。

嗬哟，是这样，我还以为你们家来客人了，要芙蓉回来招呼客人。

当李禾生说出这句话时，安妮完全放心了，芙蓉没骗她。

安妮说：芙蓉来的时候，王书记已经走了。我对王书记说，我们队长家好多困难，可是他一心为生产队着想，从没有顾过自己家。王书记说这样的好队长一定要多关心多鼓励。他留下了十斤粮券和五元钱，要我转交给你，要你即要管好生产队，又要照顾好队长娘子。

李禾生说：我要是晓得他是王书记，我会拦住他，要他给我们荷叶塘生产队批几百斤救济粮，没有几百斤救济粮，荷叶塘的人会饿死。

安妮说：过几天我要去公社写一篇广播稿，我会把荷叶塘的灾情向公社反映。

李禾生不由万分崇拜安妮，她要去公社写广播稿，那她就是一个说话管用的人。

安妮问：芙蓉和曙光没来玩？

李禾生说：没有来过。

安妮又问：你家国生去哪儿了？

李禾生说：他去荷花家打扑克了。

安妮说：今晚的事不要跟国生说，大家都困难，王书记能救所有的人吗？这样的事是不能说出去的。

李禾生连忙说：这事你不吩咐我也知道。

李禾生毕恭毕敬的将安妮送上小路。

安妮轻松地吐了一口气，李禾生看来没问题了。芙蓉也没撒谎，她真的不知道客人是王天泰。

21

三天过去了，安妮没有得到去公社当广播员的通知。

那天，王天泰是在无限满足的状况下离开她的。

当芙蓉来敲门时，王天泰正在高潮，他什么也不顾，硬是满足了他自己。对安妮来说，那是她的初夜。在王天泰离开时，安妮伤心地哭了，她做梦也没想到她的初夜会这么龌龊。从此她不再是个姑娘，而是一个妇人。而那男人毫无怜香惜玉之情，根本不顾及她的感受。

完事后，王天泰说：要是让你做了公社广播员，还会像今天这样陪我睡吗？

安妮赶紧点头，说：会的。

王天泰无比怜惜地说：真可怜。宝贝，我会让你吃上国家粮的，你有文化，我可以安排你到公社当机要员或者学校老师，总之不让你面朝黄土背朝天。

安妮说：谢谢王书记，我什么时候去公社当广播员呢？

王天泰说：过三天吧，我会要沈小年通知你。

王天泰一边穿上衣服一边说，走时重重地亲了一下安妮白皙的脸蛋。

到现在，安妮都不知道王天泰的背景，他多大年纪，结婚了吗？有孩子吗？安妮仅仅认识王天泰的外表和身份，一个看上去举止文雅书生意气的中年男人，金桥公社的体面而有权势的党委书记。

安妮明白，自己与王天泰之间不仅是一桩龌龊的交易，还是一场没有悬念的赌博。如果有输，输掉的只会是自己。

到了第四天，安妮还没接到公社通知，她再也按捺不住了，决定去一趟公社。

下午，安妮对李禾生说要去公社交广播稿，李禾生欣然同意。

荷叶塘离公社二十几里，大约要走两个个半小时。安妮看到时钟已到四点，算一算到公社时，正好是干部们准备吃晚饭的时候。安妮要的就是当着王书记的面，讨个说法。

当她走进公社大楼时，正好碰上沈小年。

沈秘书。安妮招呼着迎上去，与他握手。

那时的乡干部还没有习惯握手，沈小年很腼腆地将手缩回去。

安妮问：沈秘书，王书记在家吗？

沈小年说：王书记已经调走了，昨天上午走的。

安妮浑身的血瞬间凝固，好像掉进冰窖。她无法相信这个残酷的事实，几乎是在哭着问：王书记为什么调走了，调到哪儿去了？

沈小年说：王书记当了好多年公社书记，论资排辈也该升职了。他被调到大田区当区委副书记，离我们这儿有一百多里。不过，离他老婆教书的学校很近，调到那里也许是为了照顾夫妻关系吧。

安妮咽下一口口水，让自己哽得发痛的喉咙放松，努力用平静的声音说：沈秘书，怎么没有听你提起王书记要调动的事？

沈小年说：那天我正准备说，王书记就回来了，你立马跟在书记后面走了，我想告诉你都来不及。我本来想说的是，王书记要调走了，你要抓紧时间。

安妮听后，脸红一阵白一阵。停了停说：王书记在那天答应过我，要调我到公社来做广播员，让你来通知我，你知道这件事吗？

沈小年说：不知道，他没有提起过这件事。

沈小年心里纳闷，王天泰的调令在一个月前就下来了。在他没移交工作前，是有权力安排人事的。他在走前交代了好多事情，就是没有提到要调安妮来公社当广播员。是他忘记了，还是他在骗安妮？

安妮用恨恨的声音问：新上任的公社书记是谁呢？

沈小年说：还没上任，书记的工作暂时由公社副书记兼任。

安妮的眼睛里溢出了泪水，她赶紧低下头从石阶上走下去，泪水模糊了她的眼睛，使她差点被绊倒。她再控制不住自己，对着公社庄严的大门，愤怒的哭喊：骗子，你们都是骗子！

22

安妮回到荷叶塘时，已是深夜。她和衣躺在床上，浑身发抖。第二天，安妮病了，发着高烧。

安妮拒绝吃药，也拒绝到公社卫生院去诊疗。芙蓉和曙光悉心照顾着她，可是，她一天比一天瘦，两个月下来几乎瘦得皮包骨头。

转眼就到了秋末冬初，晚稻已经收割了，荷叶塘的饥饿缓解了。农民的自留地里除了秋丝瓜、秋茄子，还有叶子绿油油的萝卜。

农活又多了起来，山坡上要种荞麦，水田的水已经干了，一部分种苕子，一部分种下萝卜。有几个水塘也要在涸竭时把淤泥挖出来肥田，塘挖深了才能多蓄水。

芙蓉和曙光整天扛着锄头跟随着社员们，一锄头接一锄头挖着地。张曙光和安妮已经插队一年，安置粮和生活费再也没有了，他们和农民们一样分享从地里长出的庄稼。再过两、三个月，芙蓉的生活费也到期限了，生活在严峻地考验着他们。

十二月的第一天，芙蓉被通知到大队部去。

大队的干部们像接待上级一样笑眯眯地接待着她，让芙蓉觉得莫名其妙。

大队书记拿出一份表格，说：老向，你仔细看看这张表格，再把它工工整整的填好，你的好运气来了噢！

芙蓉接过表格一看，是招工表，招工单位是宝庆市最牛的红星军工厂。军工厂的工人们穿的是军绿色的工装，不仔细看还以为是解放军，当然，享受的是工人的待遇。这个军工厂文娱和体育活动呱呱叫，是芙蓉一直向往的地方，她激动得不敢相信这是事实。

芙蓉问：这张招工表是给我的吗？

在座的人都点头。

为什么给我？还有别的人吗？芙蓉再问。

书记说：这次招工是通过严格的政审的，我们公社就一个指标。你政审合格，表现得又好。所以，公社党委的意见是让你填一份，你填好后，还要由工厂政审，再通过体检，都合格了才能去当工人。当了工人吃上皇粮，你就脱胎换骨，不用再受苦了。

芙蓉激动得拿不稳笔，她歪歪斜斜的在表上填上自己的名字，然后要书写严谨的大队会计为她填上其他空白。

表填好了，芙蓉又仔细看过，然后她向所有的人深深鞠躬，说：谢谢大家！

大队吕书记是个人生经验颇为丰富的人，他对芙蓉说：今天的事，你暂时不要告诉别人，等到事情稳妥了再说吧。

1969 年的秋天，对知青来说有如在寒冬中吹来了春风。从这一刻起，知青们可以招工，招干、参军和回城顶替退休的爸妈。城市的大门似乎向知青们打开了一条缝，知青们在苦闷中看到了新的希望。

这天天气真好，太阳暖洋洋的照耀着。风轻轻吹过。黄叶纷纷坠落，田野里弥漫着只有秋天才有的枯叶的香味。

安妮从床上坐起来，抽出枕头下的镜子一照，真把自己吓了一大跳。镜子里面的那一张苍白瘦削的脸，就像鬼魅一般。

这两个月，安妮一直在生与死的边缘上挣扎。除了被王天泰欺骗了，弟弟来信告诉她，父亲已经开除党籍关进了监狱，母亲的工资停发，居委会要弟弟交出留城证，弟弟只好东躲西藏。总之，安妮在这两个月里彻底明白《红楼梦》里一荣俱荣，一损俱损的社会内涵。父亲这棵大树倒了，她不想再活下去，活下去意味着屈辱和那炼狱一般的折磨。

她从床上下来，为自己梳洗好，已经想好了，去公社卫生院买安眠药。安妮曾经看到过一个服安眠药自杀的女护士，女护士已经死了，头伏在桌子上，表情像睡着了一样，没有丝毫的痛苦。

安妮缓慢地走着，快到公社的时候，一辆吉普车从前面开来，到她身边时，车停了下来。从车上走下一个中年女人，用快得几乎听不清楚的声音问：你是安局长的女儿安妮吗？

安妮已经有两年没有听到"安局长"这三个字，对安局长这个称呼即陌生又感动。她点点头又摇摇头，不知做何答复。

那女人又轻轻问：安局长现在还好吗？

安妮说：我已经下乡一年多了，不太清楚我爸的事情。

那女人问：你下乡在哪里？赶快告诉我。实话告诉你，我是来这边招工的。安局长是我的老上级，只要你的政审没有大的问题，我包你招工回城。

安妮怀疑自己在梦境中，稍做迟疑，她问：什么是招工？我已经下乡了，还能回城当工人吗？是不是又来骗我？

那女人说：党的政策变了，去年要学生们下乡，今年又从下乡的学生中招收工人。我是红星军工厂的厂长，我能当上厂长是安局长提拔的。我知道组织上正在审查安局长，只要他没有开除党籍，你就是共产党员的子女，你的政审就能过关。

安妮心痛如绞，爸爸已经被开除党籍了。不过，她还是有气无力地回答：我插队在金桥公社天堂大队荷叶塘生产队。

那女人从军用包里翻出笔记本，把安妮说的记下来。然后从包里抽出一份表格，说：你回去把这张招工表填好，明天到公社去交给我。记住，我们这次从知青中招收工人、贫下中农、军烈属、共产党员和革命干部的子女。你要认真填写，如果政审没问题，招工就通过了。唉，你怎么这么瘦，跟以前看到的你太不相像，身体有问题吗？

安妮望着这个漂亮的女人，想不起在哪里见过她。安妮说：这几天我有点感冒。

女人说：感冒不要紧，没有传染病就行，重要的是过政审这一关。我必须走了，告诉你爸，我谢梅一直记着他的恩情。

谢梅说完钻进吉普车。安妮怔怔地站在马路中央，看着吉普车绝尘而去，然后消失在大山的后面。

安妮看到手中握着的招工表，终于从梦中醒过来，她问自己：我还去不去公社卫生院买安眠药呢？

去，意味着再也没有求生的欲望。

假如，明天早上醒来，爸爸从牢里放出来，恢复了党籍……。假如通过招工我又可以……。一切皆有可能，生活还是有希望的。看来，我没有失去一切，因为我还活着！

安妮转身往回走，不再犹豫，大踏步走回荷叶塘。

芙蓉从大队部回来时，安妮也从去公社卫生院的路上返回，她们在走进荷叶塘的小路上相遇。这时候，她们俩的脸上如沐浴春风，光彩动人。

安姐，芙蓉招呼着安妮。你上哪儿了，怎么这么高兴？

安妮说：我刚刚去公社卫生院看病了，吃了点药，还打了一针。

芙蓉说：难怪你精神好多了，其实，你早就应该去看病了。

安妮说：不是我不想看，而是没钱看，你难道没听说过，一文钱逼死了英雄汉。

芙蓉说：我早就说过拿钱给你看病，是你不同意的。

安妮说：我现在全好了，从今天起，我和你们一起出工。你呢，去哪儿了，一脸的喜气。

芙蓉说：我去大队部了。

安妮敏感地问：大忙的时候去大队部干什么？

不会撒谎的芙蓉被问住了，但她知道招工的事不能告诉安妮，便结结巴巴地说：大队书记要我去汇报思想和表现。

安妮半信半疑，说：那你是怎么说我的呢？

芙蓉说：安姐，你是全公社学毛主席著作的标兵，我还能说你什么呢？他们要我说下乡后的感想，我不会说话，什么都没说。

安妮说：蓉蓉，我们是拴在一条绳上的蚂蚱，以后无论是大队还是公社干部要我们汇报什么的，大家帮着说好话，千万别相互拆台。

芙蓉说：安姐，你说得太对了。我们是同命运的人，要相互关心相互爱护。

一路说着到了知青屋。芙蓉说：安姐，你病刚好，好好休息，我来做饭。

那天晚上安妮走进张曙光的屋里，掩上门后，她扑进张曙光的怀里。

曙光，安妮吻着曙光的唇，娇喘吁吁。她说：你是不是不再爱我了，为什么对我这么冷淡？

曙光轻轻地抚摸着她说：伟大导师恩格斯说过，人，首先要解决温饱问题，才能想到恋爱和其他的娱乐。我不是不爱你，而是不敢爱你。我连自己都养不活，又有什么资格爱你呢？

曙光，我不需要你养活我，相反，我会把你领回城市，给你更好的生活。

安妮，我们插队在如此恶劣的环境里，我的心早死了。如果你能过上你想要的生活，好好去过，不要想着我。花自飘零水自流，我早把自己当作随风飘零的一片落叶。

曙光，不要这么想，穷则变，变则通。这世界总在变，我们不要对生活绝望。

安妮，你要我怎么变？变成龙，不可能！变成虫，被人轻轻一捏，死掉。

曙光，有很多机会是争取到的，凡事只要尽心尽力去做，即使不成功，也不遗憾。

安妮，昨天你还在为自己当农民哭泣，今天好像变了一个人，真是让我刮目相看。我想，你是跑到田田家算命了吧。

是的，曙光，命运告诉我世界真的在变。昨天我们还看不到一丝希望，今天，知青可以招工了。这意味着我们又可以成为吃皇粮的工人，不会一辈子当农民了。

招工，你是听谁说的？

曙光，你看。这是我的招工表，如果政审合格，我就要去红星军工厂当工人。我将过集体生活，住集体宿舍，按时吃饭，按时上班，按时发工资，星期天休息，上班在车间里，和机器打交道而不是和锄头为伍。我不再受风吹雨淋，不再忍饥挨饿。我会有文娱活动和体育活动，我喜欢的全有。

曙光接过安妮的招工表，仔细看过后，相信安妮讲的是真的。但是，表格里的内容让他心凉了半截。《招工政审表》几个粗黑的字一开始就让他胆战心惊。政审表，这样的表格，曙光填得太多了。姓名、年龄、性别是常规套路，重要的是家庭出身，政治面貌，父母的政治身份和社会关系。这是一份重要的身份证明书，所有的升学、就业和社会活动都要通过它验证身份。甚至去医院看病，也必须填写印在病历上的政审表，大夫们以此判断这个病人是抢救还是放弃。曙光特别讨厌填这样的表格，不止曙光，所有的政治上有这样那样瑕疵的人都害怕填写这样的政审表，因为这样的表格会将他们打入十八层地狱。

安妮看透了曙光的内心，她说：曙光，我爸的问题。你妈的问题，也许是我们一辈子的问题。但我们不能因为它就把自己的人生当成任人凌辱瞬息消逝的落叶，我们决不能死在父母的问题里，我们得想办法。不管是要经历九九八十一难还是要先死而后生，我们决不绝望，决不抛弃自己。

曙光不由抱住安妮，说：安妮，我的内心是那么懦弱而绝望，我想，我这一辈子除了去流浪就不会有别的出路。你比我勇敢，你的话触动了我一直藏内心深处的欲望，那就是改变命运。

安妮说：会改变的！曙光，明天早上，你帮我把表格送到公社去。有一个叫谢梅的女厂长，负责红星军工厂的招工工作。你把表交到她手里。你一定要亲手交给她，这很重要，明白吗？

曙光说：好，我按你说的去找她，把表交到她的手里。

下弦的月亮像弯弯的小船穿过薄薄的云层，向西沉落。银河载着无数的星星，在夜空中浪漫地飘动着闪烁着，将清辉洒向大地。云在翻飞，风在吹拂，月光透过窗口照在紧紧拥抱的恋人身上。

这时，安妮看到了站在窗外偷看的田田，她把曙光抱得更紧。

田田来找芙蓉玩，见安妮进了曙光的屋，接着门关上了。

田田溜到曙光的窗下往里瞧，看到安妮扑进曙光怀里。后来，她看到安妮把招工表交给曙光，田田以为那是一封情书。

乡下人以为看到男女拥抱是不吉利的，田田"呸，呸"吐了两口唾沫，转身去找芙蓉。一般来讲，乡下女孩勤快、单纯、率直、浮躁，田田却很稳重。

芙蓉一直等曙光来找她，这样才好把招工的事告诉给他。虽然，芙蓉也不知道自己能不能幸运地招进工厂，心里却在快乐着，想让自己的快乐与曙光分享。

芙蓉等来了田田，她问：田田，看到曙光没？

田田说：没有，你天天和他在一起，也没把他看住。

芙蓉说：他是他，我是我，我从来就没有把他拴在我的腰带上。

田田说：他是个大活人，你想拴也拴不住。

芙蓉问：吃过晚饭没？

田田说：吃了。

吃什么？

红薯根。

芙蓉有点伤感，今年天旱，山坡上的庄稼几乎旱死，收获时，红薯只有鸡蛋那么大，农民连麻线粗的红薯根都捡回家当粮食。

芙蓉说：我们一起去河边走走吧。

她们顺着山间小路向哭河走去。北风从哭河吹过来，刮过光秃秃的山丘，枯黄的芭茅草在风中抖动。夜空寥廓而宁静，连绵的群山已经成为夜幕中的剪影，点点寒星在山顶上闪烁。

芙蓉抬头看看月亮，再看看远处的山峦。虽然没有美丽的风景，荷叶塘这块贫瘠的土地，已经成了她心灵的家园。

快到哭河边了，田田说：没什么好看的，还是回去烤火吧。

芙蓉说：我心里好乱，想再走走。

田田说：芙蓉，你是喜欢上曙光了吧？告诉你，曙光喜欢的人是安妮，我看到他们亲嘴了。

芙蓉停了下来凝视着田田的脸，夜色中田田神色凝重。芙蓉说：你为什么告诉我这些，你以为安妮会喜欢曙光？不，安妮是不会嫁给知青的！

23

　　金桥公社只有一个招工指标，却收到十八份《招工政审表》。谢梅将政审表塞进公文包，住进县招待所。

　　早就有人在招待所等着她，他们带来了县革委或市革委会头头们的口信或亲笔信，都是向谢梅打招呼，要她帮忙招工的。谢梅将关系户的表格排列好，摸了底以后觉得有些关系还真是硬得很，只能按上级指示办。

　　谢梅给政工科长打了个电话，要他马上调查原地区工业局长安静之的情况，并尽快向她报告。

　　没多久，谢梅接到电话，科长告诉她，安静之是黑线人物，被永远开除党籍关进牢房。

　　谢梅沉默良久，想起安妮那骨瘦伶仃的可怜的模样，不由想起自己年轻的时候，便提笔给安妮写了一封信：

安妮：

　　你爸爸的问题很严重，我也不能帮你了。但是，你千万不要因此而悲观绝望。你一定要坚持住，或许会有对政审不那么严格的工厂来你所在的公社招工，我相信你还是有机会的。

　　我要告诉你的是，现在社会风气越来越差，拉关系，走后门已蔚然成风。当招工单位来你公社招工时，你要闻风而动，主动接近招工人员，博取他们的好感。当我还是一个女工时，你爸爸就对我说：不想当厂长的工人不是个好工人。当他享受我的青春时，他教导我：女人的身体就是女人的资本，这个资本要瞅准机会奉献给能改变你命运的人。我一直怀着希望默默等待机会，十年后我才当上厂长。现在，我把你爸说过的话赠送给你，有舍才有取。你虽然失去了父亲的庇护，还有青春美貌做资本，希望你能懂我的意思相机而动。婚姻可以改变女人的社会地位，但是，女人的社会地位决定婚姻的取向。我还要告诉你，在任何情况下都不要绝望，不要轻言放弃。

读后将信销毁。

谢梅将这封没有署名，没有时间和寄信人地址的信寄给安妮。她相信安妮能读懂她信里的意思，如果她连这样的信都读不懂，那就没救了。

安妮读完信后，从心底里发出冷笑：我早就这么做了，可惜我没有你那么好的运气。

除了安妮，凡填过《招工政审表》的人都被通知到县城体检，而那个幸运儿早已内定，他是市革委主任的私生子。

这次招工就像从天空中抛下一枚闪闪发光的金币，所有的人都看到了，都希望金币砸在自己身上。可又都知道这个金币只会砸中一个人，对其他人而言，它是幻觉，是诱惑。

24

　　因为有了招工的希望，安妮、芙蓉、曙光在荷叶塘艰难地度过1970 年，他们挨过饿，受过冻，在三伏天"双抢"，在严冬里踏着冰雪上山寻找取暖的茅柴。

　　金桥公社曾经有过两次招工，名额都早已内定。荷叶塘离公社有二、三十里，消息非常闭塞，当他们知道招工的消息时，都已经是招工之后了。他们伤心、痛苦、流泪，但生活还是在艰难地继续着，他们努力干着农活，期待好运气的降临。

　　这年春天，刚满十八岁的国生参军了。还不到十八岁的田田订婚了，未婚夫是家境富裕，住在马路边的农民的儿子。订完婚，未婚夫参军走了。

　　艰苦的生活也让知青深深感激那些是日日与他们相处在一起的村民们。他们分走了村民们赖以生存的粮食，尽管村民们不乐意，还是听党的话，认命了。

　　顺从命运，似乎是农民们的生活哲理，他们的承受能力超乎常人的想象。无论多么巨大的不幸，都在他们一声叹息中化解掉了。他们日复一日起早贪黑辛苦地的耕种土地，年复一年地过着忍饥挨饿的贫穷的生活。在打满补丁，臭气熏人的被窝里做爱。看着女人的肚子大起来，孩子呱呱落地，满地爬着，吃着糠咽着菜长大。然后，拴在这片老祖宗留下的贫瘠的土地上，重复着上一辈人的简单而艰苦的生活。活着，也不能说是完全麻木的，有一点点的快乐，那就是和女人做爱。有一点点变化，就是自己老了，儿女长大了。

　　当知青们来到偏僻荒凉的乡村，打破了农民们一成不变的生活。知青们优雅、漂亮，身上一尘不染讲话轻言细语，无处不透出他们的温柔与高雅。尤其是女知青，让山窝窝的农民开了眼界。女知青们穿着有款有型色彩鲜艳的衣服，长长的裤管盖过脚背。两个乳房装在胸前的兜兜里，让胸部丰满而圆润。不下地时，就穿得更加干净漂亮，脖子上飘着长长的丝巾，黑色的皮鞋里袜子闪着白光，脸上的笑容千娇百媚，说起话来恬美文静，走起路来不慌不忙，一身轻得像要飞起来，常常像女皇一样在他们眼前穿过，让村姑们黯然失色。村妇们在女知青面前显得肮脏而粗俗，她们通常衣不蔽体，两个黑黑的乳房向两边翘着，走起路来，像两只兔子在胸前扑腾着。她们一般都没有读过书，没离开过村庄。但是，她们和男人们一样，什么脏活累活都能干，浑身的力气让她们成为干农活的好手。农民们认为，与其找个从城里来的知青当老婆，不如找个村姑过日子更踏实。城里人虽然好看，是个花架子，不会干活，不能当饭吃。虽然知青们给乡下人带来了眼福，提高了农民们的审美观，但是，她们好比水中月、镜中花。正如鲁迅先生所说，焦大是不会爱上林妹妹的。注重现实的庄稼汉不想娶不会干活的女知青。

村里有几个单身汉，是曙光的朋友。他们非常乐意教曙光在参加集体劳动时偷奸使滑，教曙光种自留地的蔬菜，捉青蛙，盘泥鳅和黄鳝，下过雨后去沙洲上捞鱼。他们中有人会拉二胡，会沙哑着嗓子唱一些在民间流传的花鼓调。总之，他们认为曙光忠厚得过了头，过了头就是很傻。他们认为曙光比他们傻得多。

知青们就是在这样的环境里生活着，打发着他们一生中最为美好的青春时光。

25

严寒的冬天，是农闲的季节，生产队允许知青们回家探亲。

故乡，是知青们的梦；回家，是知青们最向往的事情。安妮和芙蓉恨不能立即飞回家去，曙光却很犹豫。

曙光说：你们在故乡还有一个家，我已经没有家了，我的妈妈也寄居在乡下的亲戚家中。

芙蓉说：曙光，你先去看看妈妈，能在那儿住几天更好，如果不能，再住到我家或安妮家去。

三个知青稍做收拾，向生产队请了长假，在马路上拦了一辆开往宝庆市的装满木材的大货车。货车装货卸货走走停停经过两天一晚的颠簸，他们终于回到了魂牵梦绕的故乡。

当芙蓉推开家门时，家里灯火通明，三台缝纫机"哒哒"的响得正欢，父亲向成理弯着腰在裁剪衣服。母亲在燃烧得正旺的火盆里加木炭，两个妹妹为新衣服钉钮扣。

芙蓉大喊一声：爸、妈，我回来了！她看到所有的人都停下手中的活计看着她。

向妈妈丢下手中的火钳扑向芙蓉，说：我的宝贝女儿，你终于回到家了！

向成理也走过来，对着女儿左看右看，说：瘦了，瘦多了。

茉莉和玫瑰走过来拥抱芙蓉，这久违的亲情让芙蓉感动得哭了又笑笑了又哭。

向成理对正在缝纫衣服的女工说：今晚你们就早点回家吧。

女工们说这些衣服要能在明天交给客人，可以多拿一倍工钱，她们一定要在今夜赶出来。

向成理说：大姐们，钱是赚得尽的吗？你们看在我们家蓉蓉快两年没回家的份上，就早点回去吧。

大姐们都笑了，乐呵呵的走了。

向妈妈端出热气腾腾的饭菜，说：我从昨天下午起就盼你回来，这饭菜都热过好几遍了。

茉莉说：何止昨天，从你写信告诉妈要回来的那一天起，妈就天天为你留饭。

芙蓉立即扑向香喷喷的粉蒸肉，她已经有大半年没有尝到肉味了。

安妮用钥匙打开家门，一股霉味扑鼻而来。她拉开灯，所有的家具都蒙上厚厚的灰尘。家里冷冷清清，只有形影相吊的孤单。

安妮推开卧室的门，她的床上蒙着一张床单，掀起床单，被褥枕头干干净净整整齐齐的摆在床上。

这是妈妈为她留下的，妈妈一直盼着她回来。安妮扑在床上伤心地大哭起来。

曙光踯躅街头，满眼都是熟悉的街景。寒风吹过，雪花满地，灯光下是他孤独的身影。没有家，没有妈妈，没人理睬，心里是满满的悲戚。

曙光去了妈妈最好的朋友家，这位阿姨即是妈妈的朋友也是妈妈的同事。

当曙光敲开阿姨的门，受到他们全家热烈的欢迎。吃过饭后，曙光向阿姨打听妈妈的消息。

阿姨告诉曙光：自从李珍老师被遣送到农村后，她们就再也没见过面。她一直在找这位好朋友，因为，和曙光妈妈一样遣送回乡的老师陆陆续续的平反了，重新工作了。

阿姨说：曙光，现在全国掀起平反的风潮，如果自己不去上诉就没人来管你。阿姨一直想把这个消息告诉你和李珍老师。我认为，新中国成立时，李珍才二十岁，一直在学校读书。充其量是帮丈夫收过租，其身份还是学生，红卫兵们把李珍定性为地主，是冤案。

阿姨的话如醍醐灌顶，给了曙光极大的希望，他焦急地等待明天的到来。他伤害过妈妈，他一定要为妈妈做点什么，哪怕要他付出生命。

芙蓉回来的第二天，她的姑妈就给她介绍对象。男方姓方，是一个年轻英俊的军官，家住城郊，离芙蓉家不到两公里。刚见过一面，姑妈又过来传话了。

姑妈说：芙蓉呀，你下乡了，成了农民，就好比凤凰脱毛变成鸡，不值钱了。你要是嫁给小方，不但成了军官太太，而且户口立马迁到他家去。如今郊区的菜农胜过城市的工人，吃的是国家粮，每月发薪水，薪水不比我们工人低。小方的父母正当壮年，家里兄妹又少，还盖了老大的房子。对女知青来说，小方真是打着灯笼也难找的好对象呀。按说他的要求也不低，要女方家庭出身好，社会关系中没有地、富、反、坏、右，年龄相当，身材苗条，长相漂亮，还要有好的职业，譬如老师啊，医生啊。这次探亲回家，人家给他介绍了十几个人，他都不看人家一眼。可是见到你后，他动心了。人家不但不要求你有一张长期的饭票，还不嫌弃你是知青。小方跟我说，如果你愿意，想和你在春节前结婚。

芙蓉说：我根本不了解这个人，见面就要求结婚，太心急了吧。

姑妈说：芙蓉啊，只要双方满意，结婚只是迟早的事情。只见过一面就喜结良缘，正好证明你们是一见钟情啊，芙蓉，你犹豫什么呢？难道不怕夜长梦多？

芙蓉的父母对小方也十分满意，父亲说：军人嘛，政治上可靠，现役军人很光荣，人人爱慕。这社会，有女巴不得嫁给军人，好让"军属光荣"的牌子挂在门框上方，光耀门庭。

芙蓉为了让爸妈高兴，同意和方凯订婚，如果双方谈得来，明年春节结婚。农历 12 月 28 日，芙蓉和方凯订了婚，那年春节，芙蓉在方凯家欢度除夕。

曙光为母亲平反一事四处奔波，通过申诉，才知道母亲的户口和工作关系仍保留在学校里，这真是可喜又可悲。

曙光请求学校革命委员会为母亲平反，恢复荣誉，恢复工作。遭遇到革委会的一再搪塞。

他们说：李珍离开学校快五年了，当初是什么原因离开的，我们不太清楚，你去找当时开除她的人吧，他们同意恢复李珍的荣誉，我们照办。

曙光怒而质问学校革委：是谁剥夺了我母亲的工作权力？是谁将我母亲定性为地主分子？是谁将我母亲遣送到了农村？你们难道不可以去调查了解事实真相。现在你们是学校领导，掌控着受害人的命运，你们就不能还她一个公正？

校革委会说：你的心情我们理解，文化大革命嘛，大浪淘沙，难免有好人被冤枉了。这样吧，要李珍老师写份当年是怎么被遣送农村的材料，再找到当年斗争她的红卫兵小将，贫、下中农和学校领导，要他们在材料上签名，证明是他们错误地将李珍定性为地主，只要李珍不是阶级敌人，革委会还是能接纳她的。

曙光懵了，都快五年了，当年斗争过母亲的人全都离开了师范学校，谁来证明母亲的冤屈呢？

安妮说：曙光，正因为没人说得清楚，就更好办。运动初期，是红卫兵的影响力最大的时候，可以说，当权者的决策是什么，红卫兵的行动又为了什么，时过境迁都没有谁说得清楚，更别说留下了什么法律依据。总之，十亿人民一个思想，就是被毛泽东统帅的革命思想，所有的行动都被伟大领袖定格为"造反有理"。将李珍老师遣送农村是在乱哄哄的文化大革命初期，那时是山雨欲来风满楼，干部们和知识分子都成了惊弓之鸟。不久，差不多所有的老师都遭遇了批斗，成了黑帮分子。打过骂过后，又逐个平反。对革委会来说，将老师们打成反革命或为老师们平反都不是他们需要考虑的，他们只按照党中央的政策办，他们是没有脑髓的。他们要李珍老师写出一份要求平反的材料书，再找几个学生证明一下，就说明党中央已经给了他们政策，让受害人出来申诉只是一道程序。至于那些所谓的证人，有的是，譬如我，就是其中之一。我还可以帮你找几个当年响当当的红卫兵，大家在材料上按个指纹，我想你妈妈就可以平反了。

曙光惊问：安妮，真会是你说的这么简单？

安妮说：我爸爸当了十几年的领导，他的口头禅是政策是死的，人是活的。你是 1948 年出生的，一出生就接受党的教育，把领导们当成党的化身。为了听党的话，你与母亲决绝；为了听党的话，你母亲与你父亲离婚。可是气势汹汹的革命运动总把你们当作革命的对象，让你被革命伤害得遍体鳞伤。这是为什么？这就是那些为了保全自己，宁左勿右的领导们唆使下面的人干的。

曙光又一次在安妮面前沉默了，自从父亲死后，他和妈妈懦弱地忍受着那些呼喊着革命口号，用心却万般险恶的所谓革命者的迫害。母子俩在迫害中绝望，在绝望中放弃尊严。在所有的不公平面前，他们越来越怯懦。当母亲被那些明白真相却曲意制造假象的"革命群众"毒打，她忍着；被剥夺去最基本的人权，她忍着；人们用最恶毒的语言羞辱她，让整个社会抛弃她，都忍着。从不反抗，也不敢反抗。母亲的遭遇就是新中国的知识分子的遭遇，他们经历了建国后的数次运动，每次运动受到最深的伤害，失去了许多许多。他们忍了，哑了，变成了祭事的羔羊。

直到这一刻，曙光才看清楚自己是个多么软弱、多么胆小的人。不过，他并没有仔细想过，他与安妮之所以不同：安妮一直是骄傲的，因为她成长在干部家庭。她的父亲是解放前夕入党的老干部，一路官运亨通直到文化大革命。

这一次，曙光在安妮的启发下成熟了，勇敢了，他不再怯懦，总是理直气壮据理力争。在不到一个月的时间里，他办完了平反的所有程序，为母亲在学校争取到一间住房和十五元的生活费。他把母亲从农村接回到学校，安慰着母亲，要她耐心等待教育局那一纸重新安排工作的批文。他相信那一纸批文马上就会送到母亲手中。

过了正月十五，年也就过去了，曙光、安妮和芙蓉怀揣着不同的心情返回了荷叶塘生产队。

26

这一年的中国，政治气氛格外凝重。所有的政治纲领与社会动向都让阶级斗争更为激烈。譬如：对资产阶级实行全面专政，第 N 次党内的路线斗争，坚持知识青年上山下乡的革命路线，严厉打击刑事犯罪，批林批孔等等。专政、斗争、路线、打击、批判，像车轮战一样，轮番在九州大地风云际会。

城市里的工人阶级和乡下的贫、下中农已经占领了政治舞台，成为新中国的领导阶级。而且，越来越得到执政党的亲切关怀，经过文化大革命，更有着不可撼动的社会力量。

在荷叶塘，一切都很平静，大山里面的农民们对"文化大革命""依靠贫、下中农""批林批孔"这些时髦的词语和献给领袖的华丽篇章一窍不通。农民们不关心林彪是死是活，无论是谁坐在龙椅上，农民的日子还是像从前一样，将血汗流进地里，让地里长出庄稼。对他们来讲，活着才是最重要的。

又一个春天过去了，历史的沧桑溶化在一代又一代村民与老天爷的纠结与抗争中。

生活总是那么艰难，那么不尽人意。那年天旱，早稻颗粒无收。眼下正是早稻扬花的时候，天就像被擢出了一个窟窿，一个劲地下着暴雨。如果暴雨延误了水稻授粉，收获时，就会有一半谷子是空壳。

为什么风调雨顺比让沙漠里开出鲜花更难？

大风刮倒了两棵梧桐树，队长用梧桐树给知青们做了三张桌子。芙蓉很喜欢桌子散发的清香，她在桌子前坐下来给国生写信。

国生到了部队后，每个月都给芙蓉写了好几封信，芙蓉也及时给他回信。信中无非是鼓励对方做一个毛泽东时代的革命青年。

可是，国生在昨天的信中说他爱上芙蓉了，要与芙蓉建立恋爱关系。

芙蓉在回信中告诉他，她已经订婚了，她的未婚夫也是军人，而且他们的恋爱关系已经报告给部队。在没有结束他们的恋爱关系之前，她与别的男人谈恋爱，就是破坏军婚，双方都会受到法律的制裁。

在这之前，芙蓉从没想过她与方凯订婚意味着什么，现在她明白了，与军人订婚意味着一份责任。

芙蓉把写给国生的信看了又看，觉得没有什么不妥。她刚刚将信封好，就听到邮差在门外大喊：向芙蓉，张曙光有信！

安妮走出去问：李禾生有信吗？

邮差说：有的。

安妮接过李禾生的信对芙蓉说：我去队长家送信。

芙蓉将写给国生的信交给邮差，托他带到邮局去，然后从邮差手中接过宝贵的家书。

芙蓉满心欢喜来读信，读着读着脸色全变了。她再一次将眼光盯在信上，眼泪却控制不住往外涌，眼睛里什么也看不清了。

茉莉在信中告诉她，父亲和母亲遭人陷害被抓进了公安局。已经过堂审讯，母亲释放了，父亲即将判刑，听说会判八至十年。茉莉要芙蓉赶紧回家，要是父亲判刑了，会送到很远的地方去劳改，也就很难再见面。

芙蓉震惊、痛苦、甚至不相信这是事实。父亲不过是个有一身好手艺的裁缝，用自己的智慧和汗水换取报酬，这又得罪了谁？这几年父亲比别人多挣了一些钱，他的同事，左邻右舍，基层的小干部们都看在眼里，妒火在心里熊熊燃烧。可是，他们家成分好，父母为人低调又极肯帮人，平时也没人说长道短。让芙蓉特别痛心的是，父亲是爷爷奶奶的依靠，是母亲挚爱的丈夫，是女儿们幸福成长的大树，是整个家族的顶梁柱。家里失去父亲，一定如天塌下来一般。芙蓉可以想象到母亲和妹妹在这些天一定泪流成河。

她没有犹豫，立即收拾几件衣服，准备回家。

曙光收到母亲的来信，母亲告诉他，她的冤案平反了，教育局已经下达了关于给她平反的通知书，确定她在解放前的主要身份是学生而不是地主，学校恢复了她的工作，不久后将补发她的工资。

曙光欣喜若狂，流着泪大喊：我妈妈平反了，我们从此拨开云雾见到太阳了。感谢毛主席，毛主席万岁！

曙光冲进女生屋里，他要将这大喜的事情告诉两个患难相交的朋友。可是，他看到芙蓉正泪流满面地清理着衣物，她的家信摆在桌子上。

曙光拿起信读了起来，读着读着心里一阵阵生疼，原来芙蓉家遭遇了巨大的灾难，难怪芙蓉悲痛欲绝。所有的情结在那一瞬化成对芙蓉的万般柔情，他将芙蓉搂入怀中，为她擦去泪水，说：别着急，我陪你回去，我们现在就走。

此时，安妮正在队长李禾生家，给他读着儿子的来信。李禾生不识字，国生的信由安妮念给他听，听后，他表达一个大意，安妮替他写回信。

当安妮回到知青屋时，看见她的桌子上有一张纸条：

安妮，我和芙蓉因事急速回家了。我已拜托田田一家照顾你。还麻烦你替我们向队里请假。

曙光

安妮的眼睛停在"因事急速回家"这几个字上，是谁有事？什么事？为什么急成这样？总不会是他俩都有事吧。

经过这两年多的相处，安妮看出芙蓉是随和的人，心地善良，好说话，而且处处为别人着想。这样的人说得好听是单纯，说得不好听是有点傻。与这样的人作对，不如利用。

安妮常常装出大姐姐的模样，对芙蓉总是打一巴掌给三颗枣，凡事安妮动口，芙蓉动手，功劳是安妮的，错误是芙蓉的。

此刻，安妮分析：芙蓉的父母是工人，过着平常而安定的生活，除非发生意外，才会召唤芙蓉回去。张曙光家出事的可能性比较大，他妈妈正在向有关部门申诉。在安妮看来，无论何种时代，政治总是潜在的杀手。政策被政治左右，无论谁触及政治或政策，都有掉进陷阱的可能。最大的可能是曙光家有急事，如果曙光家出事，芙蓉也当成自己的事，跟着去帮忙，这很符合芙蓉的性格。总之，他们走了，安妮得自己照顾自己。

27

芙蓉回到家里，家里与几个月前大不一样。父亲裁剪衣服的工作台和缝纫机都不见了，屋子里空荡荡的格外冷清。妈妈一见到芙蓉眼泪就流了出来。接着茉莉和玫瑰也从她们睡觉的阁楼上下来，一家人抱头痛哭。

哭过后，芙蓉问妈妈：妈，爸到底犯下了哪条罪？

妈妈一个劲地摇头，说：你爸是个老实人，一心想着凭手艺吃饭。他是遇上了天罡地煞，人中邪魔，交上了厄运。

原来，居委会主任周凤姣介绍她的亲妹妹周美姣认识向成理，周美姣是百货公司卖布的售货员。本来只是来做衣服，熟络后，每隔三、五日这女人就拿出一段布料卖给向成理。向成理将布料做成时装卖给客人，赚钱自然多一点。

不久前，周美姣出事了，原来她在偷了公家的布料时，被抓了个现场。追赃时，她供出了向成理，说是受到向成理的指使，她才大着胆子偷的，于是百货公司的负责人追查到了向成理。周凤姣见势不妙，为了洗白自己，便领来一些平日里假装积极的人到向家抄家，不料抄出上千块钱和一些布料、衣服。对于每月只有几十元工资的向成理夫妻，这钱有来历不明的重大嫌疑，那班抄家的人在周凤姣的指使下把向成理扭送到公安局。公安局追问钱和衣物时，一向老实的向成理把自己接私活做衣服的事情说出来。公安局说，原来向成理是个挖社会主义墙角的隐蔽的黑工厂主。周美姣也到公安局自首，哭哭啼啼说自己本来是个好售货员，受到向成理的唆使，才偷了公家的布料。周凤姣闻风而动，即时召开斗争大会，在斗争会上说：向成理说林彪死得太惨太可惜，是林彪的死党。群众检举揭发说，向成理做的衣服特别妖冶，用衣服传播资产阶级的生活方式。向成理的罪恶像滚雪球一样越滚越大。

最后，向成理成了从工人阶级队伍里蜕变出来的剥削阶级，开地下黑工厂的资本家，教唆犯，销赃犯，顶风作案的现行反革命。公安局将他逮捕，即将判处重刑。

向妈妈说：你爸爸这次是撞枪口了，事情出在严打运动中，会比平常判得重得多。说你爸销赃，开地下工厂，传播资产阶级生活方式，都登上了《宝庆日报》。周凤姣到处作报告，说这是阶级斗争新动向。现在人人皆知，茉莉和玫瑰都不敢去学校念书了。

芙蓉听后真如万箭穿心，哭了好久后，她问：爷爷奶奶知道了吗？姑姑知道了吗？

向妈妈说：你爷爷奶奶知道后，已经气得生病了。你姑姑天天在打探你爸的消息。

正说着向姑姑来了。芙蓉叫了声姑姑，泪如雨下。姑姑说：蓉蓉呀，你不要只顾着哭，要想想办法才行。刚才有人放了一点风声，说你爸的事提起来重千斤，放下去只有四两。说我们家三代为《玉衣坊》做裁缝，是红到底硬到底的工人阶级。我哥犯的事只是觉悟太低，受资产阶级思想的腐蚀，忘本变质了。问题是他没有好好认罪，不承认自己开地下工厂。在严打运动中，公安局巴不得有一、两件案子用来邀功请赏。要是他能检举揭发他人犯罪，为公安局找出一、两个案子，就可以免除刑事处分，顶多被工厂开除。或者有个手握重权的人出面为哥说话，把案子往后拖一拖，过了这阵风头也行。

吕秀兰说：我们一家老实人，没有哪个当上过车间主任，到哪里找当权的人啊。

向姑姑说：大家都说向家的女儿一个比一个漂亮，将来个个都是父母的摇钱树。刚才有人向我透风，说市革委会刘主任的儿子，看上了茉莉，托人来说亲了。

茉莉说：姑姑，你是说那个叫刘利民的小流氓，打死我，我也不会嫁给他。

向姑姑说：莉莉，你该懂事了，这是为了救你爸。

茉莉说：姑姑，你不要相信他们的鬼话。那个小流氓经常在学校门口拦住我，要我做他的马子。他从来就是满口谎言，已经让好几个女同学流产了。如果我答应嫁给他，我爸还会一样判刑。

大家沉默了，吕秀兰说：蓉蓉爸是个正直的人，他不会去检举别人。

再说，他也是个不会讲假话的人，我和他在一起几十年，从没见过他无中生有凭空捏造。

向姑姑说：我哥可以慢慢开道。嫂子，刘主任是多有面子的人，为他抬轿的那些人，会让他的亲家坐牢吗？大家用脑子想想吧。我奔波了一天，该回家了。

向姑姑说完就走了。

曙光从走进芙蓉家到现在一直没说过一句话，大家都在伤心中，没有谁关注他。但是，向妈妈最后一句话深深打动他。他想：所有的撒谎，不管是善意的还是恶意的，都是为了掩盖事实欺骗别人，让世界变得是非不分，真假莫辨。有时候谎言重复一千，阴谋家也就产生了，这其实是很悲惨的。要是再也没有人撒谎，彼此信守诚实，坦诚相处，那世界会是多么光明与美好。

夜已深沉。曙光向芙蓉一家告别。

四月的夜晚，春风挟着丝丝凉意迎面吹来。路灯将昏暗的灯光洒在

林荫道上。路旁的女贞子树上挂着的一串串绿色的豆荚，迎风摆动。所有的商店都打烊了，满地的垃圾正随风飘舞。

七十年代的宝庆城破旧、肮脏，无论走到哪里都堆积着垃圾，苍蝇在成群飞舞，空气中混杂着公共厕所的臭气，最恶心的是，厕所的蛆虫爬到了路上，行人不小心踩着，便发出"啪"的响声。

曙光孤独地走在回家的马路上，灯光把他的影子拉得老长。尽管是深夜，马路两旁那熟悉的建筑让他感到无比亲切，风在温柔地抚摸着他的脸，他的每一寸皮肤，温暖着他的心。他深深吸了一口气，记

不清在什么时候他也曾在夜深人静时独自走在林荫道上，让春风温馨地吹过。

回家真好，尤其是有妈妈在家里。曙光刚刚在为芙蓉一家难过，现在又为即将见到妈妈激动起来。

曙光拍着母亲的门，李珍心惊胆战地爬起来开门，当她看到是儿子时，满脸的惊恐瞬间化成喜悦，满是皱纹的脸像菊花一样绽开了。

曙光，她扑向儿子。我是在做梦吗？

曙光扶着妈妈说：妈，是我回来了，你好吗？

母子俩坐下来相互打量，曙光看到妈妈比几个月前气色好多了，健康了，而且长胖了。

看到妈妈的桌子上摆着教科书，曙光问：学校要你给学生们上课了吗？

李珍说：照这个形势，学校还不知道办不办，不过我离开学校这么久了，该努力学习现在的政治教科书。

说完，李珍竭力忍住喜悦的泪水将儿子从头看到脚。她问儿子：你饿了吗？我今天领到了 4 月份的工资，买了好多东西。我已经好久没有在百货公司买东西了，今天走进百货公司，心呼呼乱跳，都不知道是不是走错了地方。

妈，祝贺你又可以拿国家工资了。我饿了，饿极了。我还是早上喝过粥的，好想有饭吃。

妈给你煮鸡蛋面条，煮一大碗，我们一起吃。

28

芙蓉在拘留所见到父亲。向成理头发一夜间变白了，胡子拉碴，比几个月前芙蓉看到他时老了十岁。

爸！芙蓉喊声"爸"，眼泪"吧嗒吧嗒"流下来。

向成理哽咽着说：芙蓉，爸对不起你们。

芙蓉哭着说：爸，你是天底下最好的爸爸！

茉莉扑在爸爸的肩头上，说：爸，我已经想通了，为了救你，我明天就去嫁给那个小流氓。

向成理说：莉莉，你在说什么？你才十七岁，还不到法定结婚年龄。

茉莉哭着说：爸，你不要问了，我决心已定，决不让你去坐牢。

向成理说：蓉蓉，莉莉，你们听好，我要是进了牢房，第一，与你妈离婚。第二，与你们脱离父女关系。从此，我们没有任何关系，不能因我这个劳改犯连累你们。

芙蓉说：爸，你不要这么想。妈不会同意，我和茉莉也不同意。

茉莉点着头说：爸，你放心，我会用生命来救你。

从拘留所出来，茉莉就去找刘利民。茉莉对刘利民说：我答应做你的女朋友，但是有一个交换条件，就是要你爸帮忙把我爸从牢里捞出来。

刘利民说：没问题。我也有一个交换条件，就是要让我先试试你是不是个处女。

茉莉气得大骂：流氓！

刘利民说：我就是个流氓，你连这个都不同意，就只好让你爸坐牢了。

茉莉哭着跑回家，把自己找刘利民的事告诉妈妈。吕秀兰说：莉莉，别难为自己，我们听天由命吧。

处在"严厉打击刑事犯罪分子"的运动中，一切刑事案件都要从快从严判处。向成理碰在风口浪尖上，开除公职后被判处八年徒刑，送到劳改农场去服刑。

正在病中的爷爷奶奶被芙蓉的姑父送了回来。姑父说：现在是个讲究政治挂帅的时代，我要是收留了劳改犯的家属，就别想继续坐在机关大院里。岳父母为我操劳多年，现在又病着，我这么做也于心不忍。但又有什么办法呢？看表面我是积极与大舅子划清界线，其实也是被逼的。

吕秀兰忍着眼泪说：你不必多解释，成理的父母就应该和我们住在一起。

姑父走后，吕秀兰说：女儿们，古人说福兮祸所伏，祸兮福所至。去年这个时候正是我们家生意最好的时候，你爸爸买了第二台缝纫机为的是给客人做夏天的衣服。那时，我们家挤满了做衣服的人。到了冬天，又买了第三台缝纫机。请了三个师傅在家做衣服，还有很多来做衣服的人排不上号。你爸爸真是心灵手巧，设计出那么多的款式，靠的是自己手艺挣钱啊，真不知是什么世道，竟落到如此结局。

吕秀兰说到这里，再也忍不住了，伤心地伏在芙蓉肩上大哭。

芙蓉也哭着告诉妈妈：这个世道打破了正常的社会秩序，让能人们千百倍受折腾，让百姓生活生活在惶恐之中。

吕秀兰擦把眼泪说：现在尘埃落定，说什么也没有用了。好在你们都长大了，最小的薇薇也有十五岁了。我呢，也还没老到不能干活。就算工厂开除我，我还可以去建筑工地做苦力，挣钱养活你们。莉莉和薇薇明天继续上学。

芙蓉说：妈，假如你被工厂开除了，我不再回生产队，我和你一起去做苦工。

向妈妈说：也好，免得一家人分成三处。以后我们家五个人的计划粮食六个人吃，每人少吃一口共渡难关。

正说着，周凤姣领着派出所的干警进了家门。看到进来的人铁青着脸，芙蓉一家不由胆战心惊。干警扫了她们一眼，说：吕秀兰虽然释放了，但还没做最后的处理。现在我宣布公安局对吕秀兰的处理意见，吕秀兰协助向成理搞地下黑服装厂，销赃和投机倒把，属于经济犯罪，因其是从犯，且认罪态度较好，免除刑事处罚，从即日起开除厂籍，遣送农村，监督劳动改造。向茉莉、向蔷薇的户籍随同吕秀兰一并迁走。

不！茉莉叫起来，我已经成年了，我没犯法，凭什么遣送我到农村去？

周凤姣冷冷地说：凭什么？就凭你平常穿得妖怪一样，你看看，夏天还没到就穿裙子，宝庆城里有哪个像你这样妖里妖气的？不把你下放到农村去，你满脑子的资产阶级思想就不能改造好。

茉莉问：我穿裙子犯法吗？

周凤姣说：你是在传播资产阶级的生活方式，你知道吗？这是大好的革命形势决不允许的。公安局不是在随意处理你，而是召开了居民大会，征求了革命群众的意见。

茉莉指着周凤姣的鼻子说：其实，就是你这个女人在害我们全家，如果不是你把你的妹妹带到我们家来，我爸不会认识她。如果不是你带人来抄我们家，我爸也不会被公安局抓走。其实，你和你妹妹一样是个贼婆……

周凤姣走过来，挥起拳头朝茉莉头上砸去，茉莉没有说完，被打得昏倒在地。

几个干警对周凤姣说：你何必与她们认真，把她们一家送到最苦的地方去，让她们尝尝无产阶级专政的厉害。走吧！

一行人洋洋得意地走了。

直到此时，一家人才知道真正置她们于死地的是刚才的这个消息。一直没有流泪的吕秀兰不由嚎啕大哭。她仰天呼喊：天哪！我男人坐牢了，要我们三个女人到农村去，我们怎么活啊！

茉莉从地上爬起来，和芙蓉蔷薇一起伏在妈妈身上痛哭，那悲惨的情景让心硬的人也流出眼泪。

曙光刚好来到芙蓉家，目睹这一切，心里非常难过。

芙蓉含着泪告诉他，她决定暂时留在家里帮助妈妈，直到妈妈安顿好，什么时候回生产队去，要看妈妈和妹妹是否能安顿好。

一听此言，曙光的心里竟是那么茫然，这好像意味着他再也见不到芙蓉了。那种生离死别的情感涌上心头，让他的心隐隐作痛。他不知道自己从什么时候开始，像孩子一般依赖芙蓉，离不开芙蓉。仔细想想，这三年来朝夕相处，芙蓉无微不至照顾他，因为没有离开过，所以并不觉得。现在他们不得不分离，那种心如刀绞的感觉让曙光浑身发软，迈不开脚步。

既然帮不了芙蓉，曙光只能强打精神，独自回去。

回到家里，妈妈问：芙蓉家的事怎么样了？

曙光把芙蓉家发生的事愤愤不平地告诉母亲。

妈妈说：覆巢之下，安有完卵？这年头，这样的故事太多了，你不要为自己不能帮助芙蓉而自责。

曙光说：妈妈，我怎么这么无能。我已经二十五岁了，就好像是个窝囊废，帮不了别人，养不活自己。

妈妈说：曙光，你其实是很有才华的，是造化弄人，让你的才华埋没了。不过，妈妈认为你对未来要有所规划。

曙光说：我，一个插队知青，被捆绑在一块贫瘠的土地上，锚足劲干上一天，才挣两毛钱。规划，这个词就像是立在地平线上的广告牌，不但可望而不可及，还好像与我的人生没关系。

妈妈说：曙光，全国的农村差不多，都穷，能有饭吃的地方太少了。我不是要你规划在农村活一辈子，而是要你离开农村。

曙光说：妈妈，所有的知青都想离开农村。但是离开农村又能去哪里？流浪吗？我看到所有的流浪者，不管他逗留在城市还是流落他乡，都是在饥饿和歧视中生活。他们早上醒过来，不知晚上的归属在哪里，有一半时间被关在看守所里。妈妈，一旦下乡，就被无形的枷锁锁住了自由。好比我，如果住在你这儿，只要住上十来天，学校的领导就会找你谈话，要你马上把我赶回到农村去。就算你能找到一个让我逗留的理由，也不能超过两个月，否则，你会背上破坏上山下乡运动的罪名。有点人情味的领导会向你提出警告，心眼坏的干脆叫警察把我抓起来，毒打一顿，关上三、五天再送到农村去。

虽然，知青有招工指标。对于我，想都不敢想。您恢复工作了，但不能改变我的出身。我仍然是地主成分，我的爸爸仍然是右派分子，我仍然是黑七类的狗崽子。不管我怎样表现自己，我还是不可教育好的子女。您说，我敢妄想自己能通过那张招工政审表吗？

听到这里，李珍难过得低下了头。

妈妈，我只有一个心愿，就是让荷叶塘富裕起来。荷叶塘生产队在农业学大寨的运动中，将一个有着活水源的十来亩的大水塘改为稻田，从此，整个生产队缺水，连村民喝的水都要从五里外的地方背回来。村民们做梦都在怀念那个湖一般清澈有泉水冒出来的荷叶塘。妈，只要荷叶塘不缺水，我在那儿当一辈子农民也无憾。其实，只要富裕，当农民也很快乐。荷叶塘那个地方只要有水，农民就有饭吃。要让塘水恢复也不难，只要有两台抽水机日夜不停地从河里抽水灌进塘里就行。

曙光妈妈问：抽水能抽出幸福？

妈，肯定。荷叶塘的下面原本有一股地下泉水，只是农民们在塘里填上了土，土是掩水的，那泉水自然喷不出来，在地下流失了。我最大的愿望就是把荷叶塘的泉水引出来。当塘里泉水喷涌，村民们就有水喝。塘里能养鱼，生产队就有了经济收入。孩子们能游泳，就多了许多快乐。有水了，天不下雨也能旱涝保收。

曙光妈说：老家一到天旱，就把水车一架接着一架的连起来，从很远的地方把水车过来。

妈，荷叶塘只有一个水源，就是哭河。河岸是悬崖峭壁，没有抽水机，水是车不上来的。所以，荷叶塘生产队只要有两台抽水机就可以改变全村人的命运。

曙光妈问：两台抽水机要多少钱呢？

曙光说：有农机指标的话，一千元左右，还有，抽水机需要喝柴油，也是不小的开支。因此，生产队想都不敢想这事。

曙光，一千元钱不是小数目，你离开那儿就一了百了，水与抽水机都与你无关。

妈妈，那里的人喝水都难，我就是离开哪儿，也会牵挂一辈子的。我是个男人，总要有所担当。妈，我干不成你想要的大事，如果能造福一个小小的地方，也没有枉来人世走一趟。唉，说来说去就是要想办法找到一千块钱，或者找到不要钱的抽水机。

妈妈沉思了一会说：我有一个学生，叫陈辉。陈辉原来在一所小学当教师，后来改行去了农机局，当了科长。他的老婆也是我的学生，他们结合还是我当的媒人。我去找找他，看他能不能帮你。

妈，这信息太宝贵了，我明天和你一起去。

当曙光和妈妈找到陈辉时，陈辉正在农机局的仓库当保管员。一听曙光要为生产队买抽水机，笑眯眯地说：我就是你要找的那碗菜。

陈辉说：自从我被发配到仓库，就发现好多农业机器被当成废品堆放在仓库里。光是你们要买的抽水机就有十几台，它们有的是叶轮坏了，有的是发动机有毛病，有的只是外壳碰坏了。我已经向局里打了报告，要把这些农机当成废品卖掉。等报告批下来，你就来选几台，只要稍稍改装别说两台抽水机，三台都不成问题。你也只需要付废铁的钱，等于白送，最重要的是不需购买农机的指标。

曙光听完，大喜过望，连连向陈辉道谢。想不到这事竟然这么顺利。他想起安妮说过，凡事都要尽心尽力去争取，即使不成功，尽力了也就不遗憾。

安妮很有智慧，可惜她离得太远，不能分享曙光的快乐。他很想立即让芙蓉知道，每当他高兴时，芙蓉似乎比安妮重要，因为芙蓉崇拜他，很甜蜜地分享他的幸福，也让他的男子汉的自尊得到极大的满足。就目前而言，他要是能帮芙蓉，给予她幸福，比买到抽水机更让他满足。

仅仅过了三天，陈辉就告诉曙光报告批下来了，他已经帮曙光挑了四台抽水机，经组装后，至少能拼成两台好机器。虽然是废品价，曙光妈妈还是去了学校财务室借了100元钱才付清了四台机器的款。

陈辉说，看在老师份上，他会帮忙帮到底。他为曙光找到了抽水机的图纸，有了图纸，曙光就能把抽水机安装好。陈辉对曙光妈妈说：李珍老师，抽水机的帆布水管，曙光要多少拿多少，这东西在仓库里是没有数的，再说，放得太久也没有用了。还有，我这里今天有车往县城跑，既然买好了，就搭上这个便车运到生产队去吧。

就这样，曙光来不及与芙蓉告别，搭乘便车回到了生产队。

经过三个月的艰苦奋战，荷叶塘的社员们在哭河的石崖上凿出了一条八百米的水渠，第一次抽水机将哭河的水抽到水渠里。当水"哗哗"流进村里时，荷叶塘的人不再踏着哭河岸边的石阶走下去背水了。

接着顺着山势将水引到荷叶塘下，第二台抽水机将水抽进荷叶塘。荷叶塘的土移走了，变成一个和从前一样的，浅浅的有着优美曲线的水塘。

生产队近百亩水稻田围绕在荷叶塘的周围，当荷叶塘注满水时，只要在水塘边扒开一道口子，水就流进了稻田。

那一年插晚稻的时候，抽水机用长长的帆布水管将哭河的水灌进稻田，百亩晚稻全部插下去，荷叶塘变成绿洲。

当荷叶塘被灌满水时，正是晚稻丰收的时候。除了晚稻，红薯的收成也不错。沙漠里真的开出了鲜花，社员们的脸上有了笑容。

29

也不是所有出身不好的人都掉进了十八层地狱，那些运气好的和善于在政治上表现的人，依然在寻找当官、入党和改变命运的机会。

1973 年春天，被关押了五年的安静之从牢房放出来，以前强加在他身上的所有的罪名都不复存在，官复原职，宝庆市工业局局长。

安静之的老婆在他释放前的一星期被放出来，从看守所回到商业局，仍然是宣传科长。安静之夫妻复职后的第一件事就是要补偿在这段时间里对儿女们的亏欠。

虽然很多被打倒的老革命老干部，回到了原来的工作岗位，他们的子女仍留在农村当知青。但是安静之已经对"革命情操"有了新的觉悟：走好当官的路，谋好自家的福。

安静之亲自去生产队将安妮接回宝庆城。安妮离开的时候像疯了一样，把她用过的农具丢进荷叶塘，大声喊：再见吧，可恶的镰刀和锄头！再见吧，让我失去美好青春的荷叶塘！我恨这里，再也不回来了。

她没有和生产队的任何人告别，也没有和曙光说一句温情的话，跟在父亲的后面飞快飞快地走了。

吕秀兰和女儿们被遣送到土岩村，那里的情景我已在本小说的引子里描述过了。当芙蓉护送着妈妈和妹妹来到土岩村时，她还是被那里的野蛮和荒凉震惊了。

每天早晨，雾就像个百无聊赖的流浪汉，磨蹭在陡峭的崖壁，漫游在蜿蜒的山路，舐吮着香甜的山果，抚摸着山涧溪流，懒散地飘荡在幽幽山谷中。等它慢慢离去时，已是中午时分。

这时，队长蒋秋生才吆喝：出工了～。

剽悍的山民们从木楼走下来，肩上扛着锄头，腰间别着银光闪闪的砍刀。他们的狗狂吠着紧随左右，在这里，做农活和围猎总在交错进行。

妇女们敞露着两个硕大的乳房奶着孩子，站在木楼上目送着男人们，等他们走远了，才用手指数那些正在寻食的小鸡和肥壮的母鸡，把猪从楼下赶出来吃草。然后，她们背着背篓走进大山去采集蘑菇和山果野菜，顺便把做饭的柴草搂回家。

太阳和煦地照着寂静的大山深处，满眼都是醉人的葱绿。那些缠满藤条的大树在春雨的沐浴下，又一次从枯萎中获得新生，虽然它们最终会被藤条缠死，但在春天里，它们还是与开着小花的藤条紧紧相依相恋。

芙蓉和茉莉跟随着出工的男人们来到向阳的山坡上。

前天他们在这儿燃起大火，把坡地上的冬茅草和芦苇烧成灰烬，坡地变成了一片焦土。但今天这里又是遍地茵绿，小草似乎比人更懂得生存，它们总是抢先一步生根发芽。刀耕火种延续了千百年，山民似乎不理会小草的生命会继续蔓延，他们扬起锄头把地翻过来，随即将几粒玉米撒进地里。每一次种子播下去后，便不再管理，到了秋天野草与玉米一样高，山民们掰下稀稀落落的玉米棒子，把野草和玉米秆留在地里。

粗放的耕作与他们粗犷的山歌一样，在这闭塞而荒凉的山村，千年重复不变。

当对面的山林里腾起薄雾一般的山岚，正在采蘑菇或挖野菜的女人向山这边的男人抛来山歌：

桐子开花花柄长嘞——，
女婿喜欢那个丈母娘，
不呷嫩草呷枯草啰，
不呷白米嚼老糠。

山民们个个都是歌手，古老的曲调不变，戏谑的歌词却不断更新着。年轻慓悍的岩生是村里最好的歌手，他立刻扯着男高音把歌接了过来：

> 咳哟嘞…，桐子打花把把长嘞，
> 哪个女婿不喜欢丈母娘啰，
> 子姜哪有老姜辣哟，
> 丈母娘比女儿更疼郎呃˜

又有女人从那边的大山唱起来：

> 情哥哥哟情哥哥，
> 路边凉水你莫喝，
> 喝了凉水肚子痛，
> 不害情妹我害哪个？

接着粗俗的，野蛮的，原始的百唱不厌的山歌响彻平日冷清寂寞的山谷，飘荡在巍巍崇岭上，撼动着男人和女人的心。

每当这个时候，芙蓉会格外孤独和惆怅。她总是把目光转向荷叶塘所在的北方，在天地凝合之处，清晰、柔和、平静的地平线，渐渐变成张曙光那张英俊的脸。她想奔过去拥抱他，亲他吻他，和他融为一体。但她知道，此时此刻，她的这一愿望像地平线一样遥远。于是她伤心、迷茫、凄切、悲哀，像所有情窦初开的少女一样，对这痛彻肺腑的相思和无以名状的痛苦不知所措。尤其是田田告诉她，曙光喜欢的人是安妮而不是她。曙光在她万分悲痛时竟然时不辞而别，这一切都在增加着她的痛苦，让她失去给他写信的勇气。但她还是忍不住想他，爱他，希望靠在他的肩膀上喘口气。

她不自觉地停下了挥动着的锄头，再次抬头凝视北方。此时，所有的忧怨都写在她苍白的脸上，她就像一尊美丽的女神，伫立在幽深空濛的山林前。

蒋秋生看看芙蓉又看看茉莉，和岩生交换一下眼色，大声喊：歇一歇啰！

芙蓉这才回过神来，转脸去寻找茉莉。在太阳和大地之间，茉莉婷婷若仙，甜美、娴静和平和，就像一支温柔动人的田园牧歌。

来到大南山，走进土岩寨。茉莉第一次见到崇山峻岭，莽莽林海，闻到山林中特有的树木的芬芳。望着迟出的白昼，早来的夜暮，听到孤鸦哀鸣，山泉呜咽，她说不出是喜欢还是害怕？

这里有粗犷有力、充满野性、腰里总是别着柴刀的山里汉子，还有活泼多情、清爽秀丽，山歌比河里沙子还多的山村姑娘，以及蓬首垢面，永远也闲不下来的山寨妇女和长着乌黑眼睛、浑身滚满泥土的孩子。她不知道该亲近他们还是远离他们？

妈妈说，只有爱这里，才能安心住下来。可是她爱的是她生长大的城市，离开故乡，一种难以摆脱的失落感使她的心无法融入这个宁静的世界。

为了让妈妈开心，茉莉努力让自己从一个十指不沾阳春水的娇小姐，变成家里的主要劳动力，她像男孩一样支撑起这个家。

当茉莉看到芙蓉的前面还有一大截的土地还没翻过来，就走过去帮她。这时岩生故意用脚绊住茉莉，让茉莉摔倒在蒋秋生的身上，蒋秋生趁机摸了一把茉莉的胸脯。所有的男人都哈哈大笑，那笑声竟是那么的邪乎，岩生和蒋秋生笑得格外开心，那邪恶的眼光让芙蓉和茉莉不寒而慄。

这样的事情已不止一次地发生，芙蓉一家总被人捉弄。

自从来到土岩寨，吕秀兰一直担心一家人的安危。女儿们刚刚长大成人，一个个如含苞待放的花朵，家里又没个男人，每个夜晚，都有男人在她破烂的木屋外窥视，她不得不紧关窗户，用桌子把门堵住。她知道这只是权宜之计，最安全的方法就是离开这里。

芙蓉去公社，求书记放过她们一家，让她们迁到另一乡村，书记说：你们是公安局判处到最苦的地方去劳动改造的，除了土岩寨，你们那儿也别想去。

芙蓉绝望地回到家，把这事告诉妈妈，母女俩不由抱头痛哭。

正午刚刚过去，太阳就打斜了，起伏的群山遮住了太阳的灿烂的光芒。由于日照不足，人们在山坡上种的苞谷和红薯长得像野草，山民从来没有吃过像模像样的蔬菜。也许，他们世世代代吃的是苞谷和红薯，住在低矮的吊脚楼里，生活在方圆不过百里的大山中。他们想象不出外面世界的繁华和热闹，不知道什么是道德和文明。

山民们迷信鬼神，崇尚巫术，十分彪悍自私，常常一言不合，拔刀相向。一旦排斥外乡人或外族人时，立马齐心协力凝结成强大的力量。要是得罪当地村民，外乡人就会叫天天不应，叫地地不灵。

芙蓉一家竭尽全力讨好村民们。芙蓉一直记着曙光说过的话：农民最看重的是绝对公平，如果你无法做到，就只能讨好一个对你来说最最重要的人。

对芙蓉一家来说，最重要的人就是蒋秋生。她们恨他怕他，半点也不敢得罪他。再说，她们的家曾经被周凤姣带来的人抄个底朝天，什么也没留下，她们也穷得叮当响。

吕秀兰找到一件九成新的棉袄，那是向成理入狱前从身上脱下来的。吕秀兰实在舍不得把这件棉袄送给他人，但为了求一家安宁，她亲自把这件衣服送到队长家里。

第二天，队长娘子张米贵背着背篓来到芙蓉家，领着吕秀兰去森林，非常热情地教她识别野菜山果和菌类。她们没有体力，不会狩猎，连捕捉小动物的本领都没有，如果没有在大山里觅食的技能，生活会格外困苦。这也是吕秀兰一直想要学会的生活本能。

芙蓉陪着妈妈和妹妹在那里住了一年。她要替代妈妈出工，和茉莉一起上山砍柴，到小河里挑水。当妈妈和蔷薇去山林采集野菜野果还未回家时，她会在半路上等待她们。每到夜晚，山风吹开她家的窗户，"沙沙"的树叶声和鸟兽的鸣叫声，令她们心惊胆战，更有甚者，男人常常在窗外窥视她们。因为恐惧和担心，芙蓉彻夜难眠。吕秀兰心力交瘁，终于病倒了。

生活让芙蓉一家备受折磨。

临近春节，爷爷奶奶病得厉害，芙蓉不得不告别妈妈和妹妹回到爷爷奶奶身边去。但她怎么放心得下妈妈和妹妹？

这时，岩生的妹妹茶仙子来了。茉莉曾经把自己最喜欢的绣着茉莉花的丝巾送给茶仙子，芙蓉也把装着香皂的红色塑料盒送给她。茶仙子从来没见过这么漂亮的东西，她看了又看，摸了又摸，最后锁进箱子里，当作未来的嫁妆。

从此，茶仙子几乎每天都来玩，和茉莉说着心里话。茶仙子说：芙蓉姐，你放心回去吧，我会每夜来陪茉莉睡的，有我在，没人敢来欺侮她们。

过完春节，爷爷奶奶相继去世，姑姑怕房子被居委会没收，住进了她家。方凯回来了，与芙蓉解除了婚约。

经过几番思考，芙蓉决定离开荷叶塘，到土岩寨和妈妈妹妹们一起生活。

栽完包谷后，芙蓉回到荷叶塘，她要把户口从荷叶塘迁到土岩寨去。

久别归来的芙蓉仿佛变成了另一个人，她的嘴巴紧闭着，脸上没有了笑容，常常像木桩一样一动不动地凝视远方。当农民问她要不要鸡蛋或蔬菜时，她就像被火灼了一下，把手缩到身后，喊着：不要，我再也不要了！

以往，村民们需要一点油盐钱时，总把攒下的鸡蛋卖给芙蓉，在三个知青里只有她最好说话，常常用高价买农民的蛋，让可怜的村民们拿卖蛋的钱去买盐。

社员们并不知道，现在的芙蓉和他们一样没有了买盐的钱，她的家里一个钢镚儿都没有。这次归来她面色苍白，满脸愁苦，憔悴到令人心痛。

就像一场接力赛，曙光的处境有了很大的改变，他代替芙蓉买下村民的鸡蛋，成了村里人的油盐罐子。

曙光几次问到芙蓉母亲和妹妹的情况，芙蓉总是泪流满面，一句话都说不出来。芙蓉家的困境是曙光从她断断续续的讲述中得知的。

曙光告诉芙蓉，荷叶塘已经发生了巨大的变化，人们有水喝了，特别是女人们可以在家门口洗衣服，孩子们可以在水渠里洗澡了。

不管曙光怎样赞美荷叶塘，都无法让芙蓉高兴起来。为了妈妈和妹妹，芙蓉不得已对自己的人生重新抉择。

芙蓉的遭遇令曙光肝肠寸断。想到他们相识后，总是芙蓉给予他种种关爱，令他一直心存感激。他常常在心灵深处问自己：安妮和芙蓉，你更爱谁？回答是肯定的，他更爱芙蓉。

安妮离开时，曙光感到很轻松，而且，他不愿意去想她，连做梦都不想。安妮太强悍了，生活里没有她解决不了的问题。让自己活在安妮的阴影里，只会变得越来越傻，越来越消沉，越来越软弱。

芙蓉是柔弱的，她需要男人呵护，而曙光厚实的肩膀正好能成为她的依靠。

一想到芙蓉的遭遇，曙光的心像被谁猛地撕碎，他问苍天：让他心爱的女人独自去保护家人，她柔嫩的肩膀能承担起如此的重担吗？

曙光不想一辈子在封闭落后的乡村里过简单的吃苦受穷的日子。也不想让心爱的人和自己过地狱般的生活。他不想结婚，也不想主动去追求爱情。如果幸福对他来说很遥远，他宁愿这一辈子孤独地走完整个人生。

可是，当芙蓉说要离开这里，他觉得他未来的生活一片模糊，内心六神无主，只想随她而去。几天来他魂不守舍，被痛苦煎熬着。

渐渐地，他思路清晰了，明白了他的生命里不能没有芙蓉。而且，他清楚，一旦芙蓉离开荷叶塘，将会久远地离开他。

那天，曙光像疯了一般跟随着芙蓉，他要留住她。

他给芙蓉拉手风琴，边拉边唱：戈壁滩上的一股清泉，冰山上的一朵雪莲，风暴不会永远不住，啊……，我的歌声啊，能融化你心中的忧愁！

后来，他绝望了，哭了，芙蓉也哭了，如果他们站在萨里尔高原上，泪水真的能将萨里尔高原冲平。

曙光把所有的钱交给芙蓉，对芙蓉说：以前，在我没有钱的时候，你给我好多好多的钱。现在是我报答你的时候，你却要离开我。请你带走这些钱吧，虽然是妈妈给我的，但我相信不久后我就能挣到钱的。芙蓉，求求你，想办法马上回来。相信我，相信荷叶塘会富裕起来，我们会盖上自己的房子，等你妈妈监视期满了，将妈妈和妹妹接到这里，我们一起养活她们。

芙蓉感激零涕，她几次想问他：安妮会同意吗？她现在在哪儿？她还是你的爱人吗？但是，她问不出口，想让曙光自己告诉她。

30

这年春天，由于有了水的滋润，荷叶塘周围的山峦比往年好看得多。那些多年不见的灌木破土而出，抽出细细的枝条，有的还开出了鲜艳的花朵。田埂上绿草茵茵和刚刚插下的禾苗连成一片，昔日红色的土壤覆盖在绿色的地毯里，到处生机勃勃，春意盎然。

李禾生买回百棵香椿树苗，种在知青屋后面的山上，所有的树苗都活了，长出了嫩绿的枝芽。他又买回上万尾鱼苗，荷叶塘和水稻田里都放了鱼苗。他算了算，到了冬天，可收获上万斤鱼，每斤三毛钱，也有三千多块钱。为买柴油和树苗鱼苗等，生产队向曙光妈妈借了一千八百元，这是学校补发给李珍老师五年的工资。卖了鱼，还了这笔钱，还有一千多块。年终结算时，每户可以分到近百元钱，这是荷叶塘好多年来没有过的收入，超过方圆几十里最为富裕的生产队。李禾生想，到了明年荷叶塘所有的光棍都能娶上老婆，也包括曙光。

从抽水机开始抽水的那一天，曙光不再下地劳动，他成了一个专业的农机手，日日夜夜守在抽水机旁。他和他的抽水机每天计两个劳动力的工分，这是生产队长李禾生提议，通过生产队社员们同意的。

农村生产队是很民主的，尽管农民的智商很不一样，那些聪明的喜欢算计的农民，凡事总会在心里盘算一下，有利可图的事会举双手赞同。曙光的两台抽水机改变了荷叶塘人的命运，从此不但旱涝保收，还可以过上轻松富裕的日子。每天给他的抽水机记一个劳动力的工分，真是太合算了。何况，除了曙光，没有谁会开抽水机。曙光一个人看守两台机器比下地干活更累。

安妮曾经对曙光说：中国社会历来是大鱼吃小鱼，小鱼吃虾米，虾米吃泥沙，要想不被吃掉，就要学会保护自己，任何时候，任何情况下首先考虑的是自己的生存以及利益。

当曙光把抽水机买回来时，安妮说：曙光，千万别把抽水机白白送给生产队，要跟生产队叫板，首先把本钱赚回来。在农村，特别是荷叶塘这样的穷乡僻壤，购买农机比登天还难。要不是你，抽水机在五年内，他们想都不敢想。所以，只要有招工机会，你就要拿抽水机做筹码，让生产队、大队以至公社尽力推荐你。平时也要向农民们透露出只有让你吃上国家粮，拿上国家工资，离开荷叶塘这个地方，抽水机才会真正属于生产队所有社员。在这之前抽水机是你的，你想给谁就给谁。

曙光想：我买抽水机就是为了彻底改变荷叶塘的现状，改变荷叶塘的农民也包括我自己的命运。至于招工，我想，即使从生产队到公社都推荐我，政审未必能通过。还是让抽水机为生产队换取最大的利益吧。

他对安妮说：这四个年头的日日夜夜，我已与这里的人们水乳交融，就算他们不接受我们，但是我爱他们，真心的同情着他们。你说的也有道理，我应该把抽水机的本钱先挣回来。我先跟队长通通气，看他用什么方式让抽水机先挣回本钱。

结果，李禾生的办法是抽水机的柴油由生产队购买，抽水机工作一天记一个劳动日的工分。曙光同意了。

安妮说：你不如送给他们，工作一天记在个劳动日，等到挣够本钱，抽水机已经坏了。

为此，他们闹得很不愉快。不久，安妮连个招呼都没打，像过路的鸟儿一样飞走了。

李禾生和队里精明的农民们都看得出安妮和曙光不一样。安妮看不起他们，曙光和他们很贴心。从曙光带回抽水机的那天起，他们打心底里接受曙光，另眼看待所有的知青。他们认为知青们当过农民吃过苦，哪一天有了通天的本事，会让农民们像阴沟里的瓦片翻过身来。

芙蓉家的变故通过安妮的嘴巴已经让荷叶塘的农民和天堂大队的知青都知道了。在农民的眼里，芙蓉还是从前的芙蓉，善良勤快随和肯吃苦。芙蓉现在不爱笑了，社员们都为她难过，尤其是她的闺蜜田田。听芙蓉说她要回到妈妈的身边去，都哭了好几天。田田的奶奶说：芙蓉是个女儿身，迟早要从荷叶塘嫁出去。

　　田田说：她要是嫁给曙光，就不会离开这儿。

　　奶奶说：等到她嫁给曙光，都是猴年马月的事了。

31

夜幕渐渐降临了，荷叶塘已经有了小小的改变，所有的窗口不再飘出枞树节的浓烟，因为有了抽水机，家家户户都向心地宽厚的曙光讨一瓶柴油，改用柴油灯照明了。

芙蓉看到了荷叶塘的巨大变化，却无法改变自己要回到母亲和妹妹身边的决心。她来到李禾生家，对李禾生说：队长，我要将户口迁到我妈妈那儿去，想请你帮我去大队取一个迁移证明。

李禾生说：好的。芙蓉，你走了，队里人都会舍不得的，我老婆听说你要走了，都难过得哭起来。你爸爸曾经拿真金白银帮助过我们，这份情我李禾生是不会忘记的。

芙蓉知道，这是淳朴的农民说的心里话。这里的农民比起土岩寨的山民来更懂人性。荷叶塘虽然远离城市，但地处丘陵，平原一个接着一个，交通便利，相对土岩寨而言，与外界的交流要多得多。何况荷叶塘的前辈们是见过世面的，有一些文化底蕴。而那个可怕的土岩寨，山民们几乎与世隔绝，寨子里一百多个村民，除了队长的儿子正在读小学外，其余的全是不识字的人，由于文化的原因，同是农民，却无法比对。如果芙蓉能够选择，她会选择留下来。

芙蓉流着泪从李禾生家走出来，看见曙光和奥赛罗站在不远处，好像是在等着她。

月光下，曙光就像一尊雕像，脸色苍白而冷峻，芙蓉虽然看不清楚他的眼睛，却能感觉到他眼里绽放的激情。

见到芙蓉走出来，曙光疾步上前拉着她的手就跑，不知为什么，芙蓉像着了魔一样随着曙光的脚步奔跑起来。他们一口气跑过两个山头，来到了白沙洲。踏在银白色的沙洲上，他们才放慢了脚步。

今晚的月亮和从前一样又圆又亮，细细涓流在月光下像银蛇狂舞。春风徐徐吹过，吹弯了芦苇的叶子，那叶子嫩得像刚刚抽出来的玉米苗儿，不能碰，一碰就断。

山涧，细柳，明月，沙洲宁静，远山幽深。芙蓉美得那么动人，白皙的脸上，轮廓分明的五官就像描上去的一样，美丽而动人的脸庞上，那夜空般深邃的黑眼睛，深深打动曙光的心。曙光忍不住将她抱起来，说：前面就是林场的梧桐山，那里全是鲜花盛开的法国梧桐和密集的灌木，传说有一位白衣女子经常出没在树林中，你敢不敢和我一起去？

芙蓉死劲点头，说：就是死，我都愿意随你去。

曙光抱着芙蓉一口气跑走进桐树林，还来不及站稳，曙光就将芙蓉按在大树上狂吻起来，吻得芙蓉喘不过气来。

芙蓉，不要离开我，不要离开荷叶塘，不要！曙光嚷道。

曙光，不要这样，安妮姐知道了会生气的。

我从来就没爱过她。我爱的人是你，是你！你难道感觉不出来吗？

曙光将火热的唇印在芙蓉微微张开的唇上，芙蓉没有挣扎，而是闭上眼睛迎上去，他们的身体紧紧贴在一起，忘记了时间和充满恐怖的树林。

夜幕中的树林里，雾气像白色的精灵，从四面八方窜出来，弥漫在他们的周围。曙光和芙蓉陶醉在爱情里，激情让曙光浑身发热，情不自已，尽管他看到大雾正在包裹着他和心爱的女人，但他不愿离开，就在这长满苔藓和羊齿蕨的野地里，他将芙蓉按在地上，摸索着掀开她的衣服，凭感觉吻着她的乳头、乳沟，然后一点点往下吻过去。芙蓉看不清曙光的脸，但她感觉到曙光不可遏抑的汹涌澎湃的激情。当曙光吻她的乳房，吮着她的乳头时，她的身体里迸发出强烈的爱，她不由自主挺起身体，她需要曙光，只有这样，他们才真正相爱了，融合在一起了。

天快要亮了，大雾正渐渐散去，他们一次又一次做爱，不愿意阳光来打扰他们。但是，黎明还是来到了，树林里响起第一声鸟啼。

曙光帮芙蓉整理好衣服，拈掉她满头满身的野草和花瓣，此时他们才看清自己躺在高高的梧桐树下，散发着清香的梧桐花瓣正像雪花一样飘落在他们身上。而芙蓉更像那盛开的梧桐花，洁白的花瓣中鲜红的花蕊包裹在嫩绿的花萼里，清新，纯洁，芬芳四溢。

曙光随手拾起一朵并蒂桐花，再看看地上，满地落英全是并蒂桐花，抬头看树上，原来所有的桐花都是并蒂开放的。

曙光拥抱着芙蓉，说：芙蓉，你仔细看看，是不是所有的桐花都为我们的爱情而并蒂盛开？

芙蓉仔细看过，说：真是太神奇了，桐花竟是并蒂花。

曙光说：它才是真正的爱情花，我们在它们的见证下结合了，这是天意。芙蓉，我们将永远相爱，永不分离。从今天起，你是我的女人，我不再叫你芙蓉，这是你父母给你的名字。我只叫你老婆，老婆！

芙蓉紧偎在曙光怀里，幸福让她轻轻哭泣，她说：曙光，我太爱你了，从见到你的第一眼我就爱上了你。我是这样的思念你，昨夜，尽管我看不清你的脸，我却尽情享受这不期而至的爱情。你的一举一动，让我羞怯又兴奋，心里在说，快点吧，我的爱人，我都等不及了。就在我最最想得到你的爱的时候，你来了，你的急促的呼吸在告诉我，其实你也等不及了，我们彼此相爱了这么久，就像两个等待了一个世纪的爱人。然后，我们结合了，我就像躺在云朵上，向着天堂飘去，尽情享受你的爱。我想，即使以后没有好的结局，我也不后悔。因为，我爱你。爱，让我成为一个幸福的女人。

曙光用手堵住芙蓉的嘴巴，说：芙蓉，不许你说没有好结局的话。我不会让你失望的，我们的结局一定是无比幸福的，我会用一辈子来爱你。

曙光，只要你真心爱我，不让我孤独，我会与你同甘共苦一辈子。

他们再一次拥抱，当他们松开时，看到令他们终生难忘的一幕。

十几双恶狠狠的眼睛正在盯着他们，眼睛里露出的是狰狞而邪恶的光。再一看，他们全都戴着红袖章，其中一人用电筒的光直射曙光的眼睛，让曙光什么都看不见。有几个人扑了过来，用粗大的棕绳捆住他们的身体。

那个拿电筒的人说：我们是林场纠察队的，你们这一对狗男女在这里搞了一夜的流氓，可惜我没带绳索，不然早就把你们绑了。

有个纠察队员说：高队长，他们是天堂大队的知识青年，是把他们送到金桥公社去，还是带到我们场部去？

拿电筒的人回答：去场部，我们大喊口号，要大家来看流氓。哼，知识青年个个都是流氓。今天落到我的手中，我要杀鸡给猴子看。然后恶狠狠地对曙光说：你们要是不老实，扒掉你们的裤子。

纠察队员们押着曙光和芙蓉一边走一边喊：大家来看流氓呀！

芙蓉哪里见过这样的场面，又羞又怕，恨不能钻进地缝里。

到了场部，天才大亮。但已经有好多人被吵醒了，大家像看猴子戏一样围着他们，有人喊：把他们的裤子扒掉！有人跟着起哄：他们那事都干了，脱裤子算什么，日给大家看才过瘾。

人群中发出一阵阵邪恶的笑，场面到了不可收拾的地步。

那天凌晨，我正睡得迷迷糊糊，忽然觉得手痛，睁开眼一看，原来奥赛罗正在咬住我的手，嘴里哀鸣着，眼睛里还淌着泪水。

我大叫一声：曙光出事了！

来不及穿好衣服，我与建北就跟着奥赛罗往场部跑。只见曙光和芙蓉被几个彪形大汉按在地上挣扎着，几个纠察队员已经拉下他们的衣服，正在脱掉他们的内裤。

肖建北大吼一声：他们是我的朋友，谁敢动他们，我让他去见阎王！

这一声喝，把所有的人都镇住了。我也大喝：赶快给他们松绑，你们这一群法盲，知不知道这是在犯法？

高队长说：袁老弟，别拿法律吓唬我，我高小生可不是吓大的。广大革命群众都看到了，他们是在搞流氓。搞流氓的不犯法，难道是我们抓流氓的犯法了？

我怒不可遏：放屁！他们是正大光明的谈恋爱，你随意伤害他们是侵犯人权。是你自己的内心太阴暗，把自由恋爱当成流氓行为。

高队长说：哼，有深更半夜谈恋爱吗？有谈着谈着到桐树林里睡觉吗？有谈恋爱连鬼都不怕的吗？

有女人说：老高，是你没女人吧，等你有了女人也一样。

人群又是一阵哄笑。

这时，林场所有的知青闻风而来了，肖建北对知青们说：老知们，对于爱情，我们和农民伯伯有不同的见解。他们恪守陈规陋习，我们发扬优良传统，他们现实，我们浪漫。他们直到现在还是父母之命，媒妁之言，我们早就自由恋爱了，还要讲究情趣。老知们记住吧，二十世纪七十年代的乡下人谈婚论嫁，还是在媒人的撮合下，男方送点彩礼，女方就由父母做主嫁给陌生的丈夫，而我们知青是因为彼此相爱才结合的。我们喜欢在月光下，田野里，花丛中谈情说爱，我们自由自在地接吻和拥抱，即使别人看到也不怕，是不是这样？

知青齐声回答：是！

谈恋爱是我们的人身自由，怎么谈由我们自己做主，对不对？

知青又响亮地回答：对！

林场职工见建北说得句句有理，也连连点头。场长阴沉着脸远远观望，听到人们的热烈的回应，紧紧蹙起眉毛。

肖建北说：我的好兄弟张曙光和他的爱人都是荷叶塘的知青，他们到我们的树林里谈情说爱，犯法了吗？凭什么要抓他们？要污辱他们？污辱他们是不是不认同知青恋爱的合法性？今天把他们抓到场部来是不是故意做给我们知青看的？

知青们立即群情激昂，大声喊：放开他们，向他们赔礼道歉！

高队长见大事不妙，说：建北，看在你的面子上，放他们可以，赔礼道歉不行，要我赔礼道歉，将来我怎么执行公务？我是个单身汉，将来还要讨老婆。

这时，有几个知青已经解开绑在曙光和芙蓉身上的绳索，帮他们穿上衣服。

更多的知青围住纠察队员，要他们赔礼道歉。

这时，场长走了过来，瞪了一眼闹事的我和肖建北，故意平静地说：这样吧，把人放了，道歉的事也不许再提。大家散了，回去洗把脸吃个早餐，然后上山砍树。

人群渐渐散了。曙光对我和建北说：谢谢你们！

建北说：要谢就谢奥赛罗，今天的事是它来告诉我们的。我也很感慨，看看我们知青都活在什么样的环境里，连起码的人权都没有。

我说：我们生活在一群法盲中间，像高小生之流，自以为是国家主人，却又不懂半点法律，这样的人尤其可怕。

芙蓉吓得魂不附体，瑟瑟发抖。

曙光对芙蓉说：亲爱的，对不起，让你受到惊吓了。

芙蓉好像没听到一般浑身发抖，无法从惊吓中恢复过来。

曙光从地上捡起一把柴刀，一手举着刀一手搂着芙蓉，大喊：现在，我张曙光要向全世界宣布，我和向芙蓉结婚了！

他吻了吻芙蓉的脸，说：此时，我请肖建北和袁权做我们的证婚人，我们结婚了，没有新房，没有新床，也没有婚礼。可是，从今以后，我和芙蓉无论在哪里相爱，都不许有人来欺负我们。

曙光毅然转身用柴刀在后面的桐树上刻着：结婚宣言，我们将永远相爱，直到地老天荒。一九七三年四月十八日、张曙光

芙蓉也含泪在树干上刻上自己的名字。四个年轻人看着树干上的誓言，无比激动，不由紧紧拥抱在一起。

肖建北说：祝贺你们！

我说：祝你们白头偕老！

金色的阳光已经照耀在他们身上，照耀在梧桐树上，所有的树叶沐浴着太阳的光辉，闪烁着迷人的金光。

曙光再一次谢过我们，拉着芙蓉的手，迎着阳光回到知青屋。

我想，此时的知青屋赋予他们完全不同的意义，它成了欢迎他们归来的新房。它庇护着他们，给他们安全和幸福，而那幸福是可意味而不可言传的，那是只属于他们俩人的幸福。

回到知青屋，芙蓉说：从今以后，我们就像《天仙配》里的董詠和七仙女，你耕田来我织布，你挑水来我浇园。

曙光说：芙蓉，谢谢你给我爱情，谢谢你愿意陪着我在吃苦受穷的乡村里生活一辈子。我本来是很自卑的，是你将未来的生活描绘得如此美好，我有妻如此，三生有幸啊！说完，他把头埋进芙蓉的乳沟，他觉得他这辈子安全了，知足了。他掀起芙蓉衣服，跪在地上吮芙蓉的乳头。他觉得世上最美味的就是这乳头，它有淡淡的甜，还有芙蓉身体的芬芳。难怪人们说女人的胸脯是男人的舍身崖，此刻他愿意为芙蓉去死。

田田一早就来约芙蓉一起去采荠菜，今天是农历的三月三，是姑娘们踏青的日子。

田田轻轻地来到芙蓉的门口，在未曾掩好的门缝中，看到曙光正在贪婪地吮着芙蓉，芙蓉紧抱着曙光的头，表情复杂，还流着泪。

田田惊呆了，芙蓉为什么哭泣？难道是曙光欺侮了她？难道曙光即爱安妮又爱芙蓉？

这间简陋的知青屋，住着一个男生和两个女生，所以，有这么多的故事！田田悄悄地来，又悄悄地离开了。

第三天，李禾生递给芙蓉的迁移证明，他说：芙蓉，生产队已不比从前，它会越来越富裕。我希望你能把你妈和你妹的户口都迁到荷叶塘来，我当了十几年生产队长，这个事我是做得主的。

曙光在一旁说：队长，我也是这么想的。

此刻，芙蓉心里充满对李禾生的感激，也充满矛盾和痛苦。妈妈是被遣送去农村的，是带着罪去劳动改造的，所以，她被发配在最穷最偏僻的地方，她的迁徙要得到公安局的同意。如果妈妈不能和她来荷叶塘，她也不知道将来该怎么办？如果让她抛弃妈妈和妹妹，她们将不知会落到什么地步？

芙蓉别无选择，她只能暂时回到母亲的身边，将来的事走一步看一步。

分别的时候，曙光将一直哭泣着的芙蓉送上长途客车。他再三叮咛：先去县公安局，请求公安局同意你们全家迁徙到荷叶塘来。记得每天都给我写信！

32

当芙蓉远远看到她在土岩寨的家时，已是傍晚时分。

芙蓉路过十几家村邻，家家门户紧闭，整个寨子异乎寻常的宁静。

芙蓉的家在寨子的最后边，是一间被村民废弃的茅草当瓦的木屋。屋的前面有一口水塘，后面是原始森林，人迹罕至。

芙蓉的家门也紧闭着，她轻轻推门，立刻听到妈妈的脚步声。

稍稍等候，门打开了，妈妈蓬头垢面，两眼红肿站在她面前。芙蓉来不及开口，妈妈已经抱住她失声痛哭。

妈妈，发生什么事了？

妹妹蔷薇在房间里大哭起来。

芙蓉立即向里屋奔去，看到茉莉躺在床上，披头散发，面色苍白，像死去了一般。

芙蓉扑向茉莉，大喊：妹妹，你怎么啦？你病了吗？你在吓唬姐姐吗？

茉莉气若游丝，眼角里滚出大颗泪珠。

芙蓉问：妈妈，莉莉怎么啦？

妈妈只是哭，一句话也说不出来。

薇薇，别哭了，你告诉姐姐，发生什么事了？

蔷薇哭得更厉害，还用头去撞墙，吓得芙蓉赶紧抱住她。

这时，有人进来了，是陈大成和另外几个知青。

大成说：芙蓉姐，你回来了，什么时候回来的？

芙蓉说：我刚刚才进家门，还不知道家里发生了什么事情。

一直躺在床上一动不动的茉莉尖叫起来：不准说，说了我就去死！

大成犹豫了一下，说：茉莉，还是告诉姐姐吧。

芙蓉示意大成到另一个房间去。天已完全黑下来了，芙蓉点亮油灯，坐下来看着表情凝重的大成。

大成说：4月18日，生产队派向妈妈和蔷薇去区里买化肥，我是在公路上碰到她们的。我当时就心生怀疑，买化肥怎么会派她们俩人去？我见到她们那么吃力的挑着化肥，就和几个知青帮她们把化肥送到了土岩寨。当我们回到家时，夜已深了，月光下见有人躺在门口，走近后才看清楚是茉莉。她赤身裸体浑身是伤躺在血泊中，已经只剩下微弱的呼吸。她的身后是一条长长的血迹，看样子她是从森林里爬回来的。

向妈妈当即昏迷过去。我赶紧把茉莉抱进屋里，使劲掐住她的人中，蔷薇也声嘶力竭喊她。见她没睁眼，我让她伏在我的腿上，重重地拍她的背，她哇的喷出一口血来，这才睁开眼，认出是我们后，痛哭起来。

向妈妈醒过来，第一句话就问茉莉：是谁害你的？茉莉浑身发抖，指着大门外，哭得昏了过去。

蔷薇帮茉莉洗干净身体，穿上衣服。向妈妈一直抱着茉莉嚎啕大哭，拼命喊着她的名字，说要和害她的人拼命。发生这样的事情，我也不敢离开。我对向妈妈说，不要再问茉莉了，让她好好休息。

天一亮，我便去找生产队长，刚出门就见到几个女人在门外探头探脑，见到我便问茉莉是不是已经死了。

我问她们，茉莉发生什么事了？她们七嘴八舌地告诉我，昨天上午，队长和几个男人把茉莉按倒在地，要强奸她。茉莉拼命反抗，他们把茉莉打昏过去，剥光她衣服，用粗大的藤条把她绑在田头的大树上，要所有的男人，无论是刚成年的少年还是七十岁的老头都去强奸她。茉莉遭到二十几个男人的轮奸，身下流了一大摊的血，人也几度昏迷。下午几个女人把她从树干上解下来，丢到森林里，她们指望有野兽来把她吃掉。在八十里大南山，一个人失踪了，要查出死因，是要大费一番周折的。如果找到失踪者被野兽吃掉的残肢，那就什么也不需调查了，无论失踪者是被人害死的还是被野兽吃掉的，统统算在野兽的账上。女人们说只要过了那天晚上，茉莉肯定会被野兽啃得只剩骨头，等到茉莉妈妈和蔷薇回来，她们会告诉茉莉妈妈，茉莉已经被野兽咬死，叼进森林了。她们估计向妈妈在那天晚上是不可能赶回来的，区镇离生产队有五、六十里的路哩。所以，她们问我：茉莉家里是否还有人？

我一听罪魁祸首是队长，真是怒火中烧。但是，我告诉自己，碰到这样的事情要冷静，否则，自己的命都会搭进去。

我对她们说：家里好像有人在哭，我也不知道，我只是路过这里。既然你们想知道发生了什么，我去打听打听，回头再告诉你们。

我回到家里，把刚刚听到的告诉向妈妈，向妈妈气得口吐鲜血。我对向妈妈说，一定要让茉莉活下来，我这就去公社报案，相信公社会派人来调查的。

我从屋后溜进树林，穿过树林去了最近的知青家，后来又联络了好几个知青，我们一起去了公社反映情况，又去县公安和知青办报了案。知青办和公安局都很重视，知青办派人来了解了情况，公安局把涉案的二十几个人关在公社调查。今天，我和知青们去了知青办和县公安局，他们说案情已经很清楚了，生产队的男人都是强奸犯。但是要判决这样的案件却很难，按照乡俗，罪不责众，他们要我们暂时不要把这件事说出去，说要是让其他寨子的村民知道，事情反而难办。直到现在这些强奸犯们都不认为这是犯法的事，以为这只是一个玩笑而已。这样的事情过去也在村里发生过，男人们侵犯了本村的寡妇，没有谁去告官，事情就像没发生过一样。这一次，女人们知道事情闹大了，吵吵嚷嚷的。尤其是把男人们抓走后，生产队的女人们吵得很凶，说要是公社干部把她们的男人送到县公安局去，她们就死在公社不回去了。她们一个个手拿农药，说要死给公社干部看。

我们对公社干部说，难道我们的姐妹被强奸了，就讨不到一个公道？公社的干部们说，他们已经向县革委汇报了，要等县革委的指示。

芙蓉姐，革委会的人只会争权夺利，不管老百姓死活。凡是要等革委批示的事，都会一拖再拖，不是一时能解决的。眼前最重要的是要让茉莉去医院治疗，让向妈妈、蔷薇吃点东西，她们已经四天水米未沾牙了，这样下去，会出人命的。我们知青凑了点钱给茉莉做医疗费用，你就劝劝她去县医院吧。我在县城买了点吃的，你们吃一口吧。

芙蓉听后，真是万箭穿心。想到自己在同一天险遭毒手，曙光就站在她的身边，她是那么的恐惧与惊慌。而茉莉一个从未经历过这种事的柔弱的女孩，孤独一人面对那么多人的强暴，当时的情景是多么恐怖多么悲惨！

芙蓉好不容易才控制住自己的悲痛，她说：谢谢你，大成，也谢谢所有的知青。我会为茉莉讨个公道的，决不让他们拖着不办。不惩办这些禽兽，我绝不罢休！

芙蓉要妈妈照顾好茉莉，自己和大成去了县革委具状上诉。她要求革委会立即送茉莉去医院，因为茉莉已经奄奄一息，再不抢救，命在旦夕。

知青办原以为向茉莉是随母亲遣送农村的，他们可以不管。后来知青们都到县里来质问县革委，才知道这些知青都是向茉莉的同学。他们一查，向茉莉和向蔷薇都入册在知青名单中，这才害怕事情闹大，见芙蓉他们来了，赶紧想方设法将茉莉送进医院。

革委会领导的政策水平当然比公社干部高得多。他们认为这是一起破坏上山下乡运动的恶性案件，一定要从严惩处。不过，他们说，土岩寨的情况与别的地方不一样，相当封闭，没被社会教化过，除了野蛮落后，民风还很凶悍，可以说村民们的社会化程度非常低，更谈不上有法治观念，村里的男人从不把对女性的侵犯看成是犯罪。村民们在政府和干部面前是顺民，在外乡人面前是刁民，在利益面前是暴民。村里还有几户少数民族，党的政策向少数民族倾斜，地方干部将里约乡规取代法律。他们去那里调查时，差点被闹事的女人打死。所以，他们要芙蓉做好心理准备，很多恶性案件最后都是不了了之，这案件也只能慢慢处理。

芙蓉真是欲哭无泪。茉莉和蔷薇心里已做好死的打算，她们认为与其屈辱地活着，不如一死了之。

芙蓉在县城等待了一个月。这一个月她给曙光写了三封信，封封信里都注满了她的血泪和悲哀。她要曙光立即到县城来，和她一起担当长女的责任。可是，曙光却没有给她回过一封信。

曙光怎么啦？是被芙蓉家的悲剧吓着了，不想自己被拖累；还是病了，不能过来探望她；或者，他根本就是个演技高超的演员，即骗她又骗安妮。

芙蓉不由心乱了，她还是理智地做出抉择：尽管自己被感情折磨着痛苦着，但是，无论如何都不能在这个时候离开妈妈和妹妹，她只有默默地独自承担起家里每时每刻都有可能发生的苦难。

芙蓉像往常一样，每到公安局上班的时候，就坐在局长办公室里等候茉莉案件的结果。

终于等到了叶青局长的约见，叶局长说：向茉莉被强奸的案件，县革委很重视。我们已经和宝庆市公安局、宝庆市知青办、县知青办达成共识。我们认为再让你的妈妈和妹妹回到土岩寨去是不合适的，为了弥补这次恶性事件对向茉莉及你们一家的伤害，我们做出以下决定，撤销宝庆市公安局对吕秀兰同志的处分，恢复她在宝庆市服装厂的工作。向茉莉和向蔷薇随同吕秀兰的户籍一并迁回原居委会，由宝庆市知青办安排她们在城市就业。我想，你们对这个决定应该是满意的。你赶快去为妈妈和妹妹办理回城手续吧，明天你们一家就可以回老家了。

芙蓉问：叶局长，那些强奸犯怎么判决？

叶局长说：让他们都去坐牢是不可能的。你想，一个生产队的男人都去坐牢了，那生产怎么办？他们的老婆孩子谁来养活？

芙蓉的泪水立即迸涌而出，她怒斥：那我妹妹呢？她就白白被他们残害了？

局长一脸的不屑，说：啧，啧，别提你妹妹了，这个案子她也有责任。队里的女人们说，向茉莉太过风骚，常常与男知青鬼混，早就不是个黄花闺女。她穿的那个衣服呀，常常露出白嫩嫩的肉来，春光外泄，怎么让男人把持得住！土岩寨的女人们都向县革委投诉，说如果没有向茉莉这个骚货，她们男人都老老实实的，她们吵着闹着要政府把向茉莉枪毙掉。我们公安局也只能从实际出发，不把这次案件的责任全部推给土岩寨的男人。

这番话让芙蓉愤怒到了极点，她喊：叶局长，你太冤枉人了！土岩寨的男人平时是怎么对待女人的，你们心里很清楚，队长和村子里的另几个男人在我妹妹们刚来队里时就想强奸她们，怎么说是茉莉的罪？我敢负责任地说，茉莉没有一件衣服是让她露出肉来的！

局长恼羞成怒，说：你不要把责任全部推给人家，让你妈和你妹回城，已经是对你们的宽容，我为这一结果做了不少工作。你同意也好，不同意也好，总之，这是革委会的决定，我认为已经很公平了。你们想回城，就去县革委拿批文。

芙蓉说：我们是想回到城市去，但是你们用我妈妈小小的过错来抵消他们的滔天罪行，你认为这公正吗？

局长无言以对，说：你说的是事实，要想公正，除非再出个包青天。抱歉，我不是包青天。我还有很多案件要处理，这个案子已经耽误我很多时间了，你走吧！

芙蓉带着满腹冤屈走出公安局。大成在外面等着她，当听说到茉莉也有责任时，忍不住怒吼：放屁！茉莉是个很守规矩的女生，很少离开过土岩寨，也从没穿过露出肉来的衣服。公安局完全是在为犯罪分子开脱罪责。

大成接着说：芙蓉姐，你别难过。我去写一封《告全县知青同胞书》，将茉莉的遭遇诉诸于众，让所有的知青去示威、游行，要公安局还茉莉一个公道。如果不行，还可以写告全省、全国的知青同胞书。

芙蓉说：大成，是去公安局讨公道，还是忍气吞声接受这个决定，要茉莉自己选择。女孩子发生了这样的事，是很丢人的。在世俗的眼光里，失去了贞洁是女人无与伦比的羞耻，何况是遭到多人蹂躏。我了解茉莉，她是个自尊心极强的女孩，又怎么愿意让这种丑事宣扬出去。

大成沉默了。分手时，大成说：芙蓉姐，我认为，要想让我们的知青姐妹受到法律的保护，不再发生这种类似的恶性事件，我们必须让全社会的人都知道，让全社会的人同情我们，支持我们。不过，你还是问问茉莉吧，也许，茉莉最大的心愿，就是让那些强暴她的人进地狱。

芙蓉走进病房，向妈妈正坐在病床前发呆，蔷薇闭目养神，茉莉躺在病床上双眼空洞地望着天花板。

自从住进医院，茉莉一直这么睁着眼睛躺在床上，她不吃不喝，也不说话，芙蓉知道她心已死去，只留下虚弱的躯壳。

芙蓉招呼妈妈出来，在门外，芙蓉把县革委的处理决定告诉妈妈。向妈妈听后抹着泪说：是我害了芙蓉，如果不是我，她那会到这么荒凉野蛮的地方。

芙蓉说：妈，怎么能怪你呢？你什么也没做错。现在最要紧的是，该怎么告诉茉莉，是回城呢还是逼着县革委将土岩寨的男人们送进牢房。

向妈妈说：芙蓉啊，我们还是别跟他们斗吧，俗话说恶龙难斗地头蛇。我已经心力疲惫，支持不住了。我看茉莉和蔷薇也只剩下一口气。我们趁着还有一口气就回老家去吧。

妈，要是茉莉知道这个结局，会怎么想啊？

芙蓉，我们先不告诉她，等回到宝庆再慢慢开道她。女儿啊，别拿鸡蛋碰石头，我们无论如何也斗不过他们。我们还是快点离开这个伤心地吧。

见到妈妈又伤心地哭了起来，芙蓉说；妈，我这就去县革委拿批文，还有很多手续要办。妈，我走了，你试着告诉茉莉，说我们明天就回老家了，你要仔细观察她的反应。

吕秀兰抹干泪水走进病房，她摸摸茉莉的额头，额头冰凉冰凉的，再看看茉莉灰白的脸，除了眼睛是睁开的，完全是一张死人的脸。吕秀兰想起茉莉从一个生气勃勃的少女变成今天的模样，真是悲从中来，哭着说：茉莉啊，你叫我怎么向你爸爸交代！

茉莉的眼角滚下大颗泪珠。吕秀兰说：茉莉，你也别难过，我们明天就回宝庆城了，回到家后好好调养。等把身体调养好了，我们一起去探望你爸爸。

蔷薇惊喜问道：妈，我们明天真的能回老家了？芙蓉和我们一起回去吗？

我们一家人都回去，县里用车送我们回去。

蔷薇说：罪犯们都被判刑了吗？

吕秀兰说：暂时还没有判刑。

蔷薇说：妈，罪犯没判刑，我们不能回去。

吕秀兰说：女儿呀，事情是这样的，服装厂为我平反了，恢复了我的工作。你们因我而下乡，也因我而返城。工厂那边催得很紧，要我马上去上班。

吕秀兰一边说一边用眼睛瞄着茉莉，茉莉毫无表情，像没有听见一样。

蔷薇很担心地说：妈，这会不会是个骗局，先把我们骗回去，然后放了那些流氓。

吕秀兰说：女儿啊，不管怎样，能回去总比待在这里强啊！

正说着大成来了，一进病房就问：茉莉好些了吗？

吕秀兰说：大成啊，你来得正好。自从到了大南山，我们一家人得到你和所有的知青朋友的鼎力帮助，特别是茉莉出事后，你们就像茉莉的亲兄弟一样无微不至关心着她，我真是感激不尽啊。我们一家明天就要回城了，请你代我谢谢大南山的知青，你和大南山的知青要是回城了，一定要来看我，看茉莉……。

吕秀兰说着说着哭了起来。

茉莉的眼角滚下一串泪珠，她用颤抖的声音断断续续地说：妈，你别哭了，明天你和姐姐，还有蔷薇一起回老家去，我茉莉这辈子再也不回去了。我哪有脸再见到我的亲人、朋友和老师同学啊！

大成说：茉莉，你不可以说这样话。你是受害者，同学们都很同情你。

吕秀兰忙向大成摆手，她知道"同情"二字会刺痛茉莉的心。

茉莉闭上眼睛，长长的睫毛抖动着，不再说话。大成看出茉莉的内的绝望，他想安慰她，又怕说错话，最后鼓起勇气说：茉莉，如果你不满意县革委的决定。我们知青们会团结起来，为你讨公道。

好久，茉莉才说：告诉知青们，我对县革委的决定很满意，我茉莉在这里谢谢大家。

大成问向妈妈：还有什么需要我去做的吗？

吕秀兰说：我们来县城时，只带走随身物品，还有很多生活用品留在土岩寨，我们再也不想去那个家，连看一眼都不想。我也不想让那些可恶的人占用我用血汗换来的物资，你和知青们如果需要，就把我家的东西全搬走吧。

大成说：好，我走了，明天再来送你们。

大成刚走，芙蓉就回来了。她说：妈，所有的手续都办好了，我们明天就可以回老家了。

这时，茉莉睁开眼睛，说：妈，我想吃馄饨。

吕秀兰不由惊喜万分，茉莉竟然想吃东西了。在她看来，只要茉莉能吃，就有救了。

吕秀兰边走边说：你等着，我就去。

吕秀兰出了病房，茉莉对芙蓉说：姐，扶我坐起来。

芙蓉扶茉莉靠着床背坐起来，茉莉从被中伸出枯瘦如柴的手，拉过芙蓉的手说：姐，坐在我身边。说着抚摸着芙蓉的脸，晶滢的泪水穿过浓密的睫毛大颗大颗滴在芙蓉的衣襟上，芙蓉也哭了。

茉莉说：姐，明天你和妈、蔷薇一起回老家吧。其实我对这个结局挺满意的，如果用我的生命换来妈的平反，蔷薇的回城，我真的很高兴。妈将来可以退休，爸回来以后可以和妈一起，住在曾经住过爷爷奶奶和我们这三个女儿的屋子里。姐，你以后回城也有一个家，这多好啊。所以，你们明天就走吧。

芙蓉说：茉莉，明天你也和我们一起走，回老家！

茉莉说：对，明天我也走。姐，我不想你再为我操心了，我认命。

蔷薇说：茉莉，公安局不给那些流氓判刑，我们就不走。

茉莉长长地叹了口气，不再说话。

过了一会，吕秀兰端了馄饨进来，热腾腾的馄饨散发出诱人的香味。茉莉说：姐，你还记得吗？小时候，每到工厂发薪水，爸妈就会买一碗馄饨回来给我们吃。一碗馄饨十三个，爸说，蓉蓉是老大，吃五个，莉莉和薇薇每人吃四个。我和薇薇大哭起来，说凭什么姐吃五个，我们只吃四个。你说，不如你们每人吃五个，姐吃四个。我和蔷薇立马吃完五个，后来一想，只剩了三个，你怎么说成四个？问你是不是算错了，你说，没错，是还有四个。我和蔷薇都相信了，以后总这么高高兴兴吃，吃完了要你算，你说还剩四个，我们就取笑你不会算数。后来懂事了，知道姐姐是让我们高兴故意这么说的。姐，从小我就和你争东西，你总是让着我。你真是天下少有的好姐姐，要是有来生的话，我要和你再做姐妹，让我做你的姐姐，用心照顾你。

芙蓉说：好，来生我们三人再做好姐妹。

茉莉说：那么，我们像小时候一样，把这碗馄饨分着吃了，我和蔷薇吃五个，姐吃三个吧。

那一夜，天下着暴雨，电闪雷鸣，芙蓉通宵未眠。

芙蓉盼望天快点亮，她已买好了早上七点的车票，只要茉莉能平安到家，她一直悬着的心才会放下来。

茉莉也一晚未眠，这些天，她已经流尽她一生所有的眼泪，她无法抹去被绑在田头的大树上被人凌辱的梦魇。那些人一个个面目狰狞，浑身散发着恶臭，像魔鬼一样向她扑过来。她是那么的恐惧，那么无助，那么痛彻肺腑。她声嘶力竭的哭喊，求他们放过自己。她身上的血几乎流尽，几度昏厥几度醒来，最后被丢弃在森林里。她挣扎着历尽痛苦的煎熬，好不容易才爬到家门口。

接着是没完没了的调查，根本不顾及她的感受，问她是不是处女，问她被强奸时的细枝末节，当问到她当时的感受，她说，我真的恨不得生吃了他们。昨天，她从所有人的眼睛里看到了结局，那就是强奸她的人会无罪释放。他们无罪，难道有罪的是她？这真是天大的冤屈啊！从今以后，她有什么脸活下去？这么不干不净的身子，今后怎会不遭人鄙视？在人们眼里，她人不是人，鬼不是鬼，这么活下去，心有多么痛！

还是去死吧，死了，死了，一切都了。

茉莉的眼睛扫过妈妈，芙蓉和蔷薇，自从住医院，她们一直守在病房里，生怕她有什么闪失。现在，她要告别她们，勇敢走向死亡。茉莉从床上爬起来，芙蓉问她：想去哪？

茉莉说：我去上厕所。

芙蓉说：我扶你去。

茉莉说：不用，让蔷薇陪我去吧。姐，你留下照看好妈妈。

蔷薇也不曾合眼，便走过来扶着茉莉走出病房。

芙蓉见她们出去，久已疲惫的双眼竟在一瞬合上了。她打了个小盹。

芙蓉听见妈妈在问她：芙蓉，茉莉和蔷薇都去哪里了？

芙蓉说：她们去厕所了。

妈妈说：我刚从厕所出来，没有见到她们呀！而且，我找遍医院也不见她们。

芙蓉扑向窗口，天空中正下着瓢泼大雨，外面漆黑一团，分不清是黑夜还是黎明。

吕秀兰与芙蓉顾不得多想，冲出医院往大街跑。她们边跑边喊，这个县城多么小，吸一支烟就可以将县城走完。她们寻遍了大街小巷不见茉莉她们的踪影。她们来到最不想来到的河边，沿着河岸寻觅。哗啦啦的雨声把她们的哭喊声无情地淹没了。

天亮了，雨也骤然停住。只见河水暴涨，混浊的波浪汹涌翻滚咆哮着奔流向前。

芙蓉问每一个从她身边走过的人：是否看见两个跟她一般高，眼睛很大很大的女孩？

没有人看见过。

天黑了，芙蓉披头散发，扶着面色苍白，浑身淋透的妈妈回到病房。吕秀兰已经浑身发软，神志不清了。芙蓉让妈妈躺下，自己再去寻找。

大成和知青们也在寻找。三天后，人们在河的下游找到了茉莉。

茉莉瘦削的脸上，大大的眼睛睁开着，凝视着湛蓝的天空，阳光把她挂在长长的睫毛上的水珠染成耀眼的金色，。笔挺的鼻梁不再翕动，苍白的唇紧闭着，尖削的下巴微微上翘。她死了，却依然无比美丽，她浑身上下毫无血色，却干干净净的。她好像在质问苍天：为什么要污辱我？抛弃我？为什么对我这么不公平？

所有的知青都哭得天昏地暗，尤其是女知青，哭得特别悲伤。她们为茉莉的死悲哀，也为自己的命运哭泣。

知青们把茉莉埋葬在大南山最高的山峰上，在她的墓碑上镌刻着：

这里长眠着我们最亲密的姐妹十八岁的少女向茉莉。她是从宝庆来的知识青年。她带着美好的愿望来到这里，却饱受凌辱。她美丽、纯洁、善良，却屈死在野蛮，邪恶、罪孽深重的土岩寨。

我们永远怀念她，愿她的灵魂回到故乡。

大南山全体知识青年泣镌

1973 年 5 月 27 日

茉莉的死让县革委和知青办很紧张，他们担心知青们会借此闹事。而大成也正在召集知青们商讨请求公安局惩处土岩寨的罪犯们，他们将茉莉的遭遇印成上千份传单，准备集会游行，呼吁全社会的人关注知青的现状。不幸的是，传单还没有散发出去，大成和另几个有号召力的知青被关进了监狱，又有几个喜欢闹事的知青被幸运的招工招干，眼看就要暴发的知青集会便无声无息地流产了。

几个月后，大成才被释放。他站在茉莉的墓前，忽然狂风大作，狂飙席卷凋残的树叶满山旋转，匍匐着的枯草发出可怜的颤抖和哀婉的呻吟，森林深处传来锦鸡凄厉的叫声，山泉流淌像在嘤嘤哭泣。难道它们都为茉莉的死深深悲哀？谁又知道大成此时的悲痛，这个正沉浸在幸福的初恋中的青年，爱情就这么凄惨地逝去。

34

傍晚，起风了。山林发出一阵阵呼啸，我俯在栏杆上吹着口哨，凄厉哀婉的旋律像在诉说一个悲伤绝顶的故事。天渐渐黑了，广漠的悲哀伴着冰凉的风在我心里悠悠展开，渐渐变成一种朦胧的回忆。看来，一个知青要像农村青年一样的快乐，无忧无虑，就得把脑子里的向往，欲望，记忆统统剔除。

这时我看见高小生像哈巴狗一样走进场长办公室，更没想到我和建北、曙光的命运从此改变。

在林场的办公室里，刘场长果断扔掉手中的烟头，对门口大喊：高小生进来一下。

高小生就弯着腰，带着诌媚的笑走了进来。

刘场长说：我已经向上级打了报告，要提拔你当副场长。

谢谢场长！

在你任命之前，你要除掉总是和你我作对的两个钉子。

肖建北和袁权，我们已经忍了他们七、八年了，也够久的了。

刘场长点点头。

高小生说：袁权出身不好，七寸捏在我们手里。肖建北不好下手，我听说肖建北的爸爸肖和轩要解放了。

场长说：错，肖和轩是从第四野战军转业的，四野是林彪的部队，肖和轩不但不会解放，还会送到五、七干校劳改。袁权的爷爷在解放前是县城最大的资本家，他的父母还算老实。你想，那天他们要你向那两个流氓道歉，气焰是多么嚣张，我一想就来气。我还是场长哩，我没要你道歉，他敢要你道歉！要是让你当上副场长，他们还是和你对着干，我们还能领导几百个林场职工吗？

场长，是要想办法除掉他们，这事我听你的。

你手下不是有个纠察队吗？要发动队员们针对那天的事写大字报。毛主席说看一个青年是不是革命的，就看他能不能与工农群众相结合，能和工农群众相结合的就是革命的，否则，是不革命的或则反革命的。肖建北在公开场合说知识青年与农民不一样，说农民不懂爱情。这不是公开反对毛泽东思想吗？毛泽东思想是什么？是武器，是威力无穷的原子弹，是用来打倒反革命的。这武器一直被我们贫、下中农，党员群众掌握着。

场长，我懂了，要趁这个机会将他们打成反对毛泽东思想的反革命分子。

场长说：这就对了，我打听过了，那天被你们抓住的那两个流氓都出身不好，一个是地主出身，一个劳改犯的女儿。肖建北和袁权和他们搅成一团，就是有目的的反革命串联。

可是，公安局下来调查了，没有这事怎么办？

调查是他们的事，林场的目的是给这肖建北袁权下马威，刹住知青们嚣张的气焰。让知青知道，和我们作对绝没有好下场。

好，什么时候动手？

打铁要趁热，先发动人写大字报，以肖建北的话为依据，批判他和袁权一贯反对毛泽东思想，然后散布林场有一小撮人与外面的知青勾结进行反革命串联的舆论。将荷叶塘那两个流氓扯进去，把矛头对准肖、袁，再发动群众斗群众。其实，利用革命杀人是很容易的。

知道了，我先到天堂大队收集那两个流氓的材料。

35

在哭河陡峭的岸上，张曙光守在抽水机旁。山风呼啸，河谷里巨大的回响如林涛怒吼。突然，对芙蓉的思念如潮水般铺天盖地滚滚而来，包裹着他，撼动着他，让他感到孤独、脆弱和难以承受。

他需要和芙蓉厮守在一起，不想一人面对漆黑的长夜。

这时他看到大队吕书记向他走来。

天堂大队的吕书记昨天才知道荷叶塘生产队有两台抽水机，因为有了抽水机，所有的水田水塘都养了鱼，打算在年底来个脱贫致富。

吕书记很吃惊，想：这年头买抽水机真是太不容易，地区农机局每年只能从省里得到少量的指标，农机局再将指标分配到各县，县农机局分配到各公社。还从来没有听说过哪个生产队可以直接到市农机局买抽水机。再说，买抽水机要很多钱，荷叶塘从哪里搞到钱呢？

一大早，吕书记托人搭信要李禾生到大队部来。

李禾生刚坐稳，吕书记就问起抽水机的事。

李禾生说：抽水机是张曙光的，只不过他白白给生产队用。

吕书记说：张曙光又从哪里搞到了抽水机，不会是偷的吧？

李禾生说：张曙光是从废品店买的，队里会计还查验了废品店的发票，说只买了百多元钱。我亲眼看到他把四台生了锈的抽水机拆了，折腾了半个月才拼成两台能抽水的机器。

张曙光真是个能人。老李，你队上只要一台抽水机就够了，你今天回去，要张曙光把另一台抽水机送给大队使用。

李禾生不同意，吕书记说：我给你向上面报个农业学大寨先进生产队，你给我一台抽水机，我们扯平了。李禾生说：先进不能当饭吃，我不要！正在争吵着，高小生来了。

高小生拿出林场开的介绍信，说要调查张曙光和向芙蓉。

吕书记说：正好，他们的生产队长在这儿，这个同志是党员，觉悟很高，问他好了。

高小生介绍了林场阶级斗争新动向，然后问：林场有哪些知青常到你队知青屋去？

李禾生说：我从没有看到林场的人来过我的生产队。我们队的知青很听话，一直守在队里劳动，从不外出。你们林场的事与我们队里的知青没干系。

高小生说：队长同志，阶级斗争是隐蔽的，你的脑子里要有阶级斗争这根弦才看得见。

吕书记问：你们林场是不是又要搞什么运动了？

高小生说：伟大领袖教导我们说，与天斗，其乐无穷，与地斗，其乐无穷，与人斗，其乐无穷。生命不息，斗争不止。书记同志，不是林场又要搞运动了，而是运动从没停止过。

吕书记说：你说的太复杂了，至于张曙光和向芙蓉，我们会去调查的，等我们调查好了再告诉你。

高小生说：也好，我有两个请求，第一，保密，以免某些人闻风而逃。第二，要快，按毛主席的指示只争朝夕。

吕书记回答：好。

高小生走后，吕书记说：我去看看抽水机。

张曙光看到吕书记迎面走过来，说：吕书记，怎么有空来荷叶塘了？

吕书记说：我是来看你的，听说你有两台抽水机，我来看看。

张曙光说，这是我用几台坏了的抽水机重新安装的，如果大队需要，我可以到农机局的废品站给咱大队装几台。

好呀！吕书记说着，脸上的笑容像哭河的波纹荡漾起来。

36

虽然，灵与肉的搏斗时时发生，但曙光的心还是被爱撞击着，感动着，幸福着，浑身充满青春的活力。

芙蓉离开了他，但他的屋里留有她的余香，他们睡过的床留下了她的缠绵和温柔。数不清的回忆让他沉醉，美丽善良的芙蓉，像头上的太阳，暖洋洋地照耀着他的心。

每天，曙光守在抽水机旁，眼睛望着出村的小路，他盼望邮差的身影，眼巴巴地等候着芙蓉的来信。

山坡上的香椿树长得真快，已经有一米高了，远远看去就像一片绿色的云。不过，指望用它来盖房子，那就太久了。如果安妮不再回来，如果芙蓉的妈妈和妹妹马上可以迁过来，她们可以住在安妮的屋子里。

曙光正沉浸在未来的想象中，这时，李禾生满头大汗朝他匆匆走来。

曙光，过来一下，我有话对你说。

曙光看到队长一脸的严肃，便跟着李禾生走进他家。

李禾生把门关上后，说：曙光，你在林场是不是有好朋友？

曙光回答：是有两个要好的朋友。

李禾生说：今天林场来人调查你和芙蓉，说你们与林场的知青进行反革命串联。我不相信，你和芙蓉都来生产队四年了，一直是很听话的，是受得穷吃得苦挨得累的。吕书记也说你们是老老实实的好知青。但他听说林场已成立专门抓你们的纠察队，他怕有人冤枉你，要我告诉你赶快逃走。等过了这一阵，林场那边风平浪静了，你再回来。

曙光的心一下子提到了嗓子眼，听完后反倒冷静下来，说：队长，我保证从未有过这样的事，是林场的人想诬陷我，因为我的事，我的朋友得罪了林场的纠察队。

曙光，我和吕书记已经知道你和芙蓉的事，今天来调查你的就是那个纠察队长。你还是先躲一阵吧。

曙光回到知青屋，四顾茫然，除了带走几件衣服，也没有什么好带走的。只是他正苦苦等待芙蓉的来信，这信对他来说比生命还重要。

也不知为什么，芙蓉回家已经十天了还没有来信，他真后悔当时没有留下芙蓉的通信地址，只傻傻认为等她来信了，就可以回信给她，还可以按信上的地址去找她。现在，情况突然变化，他肯定等不到芙蓉的来信了。

他要立即联系肖建北和我，把这个极坏的消息告诉我们。

奥赛罗一直生活在林场，有时也来曙光家做客。当曙光离我们二、三百米远时，奥赛罗会像箭一般扑了过来。

曙光掩上门，留恋地看了看住了四年半的土屋，毅然离开。

他刚来到沙洲，奥赛罗果然飞奔而来。曙光把字条放在掌上，字条写了：十万火急。

奥赛罗叼着字条像离弦的箭瞬间消失。

一会，我和肖建北就跑过来了。

见朋友们还安全，曙光不由吐了口气。

肖建北问：曙光，什么事十万火急？

曙光把刚刚听到的消息说了一遍。

我说：难怪今天高小生和所有的纠察队员都没出工，原来是要对我们下手了。

肖建北说：我们也必须立即逃走，再不走就是瓮中鳖俎上肉，不死也会被他们剥掉一层皮。

对，马上离开这里。我们是一起逃还是分头走？我问

肖建北说：分开更安全，这也是万不得已。彼此把以后联系的地址留下，也好日后相见。我家在县公安局，爸爸是公安局长肖和轩。

我说：我家在县化肥厂，爸爸是技术员袁家兴。

曙光说：我家在宝庆师范，妈妈是李珍老师。我正在等芙蓉的来信，不知为什么她还没写信给我。所以，我得先找到芙蓉，再决定去向。

我说：请把芙蓉家的地址告诉我们，以后好联络。

曙光说：说起这事，真的好后悔，我居然没有芙蓉家的详细地址，只听她说起她妈被遣送在八十里大南山中的土岩寨，那儿与广西搭界，有一条河从她家门口流过，流经我们县城，再流到我们的故乡宝庆府。

肖建北说：我们都不要沿公路逃跑，曙光，你去找芙蓉最好是溯江而上，谢谢你冒死给我们送信，日后见，多多保重。

曙光说：是我拖累了你们，日后见，也请多多保重。

三个好朋友相拥在一起，挥泪告别。

奥赛罗舔过三人的脸，摇着尾巴跟在肖建北的后面离开了。

37

曙光溯江而上，河流蜿蜒曲折穿过丘陵和盆地、田野和乡村、莽莽森林、高山幽谷。时而陡峭的河岸让人望而生畏，时而风景如画似入仙境。曙光不畏艰险，一路走来。他要证明，为了爱情，他有战胜一切艰难险阻的勇气！他想象，当他衣服褴褛，满脸饥饿，像乞丐一样站在芙蓉面前时，公主般美丽的芙蓉惊喜地扑向他，他相拥相吻，幸福得无以复加。

经过十几天的餐风宿露，曙光来到了土岩村，按照芙蓉的描述找到了芙蓉的家。

他推开虚掩的门，看到芙蓉和茉莉的衣服搭在堂屋的竹椅上。他抱起芙蓉的衣服贴在脸上。嘴里喃喃说道：亲爱的，总算找到你了！

他坐下来歇了口气，这才发现屋里有点不对劲。他看过伙房，看过卧室，看到了好多芙蓉的生活用品。曙光肯定这是芙蓉的家，但有一段时间没住人了。

东西在而人不在，这太不符合常理了，曙光本来想悄悄来到这里，不让任何人知道，只给芙蓉一个惊喜。现在看来不行，他必须找人打听芙蓉的消息。

曙光沿着门前的小路走进寨子。

寨子像一幅画，宁静而美丽，陈旧的吊脚楼依山而建，散落在山脚下树林边。风徐徐吹过，树林发出阵阵呼啸。山坡上的高粱已经红了，美人蕉的火焰一样的花朵盛开在山寨的小路边。

几个老年人倚在门口，眉头皱得紧紧的，脸上没有一丝笑容。当曙光向他们打听芙蓉一家时，他看到老人们的眼里含闪过一丝敌意，一声不吭关上了门。

这让曙光百思不解，芙蓉家究竟发生了什么让人忌讳的事？

他好不容易逮住了一个小孩，哄着他说出芙蓉家的事。

可是，小孩告诉他，那一家人已经走了好久了，他不知道她们去了哪里，但知道村里人再也不准她们回来。

曙光立刻感觉到这地方很危险，必须尽快离开。

曙光问小孩，从哪里可以走到公路，小孩说他从没离开过寨子，不知道公路在哪里。

曙光曾经听芙蓉说过，土岩寨离公路有几十公里，要翻过三座山梁。曙光抬头看看，太阳已经打斜，他顺着小路离开了土岩寨。

天黑时，他走到大山脚下。起伏的山峦绵延千里，像面貌狰狞的魔鬼拦住他的去路。曙光艰难地登上崎岖的山路继续往前走，第二天的傍晚，他才走到了公路上。一辆货车正从他面前慢慢开过去，又累又渴的曙光拼尽全力爬上货车。他刚刚坐稳，便昏睡过去了。

38

肖建北在山林里躲躲藏藏，已经过了十天，这一夜他偷偷溜回了家。

父亲似乎一直在等候着他，刚挨近家门，父亲便从背后将他拉住，带他从后门走进家里。

看儿子狼吞虎咽吃了一大碗饭，肖和轩才告诉建北，林场已经向公安局递交了逮捕他们四人的申请报告。这几年法院检察院已经瘫痪，只有公安局仍在运转。虽然公安局还没有批准林场的申请，但最好不要让公安干警们看到他们。

肖和轩今夜一改往日对儿子的严肃的态度，温和慈祥地凝视着儿子的脸说：儿子，怎么瘦成这样，连我都认不出你来了，吃了很多苦吧？什么叫亡命天涯，你尝到了吧？亡命之徒的日子是备受折磨的。

建国也低下了骄傲的头，默认了父亲的一贯正确。

肖和轩接着说：儿子，我在四野时，用生命结交了一个战友，他也姓肖，叫肖和贵，听我俩的名字就像俩兄弟。肖和贵转业到了辽河油田，文化大革命前夕从辽河油田调到克拉玛依油田，现在是油田的党委书记。自从他到了克拉玛依，我们就失去了联系。为了你，我费尽心血，多方打听终于联系上了他，我把你的情况告诉给他，他说，他们油田正需要年轻人，只要不是从监狱里逃出去的都可以安排做石油工人，工资可以拿到内地的三倍。你要是能去，他会安排你进革委会，直接当个科级干部。

所以，我每天都盼着你回来。我已经为你准备好了钱和粮票，还有单位介绍信和假档案。你现在就走，天亮时到武冈，从武冈坐客车到邵阳，再从邵阳坐火车去新疆。

我和你妈妈当然舍不得你去那么远的地方，它比乌鲁木齐更加遥远。但是林场已经容不下你了，我们真的别无选择！

建北说：爸，我知道你一直关心我，为我着想，你是天底下最好的父亲。你告诉我，肖叔叔说的是真的吗？

肖和轩说：儿子，你去了就知道，他一定会把你当成他的亲生儿子的。

建国说：放心吧，爸，到了那里，我会好好表现的。我今年二十四岁了，已经到了建功立业的年龄。爸，这个机会我会珍惜的，我要像阿基米德一样，给我一根杠杆，我就要撬起地球！

肖和轩说：这就对了。你要赶快走，不要等到公安局批了林场的报告，正式追捕你了，你还留在湖南境内，那样就有天大的麻烦。

建北说：爸，这次我听你的。

天亮时，父子俩依依惜别。

建北还是没有立即上路，他去了袁权家。他给袁权留下一封信和一张空白介绍信，要袁权看到信后立即去克拉玛依大油田，他会在那里等他。

然后，他去追赶曙光，他不能丢下曙光这个好朋友。

奥赛罗已经四岁半了，健硕的身材，油光发亮的毛皮，像一个慓悍而勇敢的小伙子。它非常机警灵活，常常缩着鼻头警惕地观察周边的环境。它守在建北的身边，不但不让人挨近建北，还为建北满世界寻找食物，是建北最有力的帮手。

建北带着奥赛罗溯江而上，河岸上似乎还留着曙光的气味，奥赛罗一路上惊喜地哼哼，好像告诉建北：曙光从这儿走过没有多久。

当建北打听到县城离这儿不远，只有一天路程时，天下起了倾盆大雨。建北找到了河岸边一个打鱼人的窝棚，窝棚虽小，却很干净，他躲进了窝棚。

天黑了，雨越下越大。本来就是梅雨季节，又临近端午节，大雨连着小雨，总是下个不停。

建国躺在窝棚干燥的稻草上渐渐睡着了。

天亮时，他被奥赛罗的怪异的叫声惊醒。奥赛罗显得很焦急，见到建国醒了，咬着建国的衣服往河边走。

到了河边，建国被眼前的情景惊住了，一个披散着长长头发的人躺在河滩上，正在上涨的河水拍打着她的身体，她匍匐在泥沙上，也不知是死是活。

奥赛罗跑过去咬住她的衣服往河岸上拉，显然，这个女人是它用嘴从河里拉上来的。奥赛罗每天的第一件事就是到河里去逮鱼，它用嘴咬住鱼后，箭一般奔到建国身边，建国将鱼烤熟，这是他们每一天的早餐。今天，奥赛罗没有逮鱼就筋疲力尽了，它一定是发现了这个女孩，用嘴咬住她，用尽力气将她拖到了岸边。

建国走到女孩身边，用手探她的鼻子，已经没有气息，再摸女孩的手，手心还是热的。他抱起她，她的身体好绵软，好像还有体温。

建国立刻将女孩反背在背上，他轻轻跺着双脚，让女孩的身体在他背上抖动。大约经过了二十分钟，他的背上有一股热流流了下来，他知道是女孩喝进去的河水吐出来了，女孩有救了！

建北把女孩从背上放下来，女孩正在慢慢睁开眼睛。

那是一双让人一看就再也不想将目光移开的清纯而美丽的大眼睛，楚楚动人，又令人心痛，就像孩子可怜的眼睛，它唤起人们心灵深处的同情与关注，人们想从那眼睛里知道她的需求并乐于帮助她。这眼睛让建北震惊！

建北说：你醒来了。

可是女孩立即缩蜷起身体，不让建北靠近她。

建北这才细细打量她。她最多十五、六岁，还是个孩子。看她衣着，不像本地人。

建北问：你是城里来的吗？是知青吗？

女孩转过头去，身子颤抖着，默默无言。

奥赛罗乖巧地躺在女孩身旁，建北说：它是我的朋友，也就是把你从河里救上来的，它要你躺在它的身上。

奥赛罗呜呜哼着，硬将头塞进女孩的腰下，让她枕在自己身体上。

这时，女孩闭上双目，泪水像开了闸的河流，从眼睛里涌出来。

看到女孩如此伤心，建国估计她不是失足落入水中的，一定受到了巨大的伤害，一时想不开投河自尽的。不过，这也太决绝了，这么大的雨，这么湍急的河水会在瞬间将她吞噬。

建国不禁对女孩万分同情。女孩长长的睫毛上沾满泪水，只要颤抖一下，泪水便像珍珠一般滚落。她的脸上也满是泪水，这不影响她的美丽，相反更让人心生怜悯。

她真漂亮！建国由衷赞叹。她是我见到的第二个美人。第一个是谁呢？他一时想不起来，好像和这张脸很相像，是建北喜欢的那种美。不过此时，肖建北最大的愿望是将女孩背到窝棚里去，那里有干燥的稻草，他要烧点柴火将她的身体烤热，这样，她就不会冷得发抖了。

建北问：你能站起来吗？我能过来扶你吗？

女孩的泪啊，好像这天上的雨水，无法止住，根本就不理睬建北。

建北等了半天，女孩一直埋头哭泣，对于急性子的他，忍耐是有限度的。看看天已黄昏，他不管女孩怎么想，他背起她就走。

建北烧起篝火，让女孩躺在火旁边，看着她撕心裂肺的痛哭，就这样过了整整两天。

拉布拉多犬被称为勤劳的捕鱼者。这时，奥赛罗叼来了一条好大的草鱼，建国将鱼烤熟，对女孩说：你能不能不哭了，吃点鱼，睡会觉。

女孩竟向河边爬去，边爬边喊：茉莉，你在哪儿？

难道还有一个人也掉进河里？建国好生疑惑。

女孩太虚弱了，只爬了几步，便昏过去了。

好在这一晚雨停住了，第二天竟是阳光灿烂。

太阳照在河上，这是一条窄窄的在山谷中流淌的河流，弯弯曲曲，水流湍急。当雨停住，河水也骤然回落。

蔷薇醒过来，已经睡了整整一夜。

她坐起来，茫然望着河对岸。河那边云蒸雾绕，一座座山峰像披着面纱的女神浮在云雾中，太阳正在为她们揭开神秘的面纱。蔷薇面对着那诗画般的风景，心里如刀绞一般疼痛。她还活着，所经历的一切像一场恶梦，对于一个十六岁的女孩是无论如何也无法承受的。

蔷薇想：我为什么就没死去呢？我的茉莉姐姐又在那儿呢？

那天，茉莉说：我决心已定，不再活下去了。

从小就与茉莉相依为命的蔷薇立刻说：姐，如果你去死，我陪着你，无论生生死死，我们永远不分离。

姐妹俩平静地走到河边，茉莉说：我想过了，这条河，流向故乡。我们死在它的怀抱里，灵魂会回到老家与爸妈在一起。

蔷薇说：我喊一、二、三，我们一起跳下去。

茉莉走过来抱住蔷薇说：蔷薇，谢谢！

这时，她和茉莉都哭了，如果再犹豫一下，也许，她会劝茉莉活下去，但是，她喊了一、二、三。

想到这，蔷薇又伤心地哭起来。哭着哭着，她抬起了头。这时，蔷薇看到了令她悲痛欲绝的一幕。

河对岸一群年轻人抬着茉莉的尸体向县城走去，悲惨的哭喊声惊天动地。

茉莉！茉莉！

蔷薇抢天呼地哭喊起来，不顾一切向小河奔去。

建北用尽全力拉住蔷薇，他害怕她再一次跳进河里。

河对岸的人群沉浸在悲痛中，没有人看到河这边哭喊的人，是他们正在寻找的向蔷薇。

蔷薇被建北死劲抱住，眼睁睁看着茉莉被抬走了。

蔷薇跪在河岸上哭喊：姐，对不起，对不起……。

肖建北的内心无比震撼，死者竟是这女孩的姐姐，难道她们一道寻死？是什么把俩姐妹逼向死亡？

肖建北不敢问，他的心因怜悯而在猛烈颤抖，双手握拳，牙关咬紧。他让蔷薇尽情悲泣，直到她哭累了，停下来。

看到蔷薇停住了哭泣，肖建北说：妹妹，我知道你正在伤心，但我还有很重要的事要办，不能再陪你了。你告诉我，你的家在哪儿，我送你回去。

蔷薇听后，跪在肖建北前面说：哥，我看得出你是好人，你就救救我吧，我再也没有活路了。

肖建北问：我要怎么救你呢？

蔷薇说：带我离开这里，越远越好，永远也不要回来。

肖建北问：现在就走吗？

蔷薇很决绝地说：是，马上走，否则，我会控制不住自己再死一次。

肖建北说：好吧！

建北了望着河的上游，在心里说：曙光，对不住了，为了拯救另一条生命，只好放弃你了。好兄弟，日后见！

39

曙光的身上猛地一阵疼痛，他睁眼一看，一个中年汉子正将手臂高高举起向他抽下来。

曙光本能地翻身坐起，惊惶失措地望着打他的人。

那人说：我还当是个死人哩，叫了半天叫不醒你，只有打你了。

曙光这才意识到，原来自己躺在空货车的车厢里，打他的人正是司机师傅。

他说：师傅，对不起，我睡着了。请问这儿是哪里？

司机说：这里是广西。你连车往哪里开都不知道，竟敢爬车，你的胆子也太大了。

曙光问：这里离湖南有多远？

司机说：远得很，你是想去湖南呀，你搭我的车就坐反了方向。

曙光从车上跳下来，往周围打量，这儿只是个小镇。他问：师傅，我去宝庆往哪走？

司机说：往北走，用脚走的话要一个月。要从公路上走，千万别抄小路，你要是抄近路，说不定又转回广西。

司机说完，头也没回把车开走了。

曙光肚子好饿，浑身发软，他坐在路边，希望能碰到好心的司机带他往北走一程。

过路的人都用好奇的眼睛看着曙光，曙光想：我身上这么肮脏，他们一定把我当乞丐了。

一个老头走近他，问他是不是饿得走不动了，曙光羞涩地点点头。

一会，老头端来一大碗饭和一大碗豆腐，说：后生仔，哪个都有过磨难的时候，我年轻时受过好多的罪，所以，我喜欢帮人。这饭你只管吃，少了我再给你盛。

见到香喷喷的饭菜，曙光的喉咙里像是伸出了一只手，他狼吞虎咽，一口气吃完两大碗。

老头问：你是不是从乡下来镇上来做临时工的？

曙光想了想，问：这镇上需要打临工的人吗？

老头说：我家正好需要人手。

曙光问：干什么活呢？

老头说：到乡下去收黄豆。

老头边说边指着街的另一头，曙光看到街东头有一间豆腐作坊。

老头说：我是个做豆腐的，每年这个时候就要去乡下收黄豆。

曙光问：工钱怎么算？

老头说：不管远近，包吃包住每收一百斤黄豆给五毛工钱。

曙光说：好吧，我去。

曙光随老头走进豆腐作坊，他最需要的是有个地方洗澡，换衣，理发。在任何时候，曙光都想让自己干干净净的。

第二天，曙光挑着大箩筐跟在老头后面，走乡串户收黄豆。

几天下来，曙光知道了老头姓罗，是个做豆腐的个体户。严格地讲，老头私自向农民购买黄豆，又将黄豆加工成豆腐卖出去，是违法的。

罗老头解释说，政府没有安排他工作，自己又是个孤老头，不想方设法赚点钱，只有死路一条。况且，镇上的人都爱吃他做的豆腐，有些镇干部天天都来买豆腐，他总是半卖半送，只收点黄豆钱。当然，他也曾被镇上的后生仔戴过高帽子游过街，说他开黑豆腐店。罗老头跟后生仔辩论：我明明卖的是白豆腐，怎么被你们说成黑豆腐？不过，这一切已经过去了，就是以后再挨斗，老头的胆子也吓大了。罗老头说：我现在嘛事都不怕，反正是个被黄土埋了半截的人，还有什么想不通的呢！

一个月下来，作坊里堆满黄豆。罗老头对曙光说：平常年我没有收这么多黄豆，今年有个后生仔做伴，心里好快活，收豆子也就不怕累了。后生仔呀，你要是能留下来，我把你当成亲生儿子。

曙光谢绝了罗老头的好意。罗老头从瓦罐里掏出一叠毛票，说：我算好了，要给你十五块工钱。

曙光说：罗大爷，你去过湖南吗？从这去湖南该怎么走？

罗老头问：你去湖南做嘛？

曙光说：我是湖南人，家里还有老母亲，我是回家去呀。

老头说：原来你是个湖南人，提起湖南人我就恨，我恨不得杀了所有的湖南人。

曙光说：罗大爷，你恨湖南人跟我有什么关系，你不是想黄了我的工钱吧？

罗老头说：你说对了，你要真是湖南人，我不会给你工钱。

曙光问：你为什么这么恨湖南人呢？

罗老头说：我看你相貌堂堂，命不该绝，就告诉你吧。二十年前，一对湖南夫妻在这里落难了，我救了他们的命，结果，他们偷走了我的儿子。我找遍了湖南，贵州，广东，四川，还找到江西那边去了，没有找到他们。我的老伴也死在找儿子的路上。所以，我恨湖南人哪！

曙光说：罗大爷，听你这么说，我也不要你的工钱了，就算我为湖南人赎罪吧。

曙光说完，向罗大爷鞠了个躬，便大步离去。他听到罗大爷在他身后大声哭喊：我的儿子要是还在，今年二十四岁，和你一样是个大男人了！

曙光心头一软，鼻子发酸，几乎掉下泪来。

太阳火辣辣的挂在中天，晒得曙光头皮发痛，一阵阵热浪扑过来，豆大的汗珠一串串从身上涌出来，瞬间，曙光浑身汗透。

走出小镇便是乡野，阡陌纵横，布满四面八方，曙光选了往北走的小路。旷野上全是稻田，晚稻刚刚插下去，稻田的水被毒日头晒得滚烫，水蒸气闪着七彩光芒，散发着令人窒息的腐臭的气味。

远处的农舍白墙黑瓦，掩映在一片翠绿之中。辽阔的原野上，秀美的山峦，像上天随手撒在人间的一颗颗青螺。天边山峰起伏，白云像一条长长的薄纱，缭绕在山腰上，风景无比绮丽。

曙光走得急，没有带干粮和水，匆匆走了一个上午，口焦舌燥，饥饿难耐，稻田里蒸发出的热气，更让他头晕眼花，暑热难熬。

曙光向离得最近的农舍走去，无论如何，他要尽快喝到水。

离农舍不远处有一条水渠，水渠弯弯曲曲像是从山那边流过来的。曙光迫不及待跳进水渠，双手捧起渠水猛喝起来，顿时感到无比爽快。他取出毛巾，在水渠里痛快地洗了个澡，然后，吹着口哨上路了。

踏上回家的路，曙光心里充满喜悦。仲夏的风吹过，带来的是一阵阵热浪。曙光走得满头是汗，心里高兴，脚步更快。

不久，曙光觉得肚子一阵阵绞痛，找了个无人处方便。拉完以后，浑身发抖，冷汗直冒。他硬撑着往前走，不知走了多远，便一头栽在地上，失去知觉。

曙光醒过来，觉得身子一阵热一阵冷，热起来大汗淋漓，头痛口渴，冷起来，就像掉进冰窖，冷得浑身发抖。他浑身无力，寸步难行。

曙光患了疟疾，死神正向他逼近。

太阳已经下山，灿烂的晚霞映红了天空，几颗又大又亮的星星在天边闪烁，夜幕已悄悄降临。这时，一群人向这边走过来，他们是附近收工回家的村民。

村民们走到曙光身边，见他倒在地上发抖。一个村民俯身看他，说：是个后生仔，浑身滚烫，一定是喝了渠道的生水，得了疟子。

一听是疟子，一大半人走了，还是有几个人留下来。

一个村民问：你是哪里人，什么时候喝的水渠的水？

曙光说：我是湖南人，回家去，路过这儿，刚刚才生的病。

一听是外乡人，有人说：队长，这人怎么弄啊？

队长说：让他趴在这里，明天早上肯定是一死人，死在村头，我们不把他烧掉，瘟疫就会蔓延。

另一个人说：外乡走到这里来了，也够可怜的。队长，救人一命是积阴德，不如帮他疹好病，他也好回家。

还有人说：家里要有老娘老爹，妻儿子女的，还在等他回家呢。

队长说：你们讲的是道理，他得的是传染病，谁又会收留他呢？

有人说：先把他抬到龙眼树下，给他喂些药吧。

于是，村民们七手八脚一起用力将曙光抬到树下，队长说：你们回家吧，我来给他喂药。

原来疟疾是这里的常见到的病，家家都备有治疗的草药。队长从家里取来草药和水要曙光喝下去，说：口渴了就喝药，直到把药喝完，能不能挺过今夜，就看你了。

曙光说：队长，我除了打摆子，肚子也痛得厉害。

队长说：你把舌头伸出来给我看看。

曙光伸出舌头，舌头发黑。

队长说：你中暑了，还背着痧，我给你刮痧，你的病很重，千万别晕过去，要时时喝药，不然你会死的！

队长采了很多薄荷，用薄荷的叶子使劲搓曙光的背和四肢，直到渗出乌黑的血。曙光的肚子不痛了，还是一阵冷一阵热，浑身无力，动弹不得。

队长回家了，曙光靠在树干上。这是一棵好大好大的龙眼树，浓密的树叶遮住星空。晚风吹过，树叶发出呼啸。

曙光孤独地躺在原野里，为了让自己清醒，他数着龙眼树下的流萤，回忆起小时候。无数个夜晚，妈妈拉着他去草坪数萤火虫，数着数着，他长大了，从数萤火虫变成捉萤火虫。他把捉到的萤火虫放进纸做的灯笼里，提着灯笼满世界疯玩。

和妈妈在一起的日子真幸福，可是，死神似乎要夺走他的生命，他感到恐惧至极，不由呼喊：妈妈，救救我，救救您最心爱的儿子！

曙光听到从远方传来妈妈的声音：曙光，我的儿子，你一定要等着妈妈！

40

李珍在睡梦中惊醒，这已经不是第一次了，每次醒来她都哭着大喊：曙光，我的儿子，你在哪里？

前几天她梦到自己长途跋涉，终于在沙漠中找到了曙光，儿子躺在太阳底下，已经死了，她因为伤心而猛然醒过来。

就在刚才，她又在梦中寻找儿子，儿子好像生病了，坐在一棵大树下，周围爬满了毒蛇，见到她，儿子大喊：妈妈，救救我！

李珍惊得出了一身冷汗，虽说是梦，可是儿子的处境的确令她担忧。她已经有两个多月没有收到曙光的来信了，而她给曙光寄去了十封信。十封信都没有回信，这是从来没有过的。

放暑假时，她向学校请假，正碰上"批林批孔"的政治运动。从来就不准任何人在政治运动中请假，她也不能例外。那时，曙光还只有一个月没有来信，再焦急，也只能熬着。现在暑假都过去了，曙光仍然没有音讯。

政治学习刚刚搞完，几年没招生的学校，忽然要招工农兵学员了，学校要老师们做开学准备工作，什么写工作计划呀，编教材啊，向党交心啊，编写政治口号啊，真是翻手云，复手雨，花样多多，层出不穷。不管怎么说，李珍决定先请假去看儿子。

李珍向校长请假，校长说：李珍老师啊，你的教育心理学，是学校的重量级课程，你要好好准备啊！再说，你儿子下乡插队已经五年了，这情况我们都了解。你看，现在对知青的招工已经有所改变了，可以招工、招生、顶职，我们学校有专门为教工子弟留下的招生指标，如果有退休老师没有子女来顶替的，学校领导还可以自行安置。这样，我们就可以照顾那些政审不合格的教师子弟。你知道，教师子弟在政审上过不了坎的太多了，招谁呢？作为领导当然要考虑，优先招优秀的有贡献的教工的子女。如果你在这个时候，招生制度改革的时候请假，将来，我们还好意思让你李珍老师的儿子优先招回来吗？

李珍被校长的劝告怔住了，原来领导班子还是通情达理，一视同仁的，还想到了她的儿子，既然领导这么想了，曙光回城就有希望。

李珍想为儿子创造条件，把请假的事先放一放，但是内心越来越焦急，令她寝食难安。如果儿子有个三长两短，领导的好心会变成一场恶梦。她好像预感到儿子正在遭遇巨大的痛苦，要她立刻去拯救。

李珍豁出去了，买了去县城的车票，立刻去寻找曙光。天黑，长途客车到了县城，不再往前开，李珍只好歇一夜。

第二天，李珍搭上去金桥公社的客车，下午两点到了天堂大队，接着离开公路往荷叶塘走去。这正是午间休息的时候，小路上看不到一个人，只有太阳火辣辣挂在天空。天太热，人们正在屋子里凉快着，狗儿伸出舌头伏在农舍的阴影里喘息。

看来，我得去农民家敲门了，李珍这么想着。正当她彷徨时，有个农民扛着锄头从下面走了上来。

李珍忙迎上去，说：请问，张曙光住在哪儿？

来人细细打量着她，说：你是曙光的妈妈？

见到李珍点头，他说：我是队长李禾生，到我家去说话吧！

看到队长那张愁苦的脸，李珍的心便提了上来。

刚坐稳，队长便说：曙光出大事了。

李珍说：请告诉我，他出了什么大事？

队长便从曙光下乡说起直到仓皇出逃结束，说了整整一下午，说了曙光一大堆好话，怕李珍要账，特别声明到年底一定还上借李珍的一千八百元钱。

李珍的心思根本不在钱上，曙光的处境让她焦急万分。

你再也没有曙光的消息吗？李珍问李禾生。

没有，我天天都在为他担心。

向芙蓉呢，再也没回来过？

没有。

知道向芙蓉把户口迁到了哪里去了吗？

不知道，知青的户口在公社，她只要大队给她一个准迁证。

平时向芙蓉说过她会去哪里吗？

说要去城步县，她的妈妈和妹妹都在那里。不过，曙光走时不是和芙蓉一起走的，芙蓉走了十天曙光才走的。

天黑了，李珍只得在知青屋住一晚。

那一夜，灯光摇曳，把李珍的身影晃动得如孤魂鬼影，想到儿子竟生活在这样的地方，心里越发难过。李珍翻来覆去睡不着，细细分析，既然公安局要缉拿向芙蓉，曙光一定会去找她，然后他们一起逃亡。明天一早，必去城步县找向芙蓉。

第二天，李珍到达城步县城，她去知青办打听向芙蓉。工作人员正巧心情很好，便翻阅了所有的花名册，然后告诉李珍没有向芙蓉这个人。

李珍说：好像记得她的妹妹叫向茉莉。

向茉莉！

好像谁在办公室扔了颗炸弹，立刻炸开了所有人的嘴巴。大家七嘴八舌说了好多自己知道的，或道听途说的，或添油加醋的有关向茉莉的新闻。

李珍听明白了：向茉莉因为被村民强奸而自杀了，芙蓉在一个月前同时失去了两个妹妹，一个妹妹埋了，另一个妹妹至今没找到尸骨。

芙蓉去了哪里，没人知道，但有一件事可以肯定，她的妈妈被革委会用车送回宝庆城了。

李珍马不停蹄地转了这一圈后，已经精疲力竭。她又要回到原点——宝庆，去找芙蓉的母亲。只有找到芙蓉，才能找到曙光。

李珍在市内找了四家服装厂，才找到吕秀兰。

吕秀兰告诉她，芙蓉也不知道曙光去了哪里，因为久久没有曙光的消息，今天早上搭车去荷叶塘找曙光了。

李珍双眼一黑，昏了过去。

41

夜深，月亮又大又圆，冷傲而孤寂。天空清澈如水，宁静而恬淡。月光如练，令天边缥缈不定的云层变成薄雾轻纱。月的银辉透过龙眼树密集的树叶，洒下斑驳的光点，摇曳的树枝用光和影在地面上画出了写意的灵动的富有想象力的电影长卷一般的画面。

初秋，的确是个美丽而宜人的季节，天高云淡，风清气爽。

此刻，曙光身处异乡，在秋凉如水的夜色中，仰望一轮孤月，心中的悲苦无从诉说。贫、病、死亡，沦落、逃亡、孤独、思念，一齐袭来。

妈妈，我想你，如果生命到此结束，我想躺在妈妈的怀抱中，把生命还给亲爱的妈妈。

曙光想着妈妈，渐渐支撑不住，迷迷糊糊地睡着了。当他醒过来时，感觉自己正躺在妈妈温暖的怀中。

我是不是已经死了，曙光想。

你醒醒啊，有人在他耳边说，声音特别温柔。

曙光用力睁开眼睛，原来是芙蓉。芙蓉，芙蓉……

曙光把手伸向芙蓉，他想芙蓉抱抱他。

你不能躺在这里，露水会打湿你的，你要是再受凉，就没命了。

曙光的眼里，芙蓉的脸慢慢模糊起来，她说的话也越来越听不懂。

你躺着别动哈，我去叫人。

她不是芙蓉，曙光在心里判断。

他好像觉得自己没死，还有意识，身体也好像不再那么冷。还有，自己竟躺在厚厚的稻草上，非常柔软温暖。嘴角上沾着的药渣很香，肚子里冒出一股又香又辣的药味，正是这种药味让他的身体发热。

天快亮了，村子里传来雄鸡的叫声，接着一阵狗吠，有人向他匆匆走来。

当来人走近时，曙光才看清是两个女人，一个年轻，另一个已届中年。

妈，就是这个后生仔，我刚刚给他喂了还魂丹。如果对症的话，他在今天上午就能坐起来，下午能站起来走路，明天能喝点稀饭，九天后能康复，半个月后才能下地干活。

年轻女人说。

妈妈弯下身子用力把曙光扶起来，让他靠在树干上，说：好年轻，好英俊的后生，能不能闯过阎王这一关，就看他有没有这个命了。女儿啊，是你救了他，你这么做是对的，见死不救是罪过啊。

妈，我夫家世代行医，救人是我们的本分。我公公常说，有时候救人一命就是救了他全家。无论何人，能救就救，能帮就帮，就是救了不该救的人，老天爷也会看到施救者好心的那一面。不过，疟疾是有传染的，救这样的病人要讲究方法。你在今天，每隔一个时辰就过来喂他一次药，你自己也要一个时辰喝一次药。下午，他要是能走了，说明他的病情有好转，你就让他住我们家。妈，晚上他不能再躺在露天里打露水了，今晨幸亏被我看到，那时，他正打着摆子，不省人事。我赶紧从草垛子上抱来稻草给他盖上，不然他就死了。

好，我记住了，你赶紧赶路吧，再不走，太阳就要出来了，你要是中暑了，就麻烦大了。

妈，我走了，这个病人就托付给你了。

曙光看清了女儿的模样，与芙蓉长得很像很像，就像是亲姐妹。一个与芙蓉这么相像的人救了他，这是不是缘分呢？

我能叫你妈妈吗？曙光轻轻问母亲。

我家姓水，快上五十了，叫我妈也要得。你是么地方人？

妈妈，我是湖南宝庆人。

哦，我不知识那是么地方，离得远吧。后生仔，你走不得路，我又背不动你，你就在这里等我，我等下下会来看你的。

水妈妈给曙光喂了药，说过一个时辰再来。

此时，天已大亮，村子里升起了缕缕炊烟，传出了牛羊"哞哞"的叫声，龙眼树上的鸟儿都在欢乐地唱着歌，风儿吹过，叶儿纷纷坠落。这是一个美丽动人的初秋的早上，空气中有了一丝丝的凉意。

曙光想起昨夜在绝望中呼唤妈妈情景，悲哀涌上心头。也许，天下母亲的心都彼此相通，妈妈用爱传递信息，让水妈妈来照顾她的爱子。

曙光太虚弱了，好像连叹息的力气都没有，躺在厚厚的稻草上，身体软绵绵地靠在树干上。曙光没有了倦意，眼睛直直地望着前方。

遥远的地平线上，太阳正冉冉升起，晨风阵阵吹过，挟裹着禾苗的清香。空气中好像有太多的水蒸气，以至远处的丘陵在朦胧的水气中晃动。这样的天气让人怀旧，曙光想起荷叶塘。

荷叶塘真是个很特别的乡村，虽然偏僻，但是，所有的风俗都是那么的人性化，由于风化的潜移默化，那里的农民也特别善良。如果不是他们的善良，他和建北、袁权已经成了囚犯。

自己曾因成功出逃庆幸，可现在，处境比囚徒好些吗？唉，命运，命运，为什么总在捉弄我，既然让我逃脱了，为什么又要将我置于死地？

水妈妈过来给曙光喂了两次药后，叫来了队长。她说：这后生仔不能再在树下吹风晒太阳了，他要是病情加重，神仙都治不好他。

队长说：我也晓得，只是把他放到哪里去？

水妈妈说：就放到我家，我家没有细娃子，再说，我今天喝了好多回药，不怕巴上这个病。

队长二话没说，把曙光背进水妈妈家。

几天下来，曙光的病渐渐好了。

病好了，也意味着离开这里的时候到了，曙光心里好犯愁。

本来曙光是有点钱的，芙蓉走时，他把全部的钱给了芙蓉。谁知风云突变，他在顷刻间变成亡命之徒。在去找芙蓉的路上，他一路吃的是野果，瓜菜，正在灌浆的玉米棒子。偶尔去村子里用衣服换村民的一顿饭，所有的衣物都换光了。

为了能挣回家的车票钱，跟着罗老头打了整整一个月苦工，运气不好，钱没了。

如今一米八高的个子，瘦得像一具骷髅，他再没有勇气从广西走回湖南老家。

眼下，他必须和妈妈联系上，要是妈妈知道他正在受到各种折磨，会不惜一切代价来拯救他的。

他问水妈妈：你家能写信吗？

写信？水妈妈似乎从没听人说起过。

你能帮我找到笔和纸吗？

水妈妈的头摇得像拨浪鼓。

曙光想如果让她去寄信，恐怕连邮局的方向都不知道。况且自己也没有寄信的钱。

曙光想知道水妈妈的女儿什么时候能回来，看来寄信的事只能靠她帮忙了。

于是，他常常和水妈妈聊家常，渐渐知道水妈妈的身世。

水妈妈的年龄和李珍一样大，她女儿叫水玉美，大曙光半岁。解放那一年，水妈妈的丈夫被桂军拉壮丁拉到台湾去了，再也没有他的消息。从此她和女儿相依为命。女儿长大后，聪明美丽，当上了公社的赤脚医生。本想招个上门女婿，谁知女儿爱上了同行，公社卫生院的青年医生尹英俊。结婚后，女儿女婿非常孝顺，现在女儿又有了外孙，一有空就回来看她。说到女儿，水妈妈真是一脸的幸福。

那天她救了你的命，说起来也是缘分，水妈妈说。

原来，那天是农历七月十五，民间十分看重的鬼节。祭鬼后，家中的水果甜点，鸡鸭鱼肉，还有自家酿的米酒，包的粽子都要送一些给亲戚朋友。于是，玉美来给母亲送礼品了。平时都是女婿用自行车搭着玉美回娘家，那天女婿值班，玉美一人走路回来，晚上不敢独自回家，第二天赶个大早，看到正在与死神搏斗的曙光。她毫不犹豫的给曙光喂了还魂丹，帮曙光赶走死神，让曙光重获生命。

水妈妈说：起初，她还以为碰到鬼了，虽说阎王爷关上了鬼门关，总是有些游魂野鬼被关到了门外。她是鼓起勇气走到你面前的，所以，我说你们有缘分。

曙光听后，万分感激。

第九天，玉美回来了，这一次她是来看到曙光的。

玉美想知道曙光的健康状况，还想知道她救的人姓谁名甚，年龄、职业、家庭等。

曙光因为自己正在被公安局追捕，哪里敢说真话。他告诉玉美：他叫黎明，二十五岁，是宝庆师范的美术老师。暑假来广西采风，谁知病倒在途中。他万分感谢她救了自己一命。他想写一封信给同事，要同事立即给他寄钱来，所以，他想等同事寄钱来了再走。

玉美问：你已经寄信了吗？

曙光说：还没有，因为找不到写信的纸与笔，邮局在哪儿也不知道，最惭愧的是身无分文，连寄信的钱都没有。

哦，纸与笔，生产队的会计有，我帮你去借。

过了一会，玉美拿来了一支钢笔和一张纸。

曙光思索片刻，在纸上写道：

李珍老师：

很久没有给你写信，很想念你。

我因心情不好，放假后到桂林旅游，最近到了阳朔。

人人都说桂林风景甲天下，阳朔风景甲桂林，这是真的。

到了阳朔，就像到了仙境，我看到一座座峻峭的石峰拔地而起，峰峦叠翠，形态各异。漓江弯弯曲曲从石峰中穿过，平静的水面上倒映着无数的山峰，于是漓江中又有了另一个山灵水秀的世界。

因此，我赋诗一首，请雅正：

赤日如火水如玉，脚踏桂林阳朔美，

医者从不治百姓，生来只爱漓江水。

我写信给你的目的是请你给我寄一些钱来，我已经身无分文，窘况可想而知。

祝快乐！

黎明

曙光说：我想拜托你用快件帮我寄出这封信。

玉美爽快地答应了。

李珍在生不如死时，收到了从广西寄来的信。她打开一看，是儿子曙光的笔迹，就像被注射了强心针，整个人都活了。

她读了一遍又一遍，知道儿子还活着，可是能不能亲自去找他呢？

她仔细读那首狗屁不通的诗。曙光小时候，李珍给他讲古代才女苏若兰写回文诗的故事，曙光写的诗会不会暗藏玄机？李珍把诗头诗尾掐下来就是：赤脚医生，玉美姓水。

原来曙光要我按信封的地址去找赤脚医生水玉美。

李珍的病一下子好了，她向学校请几天假直奔阳朔。

在广西高田乡水妈妈的土砖屋里，李珍找到了心爱的儿子。

42

人世间，还有比一个母亲在一天里失去两个青春年少，如花似玉的女儿更悲惨的事吗？

吕秀兰成了一个心碎的妈妈，只差没跟女儿们一起去死。

芙蓉扶着浑身发软的妈妈回到宝庆城的老家，吕秀兰已经只剩下一口气了。

可是，就在跨进家门的那一瞬，吕秀兰双腿一软，跪倒在地，芙蓉却昏了过去，彻底崩溃了。

吕秀兰不得不坚强起来，她拼命让自己的双脚从跪着转换成坐着，用尽力气将芙蓉抱在自己怀中。

芙蓉是个多么孝顺的女儿，一年来为这个家付出得太多太多了！茉莉死后，她在茉莉的坟头上哭得口喷鲜血，几度昏厥。吕秀兰想到这里，心痛得大声呼喊：芙蓉，芙蓉，我的宝贝女儿啊！

芙蓉觉得天旋地转，接着眼前漆黑，便什么也不知道了。也不知过了多久，听见有人在呼喊着她，她听出是可怜的妈妈的声音，便努力睁开眼睛。

她的眼前站着好多人，大家的脸上都露出苦笑。有人将她抱起来，放在床上，那是她思念了好久的床，床上有她熟悉的气味。

她认出了站在她床前的邻居们，想坐起来谢他们，可是浑身软绵绵的没有力气。

芙蓉在床上躺了一个月，才慢慢恢复体力。

姑姑已经离婚，前姑父带着孩子到省城工作去了，于是，姑姑搬回了自己家。吕秀兰和芙蓉在祖屋住了下来，那是临街而建的一个两层楼的木屋，已经破败得经不起风雨。以往，满屋都是茉莉和蔷薇的活泼可爱的笑声，如今睹物思人，难免暗暗流泪。

那天，吕秀兰出去买东西，芙蓉便给曙光写信，信写得很简洁：

曙光：我已经回到城里，身体很不好，还需要在家休息一阵。很想念你。因为一直没收到你的来信，也特别担心你。

余不多谈，只希望你能向生产队请个假，来看看我，以慰我的相思之情。如果不能，请将回信寄到 XX 街 XX 号。

你的爱妻

1973 年 7 月 10 日

芙蓉已经很久没有上街，现在，她必须去邮局，多年来邮局一直高高耸立在城市的中心。

宝庆古城历来繁华热闹，中心街道两边的商店鳞次栉比，行人川流不息，邵水河清悠悠地流淌着，穿城而过。河岸上，木芙蓉的花正在绚丽地开放，柳树柔软的枝条随风摇摆。太阳照耀在河面上，河水泛着刺眼的光芒。

可是，曾经熟悉的大街让芙蓉感到陌生，好像没什么可以吸引她了，她早就不再属于这个城市，走上大街只是徒增伤感而已。

因为妹妹们的死，芙蓉的心仍然悲痛着，她迈着沉重的脚步缓慢地走着。当她走到邮局门口，看到了一个熟悉的身影，是安妮。

芙蓉的嗓子正嘶哑着，想跑到安妮面前，又浑身无力，眼睁睁看着安妮挤上公共汽车，渐行渐远。

此刻，她多么想和安妮谈谈心，告诉她，她的幸福，她的悲哀。和她聊聊曙光，聊聊自己和曙光的有如暴风骤雨般的婚礼，希望安妮能祝福他们。

芙蓉默默站立着，内心深感遗憾。虽然没有追上安妮，至少知道她和自己一样，正住在城里。等身体好点，芙蓉准备去拜访安妮。

吕秀兰仍然很虚弱，可家里已经揭不开锅了，为了给芙蓉增加营养，吕秀兰支撑起病弱的身体去工厂上班。

芙蓉心事重重，卧病在床。和曙光已经分别四个月了，这四个月芙蓉简直在地狱中挣扎，茉莉的遭遇令她想都不敢想，妹妹们的自绝让她的心灵受到巨大的创伤，她几乎忘记了自己，忘记了爱情。

为了妈妈，尤其是为了正在服刑的爸爸，她对自己说：撑下去，一定要撑下去。

不过，她觉得身体很不舒服，时时刻刻被饥饿感折磨着，好想好想吃，悲痛又让她吃不下去。最近好像有了点力，想下地走走，可是一动弹就感觉肚子里有东西在蠕动，现在更明显，肚子里有个东西在用力踢她。

妈妈，芙蓉喊吕秀兰。你摸摸我的肚子，是不是有个东西在动？

吕秀兰的手刚触到芙蓉的肚子，神色大惊。

芙蓉，你是不是……，啊，呀，嗯，你怀孕了，孩子已经会动了！

怀孕！芙蓉翻身坐起。稍稍思索，自言自语：我应该想到的。

妈妈，芙蓉拉着惊慌失措的吕秀兰的手，说：妈妈，别急，不怕的。我已经结婚了，这是我与曙光的孩子，我们应当高兴。我立即写信给他，告诉他这个喜讯。

芙蓉写信告诉曙光：

亲爱的曙光，你就要做爸爸了，希望你能马上回来。如果实在不能回来，我只好去荷叶塘看你。

芙蓉

十天过去了，芙蓉没有盼到曙光回信，她再也没法等待，告别妈妈去了荷叶塘。

43

1973 年 6 月，全国各大学招收工农兵学员拉开序幕。

这次招生原本是想通过考试录取优秀人才的，后来一张"白卷"改变了很多人的命运。考试制度再次被当局定性为资产阶级教育路线的复辟，起而代之的是"推荐"制度。

八月，工业局拿到分配给工人的招生指标。安静之与知青办主任玩了个小小的游戏，他用工业局的两名招生指标换了知青办的一名指标，为的是大学要有名气，专业要有地位。

安妮刚刚拿到父亲给她的指标，一场批判资本主义复辟的运动又开始了。刚刚走上政坛的邓小平受到了批判，好多好多随邓小平上来的干部又要靠边站，这其中就有安静之。

安静之被下放到"五.七"干校养猪，本来坐等入学通知的安妮只得赶紧想办法找门路。她回到了荷叶塘，要向生产队要一份推荐信，没有它，招生指标等于废纸。

那天晚上，安妮回到知青屋。知青屋里挂满了蜘蛛网，已经好久没人居住。曙光的手风琴挂在墙上，上面蒙着厚厚的灰尘。

安妮不禁疑惑：这屋里的人都到哪儿去了？这时，好几个光棍结伴走过来了。

自从她和曙光来到知青屋，这里就成了光棍们聊天的地方。每夜三、四支枞节灯将屋子照得通亮，火塘里总是燃烧着枞树的枝叶，上面的大陶壶喷出白色的水蒸气，下面的灶膛里烤着玉米或红薯，食物和燃烧着的树叶散发着诱人的香味。光棍太喜欢曙光提供的环境了，他们各自从家里带上红薯和玉米，边聊天边烧烤着食物，一坐就是两、三个钟头。

光棍们聊天的内容很简单，多半是家长里短，男盗女娼，谁在山里见到了鬼，某地又出了个半仙，那些荒唐的捕风捉影的事更是闲谈的乐趣，已经传了几代人的不是秘密的秘密，总被翻来覆去说了一遍又一遍。倾听如此无知的聊天是需要耐心的。等到柴火化成木炭，木炭化成灰烬，红薯冒出了热气，聊天的人就着茶水，吃一颗红薯，心满意足地回家去。

安妮从不喜欢光棍们来聊天，面对那一群缺乏教育，脑袋空白，生活在愚昧而封闭的乡村的农民，她从不愿意多看他们一眼。等聊天的人一走，就歇斯底里地冲着曙光大喊大叫：你真的被他们同化了，这样的聊天，你不觉得无聊透顶吗？

她还拿出俄国小说《奥勃摩洛夫》，"啪"的丢到曙光面前，说：好好读，书中的主人翁原本是上流社会的贵族，因为长期住在农庄里，便颓废成了庸俗的庄园主，最后被农民同化，变成一个只会吃喝的猪，他死的时候连墓志铭都没有。

曙光也很无奈，说：安妮，我知道你不喜欢他们，我也不想和他们聊天。但是，这也是无可奈何的事，我们居住在他们的地盘上，不得不装出喜欢他们的样子。拜托你理解我。

安妮怒吼道：理解你？那么谁来理解我这颗痛苦的心？你想没想过，这样的日子会让我疯掉！

曙光说：乡下的日子的确很沉闷很寂寞，几乎没有娱乐，光棍们也不知去哪儿寻找乐子，他们既然喜欢来这里，就让他们来吧。

安妮尖叫起来：让他们去死吧，你也一样去死吧！

在以往，安妮一见到这些光棍们就特别情绪化，他们身上散发出来的臭气和蠢像让她恶心。

不过在眼下有求于他们的时候，安妮不得不用笑脸迎接他们。

光棍们大大咧咧地坐在火塘边的土砖上，把那个是先有蛋还是先有鸡的话题重新争论一番。又将今天从他们头顶飞过的飞机是公还是母争论一番。安妮听完他们的争论后，问他们：曙光去哪儿了？

光棍们说：曙光和芙蓉成亲了，他们一起回到老家去了，只有我们光棍们有空就坐到伙房的土砖上聊聊天。

安妮的脸色瞬间大变，她问：曙光和芙蓉成亲那一天，有谁去喝了他们的喜酒？有谁看过他们的结婚证？

光棍们说：这还真不知道，今天不聊了，散了吧。

只有国生的弟弟民生留了下来，等到光棍们都走了，民生把这几个月前发生的事告诉安妮。安妮这才知道，曙光和芙蓉成了嫌疑犯，被公安局通缉，正在亡命天涯！

安妮顿时有了幸灾乐祸的感觉，她松了一口气：终于可以彻底放弃张曙光了，可以对他说，是君负我而非我负君也！

不过，向芙蓉竟敢乘虚而入，横刀夺爱。安妮觉得这口气咽不下去。安妮也感到恼火，她此刻正需要利用曙光，却满天下都找不到他了。

安妮来找曙光是有目的的。有件事令她心急如焚坐卧不安，无论招工还是招生，体检都是必须的，所有的女生都要检查处女膜，以此评判女生的道德品质。

安妮好后悔自己当年的愚蠢，但事实已无法改变。她的身子被王天泰玷污了，而她将面临招生学校对她的道德考问。

父亲想方设法为她要了一个大学的招生指标，如果因为这个原因而被大学拒收，不但自己丢人现眼，也让父亲的努力化为乌有。

她绞尽脑汁想了又想，觉得还是要主动出击。她已经被内定在政法大学，当务之急是搞定大学招生的干部。如果招生的是男人，她再一次豁出去。如果是女人，她就打同情牌，让招生的女人同情自己。

要想让招生的女人同情自己，必须和曙光一起去。女干部看到她的男友一表人才，两人正值青春年少，亲亲热热恩恩爱爱，会由衷同情她的出轨，不会用"道德"二字去刁难她。再说，大多数的女人认为是男性的冲动才使女人犯了这方面的错误，在这种事情上女人是值得同情和可以理解的。招生的干部们都有过年轻时的经历，都是过来人。因此，有男友陪着，等于有了"失贞"的解释。

虽然，安妮有内定的指标，目前政治形势正在风云变化，政审能不能通过还是问题，如果体检过不了，那么，升学肯定成问题。要知道这事对安妮来说，如生命一般重要。安妮认为，体检本来就是官方设下的一道卡，需要就业升学的人那么多，千军万马在挤独木桥。有个指标，不需要和没指标的拼杀，但要和有指标的宠幸儿们一决高下。

安妮是来邀曙光陪她去县城见招生老师的。成功后，她演一场比梁山伯祝英台楼台相会更为精彩的戏，在情意绵绵中与曙光告别，让曙光被她卖了，还帮她数钱。

但是，她此时的运气不好，曙光找不着，好比煮熟的鸭子飞了。

安妮硬着头皮来到县城，在县教育局的招生办公室里，安妮见到了政法大学专门负责内部招生的干部，那是一个中年男人，土里吧叽的，没有半点知识分子的模样。安妮早就听说：大学教授靠边站，工农兵站在讲台上，反正学的是毛泽东思想，有文化没文化一个样。

那个招生的干部自我介绍说：我姓莫，叫我莫老师就行。你把政审表填好，我会帮你盖好所有的公章。现在你拿体检表去县医院体检，体检后把表格送给我，只要没有传染病，就只管等着上大学吧。

安妮接过老莫递来的体检表，内心里五味陈杂。老莫说：检查完了立即把表送给我，等把你们内定招生的安排好了，我才能招收其他学生。时间很紧，你赶快去吧。

安妮按照体检表一项项检查完毕，最后一项是妇科。妇科查的不是病而是处女膜，这是人尽皆知而无法躲避的事情。安妮只能硬着头皮去检查，检查完毕，医生在表上写：处女膜破裂。

安妮的眼里涌出了泪水，用颤抖的声音对医生说：求你帮帮我，别这么写，别让我淘汰。

医生用冰凉的声音回答她：你们这些内招生，自然有人帮你们。走吧！

安妮捏着体检表在招生办外徘徊，直到老莫走出招生办向县招待所走去。

安妮紧随老莫身后，老莫后脚进门，安妮前脚跟了进去，并随手将门掩上。

老莫装出吓了一跳的样子，说：是你呀，怎么悄无声息地跟了进来？

安妮说：我是来交体检表的。

老莫说：你这么健康，体检应该没问题，明天到办公室交给我好了

安妮说：还是有点问题，想请你帮忙。

老莫心里明白了，故意说：什么问题呀，先说出来，只要能带过的，我一定帮忙。

安妮说：请你先看看我的体检表吧，看能不能通过。

老莫哪里都不看，直接看最后一项，大声念道：处女膜破裂！哇，这可不得了，这是关乎道德品质的大问题，肯定不能通过，这个忙我帮不了你。

安妮满脸委屈地说：莫老师，我是清白的，真的没和任何男性发生过关系。我的处女膜破裂是因为我太爱运动，从小就是个运动健将……

没等她说完，老莫冷笑一声，说：运动的破裂与做爱破裂是不一样的。譬如，窗户纸用手捅破与被风吹破裂痕就不一样，如果你是运动型破裂，医生会写处女膜撕裂型破裂。

安妮听后，伏在桌上伤心地哭了起来。

老莫走过来温情地抚摸她的头，然后靠近她，将脸贴在安妮脸上，先在耳边吹吹气，见安妮抽抽咽咽的，便温柔说道：宝贝，别哭了，你把我的心都哭得痛死了。其实也不是完全没有办法，只要你心疼我，办法还是有的。

安妮等的就是这句话，她故意慢慢地抬起满是泪痕的脸说：你有什么办法呢？快点说呀！

老莫说：我给你看样东西，看完你就知道了。

老莫随即拉开抽屉，从里面抽出一张体检表递给安妮。

那是一张已经填好并已盖好医院公章的体检表，只有姓名、性别、身高、体重是空白的。

老莫说：你只要把空白处填上就行了，为了这几张表，招生办送给医院十个指标。

安妮顿时明白医生所说的，会有人帮你的那句话了。她眼睛依次扫过体检表，表格的最后一项：处女膜完整无缺。

安妮破涕为笑。老莫说：你的两份体检表都捏在我手上，你要我向学院交哪一份呢？

安妮说：那还用说，当然是通得过的那份。

老莫说：那你要怎么答谢我？

安妮说：你想怎样，我依你就是。

老莫说：反正你也不是头一次，那我就不客气了！

接着，老莫像饿狼一样向安妮扑过去。

当老莫气喘吁吁地靠在床头上，看着安妮一件一件穿上衣服时，说：你们女知青真不容易，无论招工招生首先要经过生产队长那一关，接着大队书记，公社书记，县知青办主任，最后才到招工招生人员手上，这期间有多少色狼在盯着你们。你的这张内部招生表也是从色狼手中捞到的吧？

安妮说：别胡说，我爸爸是市工业局长安静之，这表是我爸给我的。

老莫大吃一惊，说：你说的是真的？

安妮说：这样的事我会骗你吗？

老莫大惊失色，说：你怎么不早说呢？早说了我就不会动你半根毫毛，现在怎么办？你爸要是去公安局告我强奸你，我就完了……，呜……，我被你骗了！

安妮说：你也不用那么紧张，我爸怎么会去告你呢？这个指标也是我爸费尽心血弄来的，我不想我爸疏通的关系废了。只要你不跟任何人说今天的事，我也不会将今天的事告诉任何人，就当今天什么也没发生过。但是，如果我收不到入学通知书，是不会放过你的，用不着我爸爸，我检举你强奸我就行了。

老莫说：你真是太聪明了，一切都会如你所愿。

44

　　我逃出林场，茫然四顾，真不知往哪个方向走。一个严峻的事实摆在我的面前：我不但身无分文，而且没有一两粮票。我是人，不是一片蝶，一颗蜂，一丁萤火虫，可以饮花吸露，栖在叶背上安眠。我必须有吃的喝的才能活下去，此刻我的肚子正饿得咕咕叫。

　　一辆装着木材的货车从我面前驶过，我认识那个司机，便朝他挥挥手，他停下来，让我坐了上去，这样，我很快到了县城。

　　我不敢回家，便去了伯父家。吃过饭后，我把我的事告诉伯父。伯父沉默着不断叹气。伯母说，就这么一丁点就要抓你？也太无王法了。第二天，伯母把我送到由她弟弟负责的建筑工地做苦力。她说：一有风吹草动就赶快躲起来，千万别连累伯父，我们已是黄叶落下怕打头的人了，实在不敢收留你呀。

　　我平安地做了三个月苦力，工地做完了，等着下一个工地开工。

　　父亲总是说：躲脱不是祸，是祸躲不过。

　　我跟安妮并不熟，她的很多事情是从别的知青那儿听来的。可是，这一天我因安妮差点丢了一条小命。

　　那天傍晚，我躲躲闪闪来到县城，正好看到安妮跟随一个男人进了招待所。我怕安妮认出我来，便赶紧躲了起来。不一会我看到那男人从他们刚进去的屋子里出来，在外面绕一圈，然后溜进屋，关上门，不久灭了灯。这事勾起我的兴趣，我想知道他们在干什么勾当。当看到安妮蓬散着发辫出来，我想他们一定在进行权色交易。

　　我很气愤，不明白安妮。她曾是全县赫赫有名的学习毛主席著作的先进知青，为什么会堕落到如此地步？就算要她下地狱，她也不应该用如此卑鄙的手段改变自己的命运，这对其他的知青是多么的不公平！

安妮从我面前走了过去，表情很沮丧，满脸的挫败感。难道她又被男人侮辱了，在旧的伤口上又添上新的创伤？

忽然，我听见安妮在朦胧的夜色中大声喊：为什么要取消考试？为什么要推荐入学？为什么要政审？为什么要检查女人的隐私？这不是明摆着让官员们腐败，让他们用权力寻租！我痛恨这一切！

如果靠本能招工、升学，安妮是可以出人头地。她聪明，学习好，有几分美丽，还有十分的勇气。可是，这个社会乱了，因道德缺失而变得十分混乱。

安妮是干部子弟，有一个好爸爸。也许，在安妮的眼里，中国人只有乡下人、城里人、小干部、大干部四大类，无论是横向还是纵向比较，他们之间的权力差距有如天上与地下，用九重天与十八层地狱的级别来形容都不为过。可惜，这些级别是人为划分的，也可以人为去改变。一场文化大革命，让很多很多高官变成囚徒。要他们的子女坚守诚实、善良、公正的做人的底线，在残酷的现实里的确很难。

我是个喜欢思考的人，曾经很深入的思考过道德缺失会对个人和社会产生什么样的影响。我认为，道德缺失会使人们失去方向感，把握不住做人的底线，国家会混乱，人民会堕落。像安妮这样的人宁愿牺牲道德，也不愿将人生牺牲在不健全的政治制度里。安妮被王天泰欺骗的事，在王天泰下台时被传了出来，她一定深深感受到"牺牲品"的悲哀。她今天的遭遇，显然是被男人玩弄在手掌之中。

我恨不得冲过去撕碎那个男人。我最不能容忍的是：美丽高贵，内心骄傲，有着优雅气质的女知青，在牲口一样的龌龊的男人眼里，竟与低级肮脏的妓女毫无区别，是一模一样的泄欲器；我和肖建北这样的男知青因为偷鸡摸狗，在人们眼里成为盗贼。

我看到安妮在街上漫无目的地游荡。此时，华灯初上，小小的县城里，人们正在将一天积累下来的焦躁与戾气发泄出来，满大街走着脸色阴沉、神情麻木的各色各样的人，不时传来吵架声和哭闹声。我看到安妮烦躁的模样，像受伤的狼想找个地方停下来舔舔伤口。

忽然，我看到了正从长途客车上走下来的芙蓉。芙蓉吃力地提着一个胀鼓鼓的行李包，面色苍白浑身疲惫地迎着安妮走过来。安妮赶紧闪到漆黑的树荫下，看着芙蓉从她面前走过去。

已是黄昏过后，只有从宝庆过来的车才会这么晚到县城，芙蓉为什么在这个时候来到县城，难道她不知道公安局正在通缉她吗？她是在逃亡中走投无路了吗？是和曙光约好去自首吗？

安妮诡异地跟在芙蓉后面，芙蓉走进了"王老板客栈"。

在县城，"王老板客栈"是知青们的客栈，老板很仗义，知青们有钱没钱都能住。安妮尾随在芙蓉后面，我也随着她们躲在客栈附近的小巷中，我想知道安妮要干什么。

忽然，安妮转身跑着回到招待所，她拨打了招待所的电话，然后她在电话里大声说：公安局吗？我要向你们举报通缉犯向芙蓉，她现在正在县城王老板客栈里。……好，我就过来配合你们。接着安妮放下电话往公安局跑去。

我吃惊万分，安妮，你可以为利益出卖肉体；可以像墙头草随风摇摆，嘴里不停地说着谎言；可以用虚伪的爱情欺骗所有的男人。但不可以一有机会就踩着别人的尸体出卖灵魂（如果人有灵魂的话）。

我不再迟疑，便飞一般跑进王老板客栈。

芙蓉刚刚放下行李，准备在客栈买一份饭吃。我走进去拉起她就跑。到了偏僻的小巷里，我才慢慢把这段日子里发生的事告诉芙蓉。芙蓉一听，真如晴天霹雳，一向规规矩矩的她，怎么就成了通缉犯呢？一向把自己当成妹妹的安妮，怎么会带公安干警抓捕自己呢？

我说：荷叶塘你是不能去了，去了就是自投罗网。曙光在几个月前就去找你了，没有找到你，真让我意外。不过，他就是没有找到你，也绝对不会回荷叶塘的。

芙蓉一时无法把自己所遭遇的不幸——说给我听，她懵了，好久才说：权哥，我该怎么办啊？

我说：你在这儿等着我，我去王老板店看看动静，如果没有意外，我帮你把行李拿出来，另外找个地方先住下来，这几天要特别提防安妮。

我说完就匆匆奔向客栈，没多久，几个一直在县城寻找我的纠察队员像饿虎一样把我按在地上，我被捕了。

芙蓉等了好久，仍不见我回来。天越来越黑，芙蓉心里越来越焦急，她唯一的办法就是去王老板客栈找我。

当她走出小巷就看到我五花大绑被几个大汉押着，芙蓉认出那几个人正是在林场抓她游街示众的纠察队员。芙蓉眼睁睁地看着我被他们带走了。

此时，芙蓉叫天天不应，叫地地不灵，她想：到了今天，横竖是个死，就坐在王老板客栈里等着公安局来抓我吧。

芙蓉回到客栈，什么也不问，狼吞虎咽吃了客栈的剩饭，洗漱一番，倒头就睡。第二天中午，芙蓉被王老板叫醒，笑眯眯地问她要不要吃中饭。一切都很平静，出乎芙蓉的意外。

芙蓉悄悄问王老板：有人来找过我吗？

王老板说：我正想告诉你，昨晚把你从客栈拉走的那个青年哥哥，来拿你的行李，我正要给他，门外就冲进来几个彪悍的汉子，把他按在地上绑了个扎扎实实带走了。那几个汉子好像是本地人，不像知青，也不是警察。

芙蓉问：除了他，还有别人来找过我吗？我指的是警察。

王老板说：没有，我敢肯定。

芙蓉心里好生纳闷，重重阴影笼罩心头，难道安妮发现了曙光，带着公安们抓他去了？芙蓉越发心焦如焚。

而此时，安妮神色沮丧，郁闷地坐在回宝庆的长途客车上。昨晚她去了公安局，局长告诉她：肖建北等四人的反革命案，县革委和知青办公室都很重视，责成公安局做周密慎重的调查。调查结果已经出来，纯属虚假报案，此案已经被撤销了。希望她在见到他们四人时，把公安局的决议告诉他们。

安妮想，我是不会把公安局的决议告诉给任何人的，让他们想逃多远就逃多远！

那天以后，安妮再也没有见到过芙蓉。

45

　　九月,安妮走进了大学的神圣殿堂。没多久,她发现自己怀孕了。

　　教育部规定：大学生不准结婚。

　　各大学规定：未婚先孕的女生一律除名。

　　安妮面临两大危机：或是被学校开除,或是偷偷去堕胎。

　　因为怀孕而被大学开除,颜面尽失,安妮选择后者。可是,去医院堕胎,除了需要单位开具的同意书,还要有结婚证和丈夫的陪同。如此严格的规定,对于偷偷堕胎的未婚女人安妮,真比登天还难啊!

　　入学后,安妮也见到过老莫,每次见到他都生怕他继续纠缠而躲避着。发现怀上他的孩子后,真恨不得将他撕碎。

　　安妮在心里说：老天爷啊,为什么要如此难为我呢?

　　她记起在荷叶塘时,所有的不想再要孩子的女人都找田田奶奶堕胎。田田的奶奶是乡村里的义务接生婆和杀死胎儿们的民间的草药郎中。所以,她即是天使也是魔鬼。

　　安妮像一只疲倦的不想再飞的大苍蝇,只想寻个地方停下来歇口气,但是,命运迫使她再飞一圈。

　　她找到一个借口,向学校请了几天假,偷偷来到荷叶塘,要田田奶奶秘密为她堕胎。

　　田田奶奶说：我为别的女人堕胎,是因为她们的孩子太多了,再也不需要孩子了,堕胎后,她们再也不会生育了。安妮啊,你还这么年轻,不能没有孩子啊!

　　安妮泪流满面,长跪不起,说：求求您,救救我。

　　奶奶说：安妮呀,堕胎是有性命危险的,尤其是头胎,我劝你还是把孩子留下吧!再说,你丈夫知道吗?

　　安妮说：奶奶啊,这是我和曙光的孩子,曙光已经和芙蓉结婚了,我不能留下这个孩子，留下这个私生子啊。奶奶，我求求你了，你看在曙光份上，帮我打掉这个孩子吧！

田田奶奶说：作孽啊！你们三个知青，都是好孩子，都是我的亲孙孙，我怎么舍得你受这份罪啊，我要是看到曙光，一定骂这个混蛋。

安妮泣不成声，说：奶奶，千万不要告诉曙光，我求求你，求求你帮帮我。

奶奶说：可怜啊，我就替你做了吧。安妮，用草药打胎对身体的伤害很大，你要依我的话去做。第一，喝了药后，肚子会很痛，你要忍着，三天以内，躺着不动。第二，要像坐月子一样，在家里躺半个月，不能吹风、沾凉水，受寒受累。第三，要补养身体，吃补血益气的当归阿胶益母膏等，用母鸡炖着吃，还要多吃红枣桂元煮鸡蛋。你要是把身体养好了，还会生孩子的。

安妮边哭边说：奶奶，我依你。求你快点，马上就给我喝药。

当晚，安妮喝下打胎药，自然痛得死去活来。经过一夜折腾，第二天早上，产下一个成形的男孩。安妮不愿意看到，要奶奶把孩子埋掉。

第三天，安妮的假期已经到期了，还要坐差不多两天的客车才能回到学校，安妮趁着田田家没人，逃离了荷叶塘。

秋的脚步总是出人意料，如疾风快马一般急驰而至。在安妮去赶车的路上，竟下起了暴雨。暴雨过后，刮起狂风，气温骤然下降。

安妮被雨浇过后，又被狂风吹得浑身发抖，肚子一阵阵刀绞般疼痛，安妮在心里祈祷：老天爷，可别让我死在路上！

到了学校时，安妮再也支持不住，倒在床上便神志不清，发起高烧来。

安妮被同学们送进校医院，后来又被转到省城最好的医院去抢救。安妮在医院住了两个月，直到放寒假她才痊愈。

安妮经历了九死一生，瘦得只剩皮包骨，医生告诉她，她的身体受到严重的损害，除了终生不孕，陪伴她终生的还有妊娠心脏病。

46

　　李珍陪伴着水妈妈来到桔林，她所在的树下，可以俯瞰整个原野。秋天的原野已经不像平时那么绿了，桔林里桔子已挂满枝头，浓郁的桔香飘满山野。

　　李珍从枝上摘下一颗黄澄澄的桔子，用掌心拂去桔皮上的灰尘。她慢慢掰开桔子，一股清香沁入脾肺。她拣出一瓣桔子塞进嘴里，香甜的桔汁几乎将她呛住。这勾起了李珍无限多的回忆：田野、山丘、桔林、鱼塘、随风飘来的桔子香味、甜到醉人的桔子，与她的故乡有多么相似。她记得年轻时，每年收获桔子的时候，在省城读书的丈夫总会回来，她把儿子绑在背上，和丈夫一起摘桔子。丈夫总会拣一些笑话说给她听，她也会忍不住哈哈大笑。

　　到了黄昏，桔子树下堆满了桔子，长工们用箩筐把桔子装得满满的挑到河岸去，那里有从城里来的收购桔子的商船。

　　此时，她和丈夫在林中漫步，共度美好时光。桔子收完了，丈夫回到省城，她又有了新的忙碌。那些年，她无须过多的操心，日子总是那么轻松畅快。

　　水妈妈向她抛来一个更大的桔子，打断她的遐思，水妈妈笑着说：多吃点！

　　这些天她和水妈妈成了无话不谈的知心姐妹，她们都是年轻守寡，历经艰辛才把儿女养大的单身妈妈。她们彻夜长谈，彼此交心，才知她们的一生何曾相似。她们都拒绝过男人的诱惑，击败了无数绯闻，跨越了是非坎坷，最后，炼就了她们的清心寡欲。她们把对丈夫的爱和思念给了儿女，把痛苦煎熬放在心底，对她们来说，人世上没有比儿女更为宝贵的东西！

　　李珍冒着开除工作的危险留在这里，为的是让曙光留下来。李珍想了又想，没有比水家更适合曙光藏身的地方了。

可是曙光不肯留下来，他一定要去找芙蓉，要和芙蓉在一起。李珍没有把芙蓉的遭遇告诉曙光，更没有告诉曙光，芙蓉去荷叶塘找他了。李珍以为芙蓉到了荷叶塘就被公安抓走了，这样的事怎么能跟曙光说呢？

所以，要让曙光安全，就只能让曙光留在这里，哪怕是十天半个月，待在这地方时间越长久越安全。

李珍试着对水家透露过，想让曙光在她们家休养一阵，直到身体康复了才回家。玉美和水妈妈都欢欢喜喜地同意了，还表示要让曙光在她家过春节，这样才会更亲近些。

直到这天中午，曙光拗不过妈妈，才同意留下来，不过，他要妈妈答应替他去寻找芙蓉，有了芙蓉的消息立即告诉他。

李珍安顿好曙光回到学校，守传达的师傅说：李老师，你可回来了，有个大妹子找你找了几天了，我说你不在学校，她硬是不相信，每天从早到晚在学校门口等着你。你看，就是那一个。

师傅指着在门口转悠的女青年，正好那女子也朝里张望，与李珍打了个照面。

女青年几乎是跑了过来，说：您是李老师吗？我是向芙蓉。

见到向芙蓉，李珍着实吃了一惊，没想到会这么快见到她。李珍淡淡问：找我有事吗？

芙蓉说：是的。

李珍说：我们出去谈吧。

李珍把芙蓉带到学校的后门处，那里是郊外，很僻静。

李珍面无表情，说：说吧。

芙蓉说：我听妈妈说，您在找曙光，您找到他了吗？

李珍说：没有。我听你妈妈说你去荷叶塘找他去了，是真的吗？

芙蓉的眼泪夺眶而出，她悲哀地说：我刚刚到县城就碰见曙光的好朋友袁权，他告诉我，公安局要抓我们，要我千万别去荷叶塘，而且说，曙光已经离开荷叶塘找我去了。没多久，袁权就被人抓走了。

我很犹豫很彷徨，不知去哪里找曙光。在县城等了几天，想等公安局来抓我，也没有公安来，我，

李珍打断她：你们的朋友都被抓走了，你还想让公安抓你？天哪，这念头太可怕了。我知道，你认为你是清白的，不怕有人陷害你。但是，进了公安局等着你的是刑讯逼供。年轻人，你还不懂公安局是个什么地方，以后千万别再有这样的傻念头，保护自己最重要。

芙蓉哭着说：我就是想知道曙光在哪儿。

李珍有点不耐烦，说：好了，别哭了。我这次出去，已经超过假期了，我要在下课前到教室去一趟，抱歉，我们以后再谈，再见。

芙蓉没想到自己等待了这么久，还没听完她的话，李珍就要走了，心里一急，不由拉住李珍的手，说：阿姨，我还有重要的事想对您说……

李珍在芙蓉的手背上轻轻拍了两下，推开芙蓉的手，说：下次再说。然后，转身离去。

芙蓉伤心地留在那里哭泣，一直到天完全黑下来。

芙蓉回到家，吕秀兰问：见到曙光妈了？

芙蓉说：见到了。

吕秀兰又问：她找到曙光了吗？

芙蓉说：没有。

吕秀兰说：你告诉她，你和曙光的事了吗？告诉她，你怀上了曙光的孩子吗？

芙蓉说：没有。

吕秀兰看着芙蓉已经臃肿的身子，说：你怎么能不说呢？这种事应该让她早点知道。

芙蓉伏在妈妈的肩上哭了起来，说：妈妈，我感觉曙光的妈妈非常不喜欢我，我心里好难受，真的好难受。

李珍还没走到教室，就碰到了校长。

校长说：嗨，李珍你跑到哪里去了？你才请几天假，却有半个月

不见踪影，老师们要是都像你，还要不要办学校了？

李珍说：校长，我病了，所以才超假了。

校长指着自己的太阳穴说：是这里有病，对不对？所以，校革委专为你的事开会研究，让你去"五七"干校改造思想，教育心理学下学期再开课。

李珍知道这是学校对她最轻的处罚了。

"五七"干校在离学校几十里的一个农场，李珍从现在开始，劳动改造到寒假。她和几个有历史问题的老师一起喂猪，估计到了那时，所有的猪都可以进宰杀厂了。

47

这是一个梦一般的夏夜，一望无际的戈壁滩笼罩在明朗的月光下。风粗犷地刮过沙丘，发出尖锐的刺耳的响声。稀疏而矮小的野菊花匍匐在沙砾上，它们无法摆脱风沙的摧残，却又十分坚强地活了下来。那些散落在戈壁滩上的不朽的胡杨树的枯枝，像勇士一般骄傲地站立着。当风停下，戈壁滩格外宁静，大自然的神秘的气息在辽阔的绵延起伏的戈壁大漠上弥漫，仿佛让人看到另一个荒凉寂寞的美得令人灵魂出窍的世界。

向蔷薇坐在胡杨树的虬枝上，那是一棵已经死去很久很久的胡杨树，它的曲蜷的枝干像一条张牙舞爪的龙。

蔷薇用手托着下巴，眼睛望着遥远的地平线，她的表情异常平静，内心却在曾经的痛苦中挣扎。

那是灵魂在挣扎，是脱胎换骨的痛。

肖建北站在离她不远的地方，在大戈壁，太阳刚刚沉下去，黑夜就降临了，黄昏和夜晚的过渡非常短暂。为了蔷薇的安全，建北总是悄悄地跟随在她的后面。

蔷薇和往常一样，坐在胡杨树的树干上沉思。建北知道她是在做心灵疗伤，她曾经受到什么伤害，从没向他说过，甚至她姓甚名谁，多大年龄都没向他说起过。他们一起坐了七天七夜的火车到乌鲁木齐，再坐几天的汽车到克拉玛依，蔷薇不曾说一句话。到了油田的总部，见到肖书记，建北不知道该怎么向肖书记介绍她。幸亏肖书记说：建北，你妹和你妈年轻时一个模样，漂亮得很。

建北这才开始叫蔷薇"妹妹"，后来，他在入职表上为蔷薇取名：肖建南。

他知道，蚕要死一次才变成蛹，蛹经过长眠后才破茧成蝶。这个死过一次的女孩要经过长期的疗伤，心才会复活。他同情她，相信她是个好人家的女儿，因此，他从不问她的过去。

他就这么守护着她，盼着她有一天能像油田里其他女孩一样有灿烂的笑容。

自从跟随肖建北来到克拉玛依后，向蔷薇告诉自己：过去的向蔷薇已经死了，新的肖建南诞生了，她是肖和轩的女儿，肖建北的妹妹，再也不是那个可怜的劳改犯的女儿向蔷薇。

她不愿意像蚕一样，死了，变成了蛹，再变成蝴蝶。蝴蝶虽然长出华丽的翅膀，能翩翩飞舞，但摆脱不了再一次成为蚕蛹的命运。她要像蛇一样，蜕皮之后变得更加强大凶猛。

痛苦是要有代价的，活下去的理由就是：为茉莉报仇！

来到油田后，党委书记肖和贵对她像对女儿一般，娇她宠她，舍不得把她下到油田，让她留在总部的办公室当小科员。建北对她也体贴入微，从不问她的过去。

油田正在加紧建设，新建的井架像一座座高楼林立，从辽河油田和玉门油田调来的几万个石油工人正在满怀激情地投入新油田的建设。但是，生活很艰苦，他们住在地窝子里，吃着有砂子的饭，喝着浑浊的地下水，一天工作十二小时。看到石油从油井流出来，她很快乐。

生活给了她新的希望，让她生活在无拘无束的欢乐的气氛里，她有如坚冰一样的冷酷的心渐渐变得柔软，脸上有了笑容，眼睛一天比一天温存、纯净。可她仍然需要疗伤，疗伤是为了让自己更坚强。

今晚，蔷薇想明白了一件事，害死茉莉的是三个人：陷害父亲并将她一家遣送到最苦的地方的居委会主任周凤姣，土岩寨生产队队长蒋秋生，判强奸犯无罪的公安局长叶青。

起风了，夜晚的戈壁滩有点冷。蔷薇站起来，向着总部的地窝子走回去。

建北看到月光下的蔷薇像女神般向他走来，猛然记起了月光下的曙光和芙蓉，不由自主地大喊：向芙蓉！

蔷薇应声倒下，建北连忙上前扶住她。问：你怎么啦？

蔷薇努力让自己站稳，说：我的脚被石头磕了，好痛。

建北心疼，说：好妹妹，让哥哥背你回家吧。

蔷薇不肯，只让建北搀扶着，心里像一团乱麻：建北难道认识芙蓉？我要不要告诉他，我就是芙蓉的妹妹。可是，我再也不愿回到从前，也不能回到从前，因为我没法向妈妈和姐姐交代茉莉的死。

蔷薇不再多想，坚强地忍住眼泪，把悲痛硬生生地咽下去。

八月，建设中的油田分配到了几十名工农兵学员的指标，肖和贵决定让肖建北和肖建兰都去读大学。理由很简单：油田需要知识分子，他们的父亲肖和轩是解放战争中的战斗英雄，南下干部，没有谁比他们更有资格上大学。

我被纠察队员抓回林场后，高小生硬说我是反革命，在斗争台上被毒打了好几次，还饿了我好几天。我一直被关在场部的牢房里，被折磨得九死一生。

不久，县里传达了中央有关知青的文件，还有《李庆霖同志给毛主席的一封信》和毛主席给李庆霖的回信。

毛主席他老人家关心起知青们来了，从中央到地方都闻风而动。那些压制、打击、虐待和在知青中制造冤案的事件统统要平反，而且是无条件平反，连关进牢里的都要重新甄别。

林场虽然把文件扣下来，不想让知青们知道。但是，知青们个个精灵得很，很快中央的精神就在林场传开了。知青们要求场里无罪释放我，还为我开了平反大会。

我获得自由后的第一个念头就是找到肖建北和张曙光。

我去了建北家，才知道建北去了克拉玛依大油田。接着，我回到家里，见到为我担惊受怕的父母。父母拿出几个月前，建北留下的信，这才知道建北约我一起去克拉玛依。我想，建北一定也约了曙光，那么，曙光是去了还是没去呢？

我来到宝庆师范学校，想找到曙光的妈妈李珍老师。可是，李珍老师下放到"五七"干校了。是哪所干校呢？守传达的老头说，干校太多了，比学校还多，不是我不知道，问谁，谁都不知道。

我只好放弃寻找曙光，直接坐火车去了克拉玛依。一路上，我一直祈祷曙光与芙蓉早日团聚。

遗憾的是，到了克拉玛依，我一直没见到建北，当我们再相逢时，已是五年以后的事。

48

　　安妮从省城回家的那一天，天上正下着鹅毛大雪。从长沙到邵阳的火车慢吞吞地走着，正好让安妮静下心来思考人生。

　　告别五年的知青生活，重新回到校园；从一个纯洁的少女，变成身心残缺的女人，生活真让她不堪回首。

　　窗外的雪花旋转着，飞舞着，几分寒冷，几分高洁，几分优雅，几分娴静，闪烁着银色的光芒，焕发着震撼人心的美丽。

　　安妮记得小时候，天比现在寒冷。大约在农历的十一月初，就开始下雪了，一直要下到第二年的二月。那时，雪厚厚的堆积着，屋檐下挂着长长的冰柱，男孩们打雪仗，女孩们也跟着助阵。那时，没有烦恼，没有利益的冲突，没有价值观，没有勾心斗角，单纯得像一颗透明的冰凌花，每一天都过得那么快乐。而现在，安妮觉得自己的青春像天空中飘扬的雪花，美丽得让人迷恋，冷酷得不敢正视，它正在一点一点地融化着，什么也没留下，最后什么也没有。没有事业，没有爱情，没有友谊，没有健康，没有美丽，没有金钱，也没有价值。这样的人生有什么意义？虽然从孩子慢慢长大，再慢慢变老，这只是活着，难道自己是为了活着来到这个世界的吗？

　　虽然，媒体上天天都登载着人为什么活着，人生最重要的是世界观的改造，生命的意义是有价值的活着等等文章，安妮从来就看不进去，太政治化了，是洗脑用的。安妮已经二十五岁了，从不与人讨论有关生命意义的话题，这几乎是遭到禁锢的政治话题，是没有言论自由的时代的雷区，稍不留意，就会踩到地雷。安妮认为，人为了什么而活，活着需要什么，怎么活？是每个人都需要直接面对的事实，这个事实可寓意而不可言传，属于个人隐私。这样的问题一旦交给全体民众去讨论，很快就能得到一致的冠冕堂皇的虚假的结论。安妮很现实：其实我想得到的只是作为人的最起码的东西，那就是做人的尊严。然而，安妮从内心深处认为自己已失去了做人的尊严。

安妮面无表情地坐在火车上，回忆着下乡插队后的生活，感觉自己的心像巫婆一样越来越恶毒。为什么自己从一个纯情少女变成一个不要尊严，说谎就像吐口水一样来得自然的女人？她认为是环境逼的，这个社会像魔鬼一样在折腾着所有的人，一会让你上天堂，一会让你入地狱。

在荷叶塘，她、曙光、芙蓉就像三个和尚，同吃一锅饭，同念一本经。表面上她进了天堂，他们还在地狱煎熬。其实真正在地狱里煎熬的是她，终生不育和妊娠心脏病，是上天对女人最残酷的惩罚啊，为什么她得到的总比付出的要少得多！自古以来，不管是沧海桑田，斗换星移，还是改朝换代，权力更替，儿女对每一个人，意义都是非凡的，不管他们活得有没有价值。平凡的百姓死了，犹如风吹雪地一场凄凉，只有儿女们才是他们在世上走过一遭，留下的血脉。

想到这里，安妮立刻转换自己的思路。她已经多次告诉自己：不要难过，不要总仰望别人的幸福，要挺直身子，保持微笑，控制住情绪，让内涵历久弥新，让思想永不平凡，如此，自己就会被别人仰望，一样可以骄傲地度过这一生。

可是，不平凡的思想不等于是不平凡的人。当他（她）还是一个平凡的人的时候，就得过平凡的生活，平凡的生活需要健康，需要爱情，需要家人，需要有个家，那也是平凡人的归宿。

世俗是个很可怕的东西，在人们世俗的眼睛里，单身女人是怪物，尤其是单身的老女人，她们总活在人们的歧视中。不要认为世俗不重要，其实很少有人打败世俗，在全民素质都不高的社会环境里，世俗能将人扼杀掉。

以前，在安妮的眼中，曙光除了有一副好皮囊什么也没有，和他生活一辈子只会让自己失望。可是在那艰难的岁月里，只有他能听从她的呼来唤去，她又怎能轻易丢弃他。

那天在县城，她看到芙蓉只身一人，张曙光没有和她一起逃亡。

这说明了一个问题，他们还没有好到生死与共的程度。

如今，又有几个月过去了，公安局撤销了他们的案子，他们知道了吗？有个叫李庆霖的人给毛主席写了一封信，毛主席看到后，为知青们困苦的生活哭了，他们知道了吗？知青的问题已引起上层的广泛关注，甚至是全世界的关注，他们知道了吗？对于政治和事态变化，曙光和芙蓉一样迟钝，这一点安妮太清楚了。

几乎一个白天的行程，安妮看到那些被人践踏过的残雪，虽然被刚刚飘落的干净的雪花遮盖了，看起来很纯洁，却经不起折腾，因为它掺拌着杂质，再也不能凝结成坚硬的冰，不等太阳出来便流着泪融化掉了。而自己就是那被人践踏过的冰雪，总有一天会露出肮脏的被人践踏过的痕迹。有谁能包容她的过去和接受她的瑕疵呢？谁能爱护好她受到摧残的身体？又有谁能被她的虚伪的爱情的迷惑，被她的诱惑和智慧左右一生呢？恐怕只有性情软弱的张曙光了，在没有更好的人选前，最明智的选择是重新俘虏张曙光。

她必须尽快地找到曙光。

长沙到邵阳二百五十公里，火车要走整整十二个小时。

终于到站了，安妮伸了个懒腰，提起行李下了车。当安妮路过站台时，看见了李珍。李珍提着大大的行李包，看样子等着上火车。

安妮赶紧走过去，甜甜地喊：李老师！

哦，安妮，你去哪里？李珍有点意外，她现在不想碰到熟人，这是为曙光的安全着想。

李老师，我刚刚从长沙回来，正想找你。我们能借一步说话吗？

李珍犹豫了一下，便跟着安妮走到站台外。

安妮说：李老师，曙光回家了吗？

李珍说：没有。

安妮说：都快过年了，他还没回家？

李珍反问：安妮，你一直在荷叶塘吗？

安妮说：我已经上大学了，曙光没告诉你吗？曙光是不是还在四处逃亡？李老师，我正要告诉你，公安局已经撤销曙光他们的反革命案件了，他们是无罪的。干警们说无论谁见到他们，都有义务转达公安局的决议，让他们早日回到生产队。

李珍惊讶得张大眼睛，不敢相信安妮说的话。

安妮说：李老师，你要是不相信，可以打个长途电话问公安局。哦，还有，明年的工农兵学员会提前招生，要曙光努力争取一下。现在的政策正朝着对知青有利的方面发展，只要他不结婚，就有回城的希望，这一点很重要，您要为他把握好。不耽误你上车，在这里先问候您新年好！

安妮向李珍摆摆手，很优雅地转身走了。李珍怔怔地站在原地，她原本是去广西看望儿子，但这天大的喜讯把她震晕了，她不知该先上火车还是先去核实安妮的话。

李珍通过电话了解到了公安局已经撤了曙光他们的案子，曙光不再是被追捕的逃犯。她欢天喜地来到广西的水妈妈家过春节，一路上她在考虑曙光的未来，安妮说得对，现在形势正朝着对知青们有利的方向发展，曙光应顺势而动，这个时候是决不可以结婚生子的。

李珍在第一眼看到芙蓉时，凭着女人的敏感，发觉芙蓉已经怀孕了。她不是喜悦而是本能地厌恶，还在她没有考虑好怎么处理好这件事情时，学校已经做出将她下放到"五、七"干校劳动改造的决定。她暗自庆幸自己躲避了这一令她难以抉择的尴尬，不过，芙蓉真的怀孕了，还会来纠缠她的。放寒假时，她用最快的速度离开了学校。

虽然她躲开了芙蓉，不等于所有的问题都解决掉。以曙光的性格，一旦知道芙蓉生下孩子，不管孩子是不是他的，他都会和芙蓉生活在一起。而芙蓉家的故事多悲惨啊，一天里死去了两个正当青春年少，如花似玉的女孩，这给芙蓉的心理留下多么惨痛的阴影。李珍是学教育心理学的，在这方面堪称专家。她深知一个敏感的充满激情的男人和一个无法走出心理阴影的女人生活在一起，俨然是善良软弱的贾宝玉碰到多愁善感的林妹妹，一生一世悲悲切切地成为女人擦眼泪的毛巾。

她决不会让她最心爱的儿子成为芙蓉擦眼泪的毛巾。

现在，她要做的是阻止曙光和芙蓉见面，为了儿子的幸福，她要做一个心硬的母亲。

那么，要怎样做才能让他们彼此音讯隔断呢？

最最重要的是，不能让曙光知道他已经自由了，一旦让他知道，就会不顾一切，去找芙蓉。不能让曙光回到宝庆城，也不能去荷叶塘，那都是不能守住秘密的地方。从长计议，也不能留在广西。过了春节究竟让他去哪里？

要是安妮在这里就好了，她一定能想出好主意。

李珍对安妮的智慧一向是赞赏有加的，好多次都是她帮助曙光度过难关。

49

大年初一，安妮家来了一位不速之客，她就是谢梅。

谢梅早就知道安静之官复原职，不过，最近她又得到一个内部消息，安静之即将提升为地委组织部部长。她再不来拜访这位老上级，恐怕就难有机会了。

谢梅之所以不敢见到安静之，是因为那次招工她没有把安妮招进工厂去。不过，谢梅今天带来了一份招工表作为人情送给安静之。安静之能不能原谅她呢？他应该深深感受到党的政策此一时，彼一时，玩翻中国人了，对她过去的作为也许会一笑了之。

安静之果然很热情，不过在热情背后有几分冷淡。升职的事仅仅吹出风来，老情人就找上门来了，安静之不能不理智地接待她。

谢梅把招工表送给安静之，安静之说：东西是好东西，可惜太迟了！我的女儿跟儿子都上大学了，罢了，罢了，你还是送给别人吧。

安妮却从谢梅手里接过招工表，说：阿姨，别听他的，我的男朋友还是知青哩，你就帮我个忙，把他招进你的兵工厂吧。

谢梅喜不自胜，终于用招工表敲开了未来组织部长的大门，她说：你是安局长的千金，也是我的朋友，你的事就是我的事，看得起我，才会要我帮忙。

安妮说：阿姨，我首先申明，我的男朋友是个狗崽子，你在政审时要放他一马。

谢梅说：这个有点难，我们军工厂的工人，享受的是军人的待遇，政审像当兵一样严格。唉，既然是安大人的乘龙快婿，这个忙肯定是要帮的。

安静之在"五.七"干校喂了三个月的猪，正在不知未来是祸是福之时，突然要他回到组织部去。此时传来大学要开除安妮学籍的事，才知道安妮因流产被大学勒令退学。他费了九牛二虎之力，才保住安妮的学籍。他要妻子去问安妮，那孩子是谁的？安妮生死不说，安静之以为安妮像其他女知青一样，为了上大学而献身给招生的人，心里暗暗骂她太犯贱。安妮既然说出他男朋友是知青，总比他想像的要好。安静之假装有工作要做，走了，留下安妮与谢梅谈条件。安妮说只要组织部提拔干部，她会促成父亲提拔谢梅。

这正是谢梅来的目的。谢梅握着安妮的手说：我要恭喜你！立刻把男朋友的招工表填好交给我，要他过完春节就来上班，他的招工通过了。

安妮满怀高兴拿着谢梅签过字的招工表去见李珍，李珍不在家，她写了张字条从窗缝塞进去，要她见到字条后立马和她联系，她有重大喜讯告诉她。

安妮算了算，离开学只有六天了，老师必须提前入校，五天后那个视儿子为生命的女人一定会来找她。

安妮回到家，对着镜子左看右看，虽然瘦得不成样子，但脸上有几分喜气，眉毛飞扬，眼睛神采奕奕，比平日显得更大更亮。病愈后，自己还是很好看的。

我让曙光招工，等于把他从水深火热的地狱中救出来。他和他的妈妈一定万分感谢我，从感恩到爱，只有一步之遥。安妮得意洋洋地想着，曙光是我的，他想跑都跑不掉。

大年初六，李珍冒着刺骨的寒风坐火车回到学校。当她推开门，冷风把一张纸片吹到她的眼前。她拾起来一看，上面写着：

阿姨：曙光招工一事，我已办妥。请速与我联系！

安妮、正月初一

李珍立马放下行李，按照安妮留下的地址，匆匆奔去。

安妮恭敬地接待着李珍，为她倒上碧螺春香茶，将火盆挪到李珍的身边，吁暖问寒，殷勤周到。

安妮的父母矜持而不失礼节，在和李珍寒暄过后便借故离开了。

待李珍坐下，安妮拿出那份招工表，告诉李珍，曙光已经是红星军工厂的正式职工了。厂党委书记谢梅是她爸的下级，曙光一进工厂就会得到提拔，就像当年她的爸爸提拔谢梅一样。

李珍激动地握住安妮的手，说：让我母子怎么感谢你才好呢？我想，曙光只有为你当牛做马了。

安妮等的就是这句话，她故意娇嗔地说：阿姨，你可要记住你刚才说的话，将来，我要是虐待曙光，你可不要生我的气。

李珍说：傻孩子，我怎么会生你的气呢？

安妮的眼皮立刻耷拉下来，泪珠唰唰滚落。

李珍惊得连忙问：你有什么伤心事，快告诉我，看我能不能帮你。

安妮说：阿姨，在我离开荷叶塘去念大学的时候，曙光背叛了我，和向芙蓉好了。我真的好伤心，想找他问个究竟，又找不到他的踪影。如今，我爸费了好大的劲，找了好多的关系才把他招到军工厂，从此以后他享受的是军人的荣耀。他要是再跟芙蓉好了，我怎么向我爸交代呢？再说，我是那么的爱他，他难道就不怕伤我的心？

李珍说：你放心，我以我的人格担保，曙光只能是你的。你都已经是人人羡慕的大学生了，曙光还是个被人瞧不起的插队知青，你仍然痴情不变地爱着他，可见你对他的爱是多么纯洁，多么执着，多么高尚，这是曙光今生今世的最大幸福。我虽然不知道向芙蓉是个什么样的女孩，但我知道曙光是个重感情的人，很容易被诱惑。安妮，即使曙光有过一时的糊涂，只要他明白过来了，就会珍惜你的。还有我这个妈妈，会坚决果断地站在你这一边。他从小就听我的话，我把道理跟他一说，他会迷途知返。

安妮说：谢谢阿姨，听您这么说，我就放心了。不过，有些细节，我们还要达成共识，保证口径一致。

李珍说：你说吧，我听你的。

安妮将她的想法娓娓道来，李珍连连点头，她们商议了一个晚上，曙光的命运就在这晚被她们安排好了。

50

曙光戚着眉头仰望着乌云密布的天空，满天乌云透着暗红，像那浸过血的泥土，在风的耕犁下翻滚着。凛冽的北风扑面而来，人们的脸就像被刀割一般疼痛。

又要下大雪了，曙光仰望着天空自言自语。

快有一年了，曙光一直在外面漂泊，孤独、寂寞，焦虑、恐惧、病痛、死亡让他留下太多痛苦的记忆。

自从下乡以来，不，从记事起，他从没经历过这一年这么多的苦难。死神多次降临，每一次他都是侥幸地从死亡中挣扎出来，因而死也给他的心灵留下了难以抹去的阴影。死，太可怕了，尤其是没有一个亲人在身边。

记得小时候，他刚刚认识死亡，对死亡非常好奇，硬要妈妈说出人类对死亡的感觉，妈妈说：死亡是我们每一个人的终点，从来没有人能够逃脱过它。死亡也是生命中最好的发明，有生有死，人和动物都应该如此。

曙光说：可是人死的时候，我看到人们都哭了。

妈妈说：没有人愿意自己爱的人去死，即使是上天堂，人们也不愿亲人为了去那里而离开自己。儿子，人总是在自己的哭声里降临，在别人的哭声里离开人世的。

曙光问：妈妈，我问你最后一个问题，死人自己会难过吗？

妈妈说：俗话说人死如灰，人死去后就再也没有知觉。据说，人在快要死去时，会感到恐惧，因为舍弃不了亲人，灵魂会在天空中久久盘旋，呼喊着他最亲最亲的人。

每当曙光想起与母亲的这一段对话，就会想起自己在垂死中挣扎的那段日子，那时，他唯一呼喊的亲人就是妈妈。

难道妈妈是他在人世唯一的牵挂？那么芙蓉呢？在他心中究竟占据什么地位？这话曙光不知在心里问过多少遍，回答总是不尽人意，曙光很迷茫。

曙光被李珍安排住在长沙的朋友家里，说好过完元宵再回家。曙光打算一到宝庆就去寻找芙蓉，已经很久没有她的消息了，作为她的丈夫，这么做是很不负责任的。他不止一次和妈妈说起芙蓉，希望妈妈能去一趟芙蓉家，也许能在那儿碰上芙蓉的姑姑，这样就可以打听到芙蓉的消息。可是，妈妈总说她已经去过了，家门一直是锁着的，他很失望很难过。每每想到芙蓉，他的心就发抖。说不清是心痛还是激情荡漾，总之，他思念她、爱她、除了妈妈，想得最多的就是她了。

下雪了，雪花像洁白的棉絮大朵大朵沉甸甸地降落下来。曙光站在窗前冻得有些麻木了，便坐到火盆旁边的椅子上沉思。

忽然，门被推开，有人已经走到他的身后。

曙光回头一看，惊呆了。

曙光，安妮喊着向他扑过来。

接着，安妮的吻像雨点一样落在他的脸上。曙光躲避着，可是安妮硬把他的脸掰过来对着她。

吻过后，曙光站起来推开安妮，说：安妮，求你冷静点，我是在阿姨家做客哩。接着又问：你是怎么找到我的？

安妮说：当然是妈妈告诉我的。曙光，我给你带来天大的好消息。

曙光脱口而出：你见到芙蓉啦？

不，安妮说：我带来了你一生的幸福，你招进红星军工厂了，我是来通知你，领你去上班的。

安妮，不要骗我了，我正在被公安局追捕呢，这一年我东躲西藏，过着不见天日的生活。什么招工，上学，提干都离我远远的。现在我只想自由，只想找到我心爱的妻子芙蓉，只想和妈妈、芙蓉生活在一起。我常常问苍苍上天，我的这些要求过分吗？为什么老实善良的我，连做人的最起码的权力都没有啊？好了，安妮，你别拿我开心了。

安妮说：曙光，你已经自由了，只是你不知道而已。你现在也有了工作，可以和妈妈在一起了。你来看这张表格，看清楚啊，这是红星军工厂的招工政审表，这上面写的是你的名字。再看看审批栏，同意你进厂的是党委书记谢梅。我没骗你，你只管去上班，其余的事情都交给我好了。我已经买好下午的火车票，我们一起拿着这张表去工厂报到。

曙光夺过招工表仔细看过，上面赫然写着他的名字，可仍然不敢相信这是真的。此刻，他的心有些迷糊了，思维失去了头绪，真的是千头万绪，不知该高兴还是该哭一场。他懵懵地扶着椅子坐下来，好久才说：安妮，是你托的关系吧？

安妮说：也算是的吧，凡事都有个因缘巧合，也叫内因和外因的相互作用吧。你插队五年多了，表现又很好，总有一天会被招进工厂的，我只是起到助推器的作用，让你早一点脱离苦海。

安妮，谢谢你，也许你并不知道，我已经和芙蓉结婚了。

曙光，你们领过结婚证吗？安妮问。

曙光摇摇头。

安妮接着问：你们征求过父母的同意吗？

曙光又摇摇头。

安妮又问：你们有家有孩子吗？

曙光说：我们一无所有，只有爱。

安妮不理他，说：这几项都没有，不能算已经结婚了，只能算野合。再说，你结婚经过我同意吗？我们的恋爱关系还没解除，你怎么能和别的女人结婚呢？

曙光说：安妮，你什么意思啊，自从你离开荷叶塘，就没有给我寄来只言片语，也没有托人带来一点信息，我以为你把我抛弃了。或者，我们以前的恋爱只有一场游戏，彼此哄哄对方，让寂寞的心得到一点点安慰，所谓爱情也随着你成为工农兵大学生而结束。但是，此时此刻，你站在我的面前，摆出你还是我的情侣的模样，好像我们以前什么都没发生过，一直好着呢。安妮，你真是个好演员，你是在哄我，还是在哄你自己。

安妮生气地叫了起来，大喊：曙光，你太不理解我了，你常常说要在贫困落后的荷叶塘过一辈子，还说等山上的香椿树长大了，你要用香椿树盖房子，永久地成为荷叶塘的村夫。见你这么没出息，我才生你的气故意不理你的。我心里爱着你，常常在等待机会，要把你从荷叶塘这个苦海里解救出来。我苦苦等了这么久，终于等到了今天，你说你结婚了，不要我了，你有没有良心？

曙光被安妮的暴怒吓得不吭声了。

安妮愤怒已极，说：向芙蓉呢？她在哪里？你不知道，对不对？我告诉你，她早就结婚了，十几万大南山的知青都知道她结婚了，只有你这个傻子还当她是你老婆！

我不相信！曙光从椅子上跳起来，说：我和芙蓉是有结婚宣言的，我们说好永远相爱，直到地老天荒。

哈哈！什么地老天荒，春节时，她生了个儿子，知青们都去慰问她了。

荒谬，我和她结婚时，她还是个处女，不到一年就生儿子了，我不信！

安妮说：信不信由你，上火车的时间到了，争吵到此结束。实话告诉你，是你妈妈求我帮你的，我要给你妈妈一个交代。

当安妮提到妈妈，曙光相信了。妈妈最大的心愿就是他能做工人，其实，妈妈也知道，对于可教育好的子女，无论是当工人还是当农民都被人瞧不起。只是工人有一份固定的工资，可以养活自己。既然是妈妈要安妮来这里领走他，安妮说的一定是真的。

这时，阿姨也走了进来，她已经为曙光准备好了行李，说了一大堆恭贺他进厂当工人的话。曙光谢过阿姨，默默跟着安妮走了。

第 二 部

51

像所有的军工厂一样，红星军工厂也隐藏在大山深处。

当曙光和安妮走进工厂生活区时，已经是晚上九点了。从工厂的大门往里走，像是经过一个繁华的小镇。路的两边布满商店，商品琳琅满目。密集的灯柱上挂着"欢度春节"的大红灯笼，璀璨的灯光下，学校、幼儿园、电影院、菜市场和小饭馆都披着欢庆春节的条幅，五颜六色的彩旗在风雪中飘扬。衣着漂亮的人们来来往往行走在宽阔干净的林荫道上，大声地笑着，招呼着，问候着，春节已经过去了，整个生活区还沉浸在新春的喜悦中。夜已深了，远处的工厂灯火通明，传来机器的轰隆隆的响声。

曙光被这繁荣的情景深深吸引，暗暗庆幸自己将生活在这里。

安妮指着前面一座高大宏伟的建筑说：那是工厂的俱乐部，里面有夜大，灯光球场和剧院。她已给曙光报名，办完招工手续，就去读夜大。

安妮向人打听谢梅书记的住处，那人自告奋勇领着他们去谢梅家。

到了谢梅家，那人大喊：谢书记，有人找你！

谢梅在屋里大声说：谁呀，这么冷的天，又这么晚了，没有重要的事情就别进来了。

安妮说：谢阿姨，是我，安妮。

谢梅家的门打开了，一道强光从门里射出来，把雪地照得刺眼。

谢梅说：是安妮呀，怎么这么晚才到？

安妮边走边回答：我们是从长沙坐火车过来的。

谢梅说：怪不得这么晚，还没吃晚饭吧？

吃过了。安妮说着和曙光走进屋里。

安妮对曙光说：曙光，这是我阿姨，军工厂的党委书记谢梅，是她亲自把你招进工厂的。

曙光向谢梅深深鞠躬，说：谢谢您，请多多关照。

谢梅眉开眼笑，说：常听安妮说起你，不错，一表人才，和安妮真是天生一对。

安妮说：阿姨，我把他拜托给你了，你可要看在我爸的面子上，提拔提拔他。

谢梅朝安妮挤挤眼，慢条斯理地说：那得看他的表现，我把他招进来，理所当然要把他当成我的左膀右臂。要是他不肯好好表现，想在我这里走后门是行不通的。

安妮心领神会，说：曙光，听到没有，谢阿姨说，没有表现不会给你机会的。

曙光说：我知道。

谢梅说：今晚太冷，你们就住厂里的老干部招待所吧，早点休息。明天到我的办公室来，我亲自安排曙光的工作。

那夜，曙光翻来覆去，彻夜难眠。面对人生的巨大改变，他却不敢正视自己的未来。成功的门向他敞开着，他却要牵着安妮的手才能进去。

从上火车起，曙光一直绷着个脸，他恨安妮告诉他芙蓉已经结婚的消息，这不是拿刀子戳他的心吗？这消息不管是真是假，他都生安妮的气。对曙光而言，安妮就是个幽灵，总在他彷徨痛苦的时候出现。

安妮看出曙光在生她的气，她说：曙光，我给你讲个故事，从前有个读书人，和未婚妻约好在某年某月某日结婚，结果到了那一天，他的未婚妻却嫁给了别人。这人受此打击，一病不起。这时，路过的一方游僧，从怀里摸出一面镜子给他看。书生看到茫茫大海，一名遇害的女子一丝不挂躺在海滩上。路过一人，看一眼，摇摇头，走了。又路过一人，将衣服脱下，给女尸盖上，走了。再路过一人，过去，挖个坑，小心翼翼把尸体掩埋了。僧人解释道，那具海滩上的女尸，就是书生未婚妻的前世。书生是第二个路过的人，曾给过她一件衣服。她今生和书生相恋，只为还书生一个情。但她最终要报答一生一世的人，是最后那个把她掩埋的人，那人就是她现在的丈夫。曙光，我从小就听长辈们说，你今生的妻子是前世你埋的人。曙光啊，姻缘是前世注定的，今生是来续缘的。也许，你不是上辈子埋芙蓉的人，你们没有缘分。

曙光盯着安妮，在心里回答：安妮啊，你有个好爸爸，又上了大学，你将来会过得顺风顺水，又何必回头来找我呢？你的故事很动人，但你又怎么知道我和芙蓉今世无缘呢？就算芙蓉嫁给了别人，我也曾经是她的丈夫，不是她亲口告诉我，她不再爱我了，我会一直寻找她，等待她，决不会辜负她，你何必煞费苦心呢？

后来，他们一直沉默着，直到走进谢梅的家。

眼下，最最让曙光为难的是，一跨进工厂大门，他就爱上了这座工厂。

老干部招待所坐落在职工宿舍区里，宿舍里时不时地传出年轻人的歌声和笑声，这久违的声音唤醒了曙光回归集体的心。下乡前，几乎每一天，他都在集体中度过的，同学们在一起分享着同样的快乐和痛苦。集体的温暖，集体的力量，集体生活的高亢热烈的气氛流淌在他的血液里，一直是引导着他生活的灵魂。一走进工厂，他便感到这个充满着青春活力的大集体，是他的心灵家园。

生产军用飞机的红星军工厂，之所以隐藏在大山深处，是为了战备的需要，它不仅是一个与城市隔离的秘密工厂，还是一个远离现实社会的军事化王国。这个王国里有很多阶层，很复杂，对人们的行动有诸多限制。但对工人们来说，能进这样的工厂是莫大的荣耀，他们在这里比别的工厂过得更好，因为这里的工资是其他工厂的二倍。这里的青年工人多，他们喜欢娱乐、喜欢谈情说爱，只要不违法，可以彼此交流思想，模仿行为。在物资匮乏的年代，这里商品丰盈，工人们的工资可以当月花光，商品和货币也在这里飞速流转，让这个王国繁华而热闹。

下乡后的曙光，像一只离群的雁，孤独地在天空中盘旋。他所看到的是，农村虽然集体化了，农民除了一起出工，过的仍然是一家一户的苦日子。地里的东西刚长出来就被农民各自刨回家里，偷偷摸摸地吃掉。农民们没有商品意识，更不懂货币周转。知识青年到农村去其实是观念上的倒退，让已经社会化的青年人又回到自耕自种自产自销的原始的个体生活中去。五年的知青生活，曙光感到无比的孤独和无可奈何，他感觉自己就像一颗砂粒，默默无闻地埋进了尘土。要改变命运，只有重新回到人群中去，在看似平凡的人群里，激发自己的创造力，让砂粒发出金子般的光辉。现在，安妮正在帮助他改变命运，接受的话，他立马可以过自己喜欢的生活。

总之，今天比昨天好，昨天还以为自己是逃犯，今天成了厂领导的座上宾，到了明天还会成为党委书记的左膀右臂。命运像车轮一样翻转，不知在哪一刻停住。

想到这里，曙光似乎想明白了：人的命，天注定。命运把他推到哪里，他就在哪里停下来，先歇会，喘口气。不管人生的路有多远，婚姻，只有在尘埃落定后，才能让它走进自己的生活。

张曙光办完入职手续，被分配到宣传科，专门负责厂领导们的形象宣传和娱乐生活。他有了自己专属的办公室，电视机，小型电影放映室和带三脚架的索尼照相机。

入职的第二天，上级对他进行保密工作的教育，经过一个月的训话，他才知道只要踏进这个工厂，擅自行动就会潜在危险，工厂的福利很好，但你必须听话。

接着，厂革委从广州请来一个师傅，教曙光放映电影和管理电视机。电视机在这个时代还很稀罕，必须从国外进口，人们对它的认知程度很低。而且，国家只将有限的电视机分配给大型的国营企业。大企业里有资格看电视的人，要经过革委会讨论批准。所以，电视播放员的地位非同寻常，相当于企业的机要员。

谢梅对曙光第一印象很好，让曙光去宣传科是她的推荐。为了让曙光成为她的喉舌，她将另一个人的政审材料替代了曙光，也就是说在曙光的政审材料里只有张曙光这个名字是真的，其他都是弄虚作假。这份材料在曙光看过后，被锁在工厂的档案室里。

曙光不但走进了夜大，还当上了夜大的老师。

曙光放弃了回家的念头，虽然他强烈的思念芙蓉，但是，繁忙的工作和强烈的求知欲更多分散了他恋爱的心。每个周末，他都会准时收到妈妈和安妮的来信，他求她们帮他找到芙蓉，他说，尽管芙蓉嫁人了，他们还是有许多事要说清楚，在没有见到芙蓉前，他无法走进新的恋情。

妈妈在信中告诉他，芙蓉确实结婚生子，要他不要再思念她，也不准再在信里提到她的名字。妈妈谆谆教导他，幸亏安妮帮他，他才有了这份体面的工作，他应该好好珍惜安妮。安妮在信中说，爱他的心永不改变，要用她的一生一世等待他的回心转意。

曙光感觉自己的人生被安妮绑架了，他不知是幸还是不幸。

52

芙蓉挺着个大肚子，怔怔地望着满天飘扬的雪花，心中无限忧愁。她已经到了预产日，孩子就要临盆。可是，曙光杳无音讯。

虽然，她告诉妈妈和姑姑，她已经结婚了，她的丈夫是张曙光，婆母是师范学校的李珍老师。但是，她们都不相信，至少姑姑不相信。因为她所说的丈夫和婆母从未露过面。芙蓉后来是去找过李珍的，李珍去了"五七"干校。李珍找不到，又去哪里找曙光呢？

这时，妈妈的工友匆匆走来告诉她，妈妈突然晕倒，被送到了中心医院抢救，要她赶快过去护理。

芙蓉什么都不顾，就往医院奔去。到了医院门口，突然间肚子剧烈疼痛，一股热流从下体喷出来。她立刻双腿发软，迈不开脚步。

血在喷涌，芙蓉身不由己跪在地上。好在人人争做活雷锋，立刻有无数双手托着她，将她送进产房。

四十分钟后，芙蓉生下一个不到五斤的瘦小的男孩。

护士守着新产妇，每隔五分钟替她排出留在子宫内的瘀血。大约过了三个小时，护士将芙蓉推进病房。芙蓉问：我可以走了吗？

护士说：可以轻微活动，不过，还是要多多休息。

芙蓉没等护士说完，就去看望妈妈。

妈妈被抢救，一定还在急救室。当她走进急救室，护士们告诉她，几个小时前送来急救的女病人已经死了，要她到停尸房去。

芙蓉一个踉跄，几乎跌倒在地。她好不容易站稳，忍受内心刀绞一般的疼痛往停尸房走去。可那地方似乎离得太远了，总也走不到，她终于失去了知觉。

当芙蓉醒过来，发现自己躺在病床上，有人说：谢医生，病人醒了。

一个白色的影子移过来，问：你感觉那儿不舒服？

芙蓉用力抬起手，指着自己的心。

你刚刚发生了什么事情？医生问。

芙蓉慢慢恢复了意识，说：我妈妈去世了。

谢医生说：护士，马上给病人吊葡萄糖，加点镇静剂。

芙蓉慢慢看清楚了医生的脸，那是一张很英俊的脸，白净而文静，眼睛特别温柔，怜悯写在他的脸上。

谢医生轻轻地柔声问道：你是不是刚刚生下孩子？

芙蓉点点头。

谢医生说：你现在还不能动，更不能过度悲伤。你家住在哪里？家里还有些什么人呢？要不要通知他们？

芙蓉含着眼泪看着他，一句话也说不出来，悲惨的表情催人泪下。医生不再问，说：你好好休息吧。

不过，病人的神情告诉医生，她遭遇了非同寻常的不幸，受着常人无法忍受的痛苦，甚至再也没有可以告之的人。

病人的痛苦令谢医生怅惘不安，在离开病房的那一瞬，他竟忍不住回过头来问：你的妈妈和孩子在哪里？

芙蓉说：在停尸房和产房。

谢医生走进停尸房，只见一具女尸孤零零地躺在冰冷的水泥台上，通常在这个时候，死者的亲人会在身边哭泣，但是，她没有。

医生看了看放在死者身上的卡片，上面写着：吕秀兰、45岁、市服装厂工人、死亡原因：心脏病猝发。

死者是个十分漂亮的女人，和他收诊的女患者十分相像，应该是女患者的母亲。

他不知道有没有人来陪伴死者，将她掩埋。

医生无限伤感地离开死者，走进产房，找到那个被护士们怀疑是弃婴的新生儿。这个孩子比一般的新生儿更瘦更小，一张红红的皱巴巴的脸，正咧着嘴寻找妈妈的乳头。

吊在新生儿手上的卡片上写着：母、向芙蓉，23岁，住本市石头街 XX 号，职业：知青。

医生的眼睛在"知青"上略停了一会，他把孩子交给护士，便到住院部的交费处给向芙蓉预交了二十元的住院费，这些钱足够她住院的所有费用。

正月初一，勉强能走稳的芙蓉回到冷冷清清的家中。母亲已经不在了，永远离开了她的亲人们，离开了这个让她幸福过痛苦过，但永远也不愿放弃的家。

母亲的后事是母亲生前的几个好友和大南山的知青们操办的，虽然简单但还算体面。为了不让芙蓉伤心，他们只在装殓时让她看了一眼。

芙蓉就像丢失了灵魂，看着空荡的家，懵懵的不知如何活下去。

向姑姑说：芙蓉啊，你妈妈咽气的时候，你儿子刚巧出生。老人们都说你的儿子是你妈妈的转世投胎，说你妈跟你前生是母女，今生是母子，大家都在为你妈妈这么快就转世成为你的儿子而高兴。所以，你不要悲伤了，以后看到儿子就是看到妈妈，儿子会给你带来福气的。

芙蓉说：姑姑，如此情景，我真的不想活下去，你帮我找个人家收养了这个孩子吧。

向姑姑说：要找什么人家啊，我早想好了，我们就把孩子送到李珍家去，这可是她的亲孙子。

芙蓉说：这么做行吗？

向姑姑说：那就先去试探一下她的心思，顺便打听曙光的消息。

芙蓉说：这样也好。

正说着有人敲门，向姑姑说：进来吧！

推门而入的是谢医生，只见他身上披着雪花，手里提着大包的东西，摇摇晃晃地走进来。

芙蓉这一次才看清楚他，原来他又高又瘦，身体有点前倾，走路有点摇晃，但是，双眼像鹰隼一般炯炯有神，鼻梁高挺，紧抿的双唇显出他严肃而拘谨的性格，也许这是医生们共有的性情。

医生的来访让芙蓉她们大吃一惊，好久，芙蓉才说：谢医生，你好，听说你帮我交了住院费，我十分感谢，但……

但是医生用手势制止她说下去，说：你别误会，我不是为这个而来的，我是来看看你，看看孩子。我也是一个父亲，有一个三岁的男孩，因此，我更喜欢男孩。还有，我知道你刚刚经历了丧亲之痛，巨大的悲伤容易使产妇断奶。我担心你的孩子奶水不够，特意给你送来几包奶粉和几斤白糖。

医生说着把手里提着的东西放在桌子上。

向姑姑说：医生啊，这些东西我们老百姓拿钱都买不到啊，您真是芙蓉母子的恩人哪！

医生说：正是因为买不到我才会冒着大雪给孩子送来，你们就别客套了。小向是初产妇，还需要育儿经验。

向姑姑说：正需要哩，医生，你就教导教导她吧。芙蓉，我得赶紧去找李珍，我担心去迟了，她去给领导拜年去了。

芙蓉说：您早去早回吧。

姑姑走后，谢一凡说：我能看看孩子吗？

芙蓉把孩子递给一凡，一凡小心翼翼地抱在怀里，仔细看过后说：他长大了一定是个特别漂亮的男孩。我现在教你怎样科学的喂养新生儿。

芙蓉一个劲地点头。

谢一凡用极其温柔的语气耐心而细致教导芙蓉，该怎么抱孩子，怎么喂养，怎么洗澡，怎么换尿布，怎么预防传染病……。

他带来了有关新生儿喂养的百科全书，要芙蓉好好读。

时间不知不觉过去，向姑姑从外面回来了。见到芙蓉就说：我问了好几个老师，都说李珍到儿子那儿去了。李珍明明知道儿子在哪里，却欺骗你说不知道。我想，你和孩子的事，张曙光是知道的，他一定是在躲着你！

不！曙光他不会骗我，绝不可能骗我的……，芙蓉说着伏在被头上痛苦地啜泣起来。

53

正月十五是元宵节，每年的这一天为春节划上句号。

早上，向姑姑为芙蓉端来一碗元宵，满面愁容看着芙蓉慢吞吞地将元宵咽下去。

姑姑说：芙蓉啊，我天天都在想你以后的事，真是越想越为你发愁。唉，你没有城市户口，什么计划供应都没有，你看，元宵节每人供应十个元宵，你就没有。你妈也走了，你是团鱼挂在壁上，四脚无靠啊。

芙蓉说：姑姑，我也为我以后的生活发愁，可是，除了你，我只能等待张曙光快点回来，我也只能和他商量以后的事，你说是吗？

姑姑说：不对，你不能在家里等张曙光回来，他要是不来，你们母子就活不下去？芙蓉，不是我说你，如果不是姑姑我照顾着你，你母子早就没命了。今天是正月十五，年过完了，学校也开学了，李珍一定从儿子那儿回来了。你抱着孩子去找李珍，要她把张曙光交出来，她要是不肯，你把孩子丢到她家里。

芙蓉说：姑姑，这样做曙光会生我的气，他很爱他妈妈。

姑姑说：他爱妈妈，就可以抛妻弃子？你难道没有看出来，李珍害怕的就是你和张曙光见面，你们一见面，一家三口都会成为她的负担。

芙蓉说：就算有孩子了，我们也不会成为她的负担，我们可以去荷叶塘过穷苦的日子。

姑姑说：所以，你一定要让他们知道你的想法，要她把曙光交出来。吃过元宵，你抱着孩子，我陪你去找李珍。

芙蓉说：姑姑，您想多了，孩子的事跟他妈又有什么关系呢？

姑姑说：好，那你就装着没事一样，只抱着孩子给她看看，元宵节嘛，你抱着她孙子去看她，是符合礼节的，她要是个懂事理的，还应该给孩子见面礼。

芙蓉说：好吧。其实，抱孩子去看看她，我也是想过的，怕就怕她说出些让我为难的话来。

姑姑说：你和张曙光连孩子都生出来了，她休想拆散你们。今天带孩子去看她，是要她表个态。你还在月子里呢，今天就不和她论理，反正她是有单位的人，想躲也躲不掉。走吧，我们快去快回。

李珍担心的事，果然出现了。

芙蓉抱着孩子给她看，说：阿姨，这是我和曙光的儿子，您的孙子。

李珍一眼就认出来是曙光的儿子，和曙光刚出生时一模一样。她掩藏住内心的激动，冷冷说道：抱回去吧，别冻着他，好好养着吧。

芙蓉说：阿姨，我今天主要是来打听曙光的事，您要是知道他在哪儿，请您告诉他，他有儿子了，要他来看看儿子，他应该尽到做父亲的责任。

李珍说：芙蓉，既然你这么说了，我明白地告诉你，我不认为这个孩子是我的孙子，站在我的立场上，是不会要一个不明不白的孩子的，也不准曙光认这个孩子。

芙蓉说：阿姨，您好好看看吧，他是不是很像曙光？他的确是曙光的儿子。我和曙光是正正经经结婚的，我们是有证婚人的。

李珍冷笑，说：你和曙光结婚了？为什么我这个当妈妈的不知道？如果说，你们的婚姻由你们做主，那么，你找曙光说去，从今以后，不要再来找我。我一生作风正派，见不得不正经的女人，你走吧。

向姑姑说：李老师，我们一向是尊重你的，今天带孩子来给你看看，是让你知道张曙光有儿子了。可你不但不领情，居然说我们家芙蓉不正经，她哪里不正经？你儿子张曙光是有妇之夫吗？他们结婚有违法律吗？如果不是，他们因爱而结婚生子，又哪来不正经之说？你不觉得你说这话有些缺德吗？实话告诉你，我们来认门，是怕以后有人指指点点，说这孩子是私生子，你可以证明他是你们张家的后代。你要是硬下心肠不认这个孙子，你就不怕绝子灭孙吗？

李珍气得变了脸色，她厉声说：滚！我这一辈子都没见过像你们这样不讲道理的人。

向姑姑说：李老师，话不要说得太绝，是你不讲道理还是我们不讲道理？芙蓉，把孩子放在这里，我们走！

李珍说：别拿孩子来讹我。

芙蓉悲哀地说道：阿姨，我不是带孩子来讹你的，我只是想知道曙光是不是很安全。就算他对我变心了，我也只要他对我说一声，好让我死了这条心。

李珍硬下心肠，挥挥手，说：带着孩子出去吧。

芙蓉抱紧孩子，昂起头来，看了李珍一眼，毅然转身走出李珍家门。

李珍颓然坐下，她的孙子，那个很可爱的小家伙，和芙蓉一起走了。祖孙二人的缘分怎么这么浅，才看一眼就如此凄惨地别离了。

李珍扪心自问：我怎么变得这么狠心，芙蓉也是父母生的，她经历了那么多的痛苦，我还在她心上插刀，我这是把她往死里逼啊！可是，为了曙光的幸福，我不能不这么做。事情到了这地步，我也不能心软了，当断不断，日后必乱。既然认了安妮做儿媳妇，又何必心软。

李珍推开窗，只能看到芙蓉的背影，她真的好想再看一眼芙蓉怀中的宝贝。

芙蓉昂着头，身子挺得笔直，目光决绝，紧紧抱着儿子在漫天飞舞的雪花中大步向前走着。向姑姑紧跟着她，脸色白里透青，她隐隐感觉到李珍是有准备地向她们挑衅，曙光其实就躲在离她不远的地方。她后悔刚才没有狠狠扇李珍两个耳光。

一路上北风紧刮，她们的身上落满雪花。

从知道自己有了孩子以后，芙蓉就渴望见到曙光，她一直以为曙光能在荷叶塘给她一个家，日子虽然会过得很苦，但会温情脉脉的、很安宁、很快乐。今天，李珍打碎了她的憧憬，她和曙光已经没有未来，这叫她以后怎么活？怎么活呢？此时，芙蓉觉得血和泪都已经凝结成冰，心已麻木，她只想快点到家。

到家了，芙蓉再一次挺直身子，深深吸一口气。她把儿子放在床上，她闭上眼，任姑姑帮她扑打干净身上的雪花。

良久，芙蓉从床上抱起儿子，泪水涌了出来。人们都说她的儿子是她的母亲转世投胎的，如果真是如此，她应该加倍爱他。母亲生前和她相依为命，转世后又和她做母子，这是多么大的恩典啊，就凭这一点，她也要和儿子好好活下去。

襁褓中的儿子一直在酣睡，脸红扑扑的，嘴角上露出一丝丝微笑。

姑姑说：芙蓉啊，月子里流泪很伤身体，你先别难过，赶紧躺一会，我去做碗面给你吃。

正说着，有人轻轻敲门。

向姑姑说：进来吧！

谢一凡提着一个大大的饭盒走了进来，他说：姑姑也在啊，我是来给小向送汤圆的。这些汤圆是我刚从医院食堂买的，还滚烫着，你们趁热吃吧。

姑姑说：还有我一份？

谢一凡说：有的，有的，因为好吃，所以多买了些。

谢一凡从芙蓉手中接过孩子，说：半月不见，长大了好多。登记户籍了吗？

芙蓉吃着汤圆，说：还没有。

谢一凡说：取了名字吗？

芙蓉说：也没有。

谢一凡问：上班以后，谁来照看？

芙蓉说：我是个知青，你知道的，我的户籍证明此刻在我身上。我原本插队在荷叶塘，后来，把户口从荷叶塘迁出来，准备落户另一个地方。因为发生了一些事，那个地方我再也不去了。所以，我的户籍，也就是手掌大的一片纸，一直捏在我的手里。

谢一凡说：像你这种情况的，在知青中多不多？

芙蓉说：不知道，不过我比知青们更惨，是个地地道道的黑人，哪儿都没有我的户籍。

谢一凡说：那孩子的户口怎么办呢？

芙蓉说：孩子和我一样是黑人，所以，我不想给他取名，就叫他黑仔。怎么，你问这么多，是来调查我的户籍？

谢一凡说：哪里会呢，你很快就满月了，我是想知道，满月以后你有什么打算？

芙蓉说：像我这样的知青，一直是居委会驱逐的对象，要不了多久，居委会的干部们就会将我赶到乡下去。

谢平凡说：听这么一说，你还够麻烦的。我今天来，就想请你帮我一个忙，不知你肯不肯？

我还能帮你忙？简直是天方夜谭。

听我说嘛，我有一个哥哥，是个只能坐在轮椅上的残疾人。八年了，一直是我妈妈照顾他。现在，我妈妈年岁已大，没办法照顾他了。我一直想找个年轻健康的女人照顾他。

为什么要找女人？

是这样的，我哥上下轮椅需要有人背着，每天要按摩，屎尿要换洗，找过几个保姆都不合适，想请你试试。况且照顾人的事，只有女人才能做得仔细。

为什么是我？

是这样，我哥哥想要找个年轻漂亮的女人陪伴他，照顾他，和他说说话，他没有别的要求，仅此而已。他人好，也懂得照顾别人。我想，你蛮温柔的，是个合适的人选。再说，你正在哺乳期，这工作也蛮适合你的，我把你的情况跟他说了，他挺同情你，希望能早日见到你。

谢谢，那他已经同意我带着孩子去给他当佣人了？

绝对同意，你放心，我家还有个六十岁的妈妈，是乡村医生，她可以照顾自己，还可以做黑仔的保健医生。我妈人好，你忙的时候，她会帮你照看孩子。

芙蓉心头的疑团解开了，她终于明白了谢医生为什么关心她，原来，他是为了他残疾的哥哥。

谢一凡说：你同意，我们就来谈报酬吧，你和孩子吃住都在我家，再付你每月十元的工资。怎样？我个人为感谢你来帮我，会给孩子买牛奶、玩具，你需要什么，我也会尽力帮助你的。

我很感动，医生，我愿意先试试，什么时候去？

日子由你定，什么时候都行。

芙蓉早就身无分文，正走投无路。要不是姑姑接济她，母子俩说不定已经饿死了，可是，姑姑的工资也很低。她本来以为即使找不到曙光，李珍也会看在孙子份上，给她一点活命钱。被李珍羞辱一番后，反倒彻底清醒了：曙光已经离她越来越远，也许，在她的生活里永远消失了。她必须马上找到一份工作，养活自己和孩子。谢医生的提议虽然不是长久之计，却是眼前唯一的活路。

芙蓉说：那就明天吧，医生，谢谢你这么用心地帮我。

54

　　谢一平坐在轮椅里焦躁不安，自从一凡告诉他，他认识了一个名叫向芙蓉的女知青，这个女知青有着超凡的美丽，却被这个世界抛弃了，处境十分可怜。谢一平开始为向芙蓉担心，尤其是向芙蓉的刚刚出生的儿子，他把他想象成一个因为饥饿而整日啼哭的婴儿。他可怜每一个被饥饿折磨的人。因为自己也差点被活活饿死。

　　十年前，二十二岁的谢一平从哈尔滨军事工程学院毕业，在导师的推荐下到清华大学做了助教。助教一职为大学毕业生所羡慕，能得到可谓是命运的宠儿。

　　两年后，文化大革命如惊涛骇浪汹涌而至，学院的学生们在右手臂上套上个红卫兵袖章，一天到晚举着"造反有理"的旗帜，喊着打倒一切的口号，在各大学里窜来窜去，成了文革运动的领军人物。一平却很淡定，看都不看他们一眼，专心做课题。不久，学生们停课了，他就去图书馆读书，图书馆被封了，他就趴在自己不足八平米的房间里写论文。

　　一天，一群学生冲了进来，有的揪他的头发，有的拽着他的胳膊，硬把他拉到了斗争台上。说他是ＸＸ教授的心腹弟子，是一棵只专不红的修正主义的黑苗子，让他站在教授的旁边陪斗。

　　斗争会还没开到一半，他们就把教授打得快要死了。他实在看不下去，大喊：不要再打啦，再打会死人的！并且不顾一切扑在教授身上。学生们像疯了一样踢他，打他。有人拿来一根铁棍，猛地打在他的腰上，他渐渐失去知觉。

　　当他醒过来时，地上满是鲜血。他想站起来，腿已经不听使唤。他慢慢爬回去，从斗争他的台上爬到家里，爬了一整天。

到家后，他不觉得痛，就觉得饿得难受，可是他再也没有力气爬着出去。

他在屋子里躺了三天三夜，奄奄一息。有人进来了，喊着他的名字，告诉他，自己是教授的儿子，受父亲的委托来探望他。

他模模糊糊地看到，一个十几岁的男孩。那男孩硬把他从地上背起来，让他躺在床上，然后抱起他的腿放进床里。他觉得的腿和他的上半身成了身体的两个部分，他的肠胃在痛苦地蠕动，而他的腿什么感觉也没有。男孩给他喂了一杯水和一个馒头，关上门走了，再也没有来过。

第二天，他被饥饿折磨得肠胃都麻木了。可是，他的腰以下，不听大脑的指挥，不能动弹。他试着大喊：请救救我吧！外面静悄悄的，竟如无人之境。他这么喊了半天，开始感到绝望。忽然，一个美丽的满脸稚气的女生推开他的门。他用颤抖的声音说：求求你，救救我，我已经好几天没有喝过水了，请给我一杯水吧。

女生点点头，从桌上拿走水杯，几分钟后，给他递过一杯水，看到他艰难地挪动着身体，便问：你怎么啦？

他说：我受伤了，很严重，可能是腰椎被他们打断了。

女生的脸上表现出极大的怜悯和同情，说：几天前我看到他们打你，他们把你打昏以后竟扬长而去。我想把你喊醒，又怕他们打我。我是个外地来串联的学生，马上要离开了。你是我见过的最勇敢的人。我从来没有见到谁，敢在斗争会上用生命保护老师。真的，很佩服你。

他说：那是正义感的本能反应。

女生说：那就更值得人敬重了，你说你已经几天没吃过东西了，我马上去给你买吃的，你还有什么事叫我为你去做吗？

他说：谢谢，我就是觉得快饿死了。

女孩去了，不久捧着个大饭盒进来了，饭盒里有热腾腾的面条、包子和窝窝头。她说：你先吃面条，等饿了再吃包子。

女孩看着他狼吞虎咽把面条吃完以后，说：我刚才去了学校医院，把你的情况跟医院领导说了。他们说，马上过来给你看病，我说，最好是用救护车把你送到市里的医院去，他们好像同意了。

他真的没有想到这女生会这么关心他，而且这么有胆识，竟让校医院的领导来为他看病，这一下，让他在绝望中看到了新的希望。

他激动得只会跟女孩说谢谢，忘了问她的名字。

不久，救护车开了过来，校医说：你换一条裤子吧。

他这才注意到他的裤子是湿的，又骚又臭，大便已经从裤管流了出来，只是自己没有感觉。

女生二话没说，掩上门为他清洗秽物，女生那双清澈纯净的眼睛成了他终生难忘的记忆。

到了市医院，医生说他已经错过最好的治疗时间，下肢已经瘫痪，将在轮椅上度过一生。

那时，他死的心都有。经过几天几夜的痛苦挣扎，他想通了，既然上帝派那个天使般的女孩来救他，就是不让他死，此后，他再也没有想到过死。遗憾的是他再也没有见到过那个女孩，连她的名字都不知道，但他坚信，她还会出现在他生活里。

他在医院躺了三年，也沉默了三年。学生们闹腾了三年后，被分配到了边远的城镇，大多数人干着与专业不对口的工作。

学生们离校了，学院清静多了。多年来，我们的伟大领袖总认为，大学从开办以来，一直站在无产阶级的对立面，为资产阶级培养人才，它必须在无产阶级文化大革命的烈焰中浴火重生。

于是，大学里的学术权威被革命群众打翻在地，教授们被党报骂得分文不值。说他们臭，还是很客气的，事实上他们在遭受凄惨的折磨后，被关进牛棚或成了学校的清洁工。到了1969的春天，一路如暴风疾走的大学终于停下脚步，像谢一平一样瘫痪了。

和所有的大学生一样，谢一平毕业就是国家干部，享受的是相应级别的工资和医疗福利。只要不被单位除名，学院负责发工资的人，就不会少给他一毛钱。于是，谢一平向校革委请求回老家继续治疗。

其实回家治疗只是一个借口，一平想继续研究中断了三年的课题。这样，妈妈又拼着老命照顾了他三年。一平不想让妈妈累，想找个合适的女佣照顾自己。他的脑海老是浮现出当年救过他命的女生。他凭记忆画了她的像，收藏在日记本中。当他听到芙蓉不幸的遭遇，觉得芙蓉善良，是再合适不过的人选。

芙蓉今年二十三岁，那个救他的女孩应该也是这个年龄。还有，芙蓉的妈妈去世了，就在她失去最亲最亲的亲人时，又被男人抛弃了，不管抛弃她的是丈夫还是情人，她的遭遇都令人同情。所有这些，都让他有了帮助她的冲动。

于是，他对一凡说：你帮我找一个女佣吧，用我的工资支付她的工钱。

一凡问：你想找一个什么样的女佣？

一平说：就像你说的向芙蓉那样的女人，结过婚，生过儿子，被男人抛弃过，也被这个社会抛弃了。我认为，我们能同病相怜。她看到我，就会减轻内心的痛苦，因为，我的痛苦比她的更大，她只是一时的不幸，看到我以后她才会知道什么叫痛苦一辈子。假如她是个富有同情心的女人，这一辈子都会好好照顾我。

一凡说：我相信，我去跟她谈谈。

后来，一凡告诉他，她同意了。此时，一平激动地等待芙蓉的到来。

一平的家位于石桥村较为偏僻的角落，门前长长的青石板铺就的路，一头去城里，一头去郊区。小小的院落宁静温馨。

芙蓉跟在一凡后面走进院子。

当坐在轮椅上的一平见到芙蓉时，简直不相信自己的眼睛。她就是当年救过他的女孩啊！

芙蓉也认出了一平，不过，她似乎不相信会这么巧。

一平激动地说：还认识我吗？

芙蓉说：怎么会不认识，你呢？还记得在哪里见到过我？

一平说：怎么会不记得，简直是终生难忘。你就是当年在清华救过我的恩人，我一直后悔当时没有问你尊姓大名。

芙蓉心疼地说：这倒没什么，只是，你怎么成了这个样子，是那次挨打留下的后遗症吗？

一平点点头，他不想芙蓉为他难过，故作轻松地说：其实也没什么，活下来就是胜利。

芙蓉说，我也是。

芙蓉用一块大大的包袱把自己和孩子包裹起来，她解开包袱把儿子举起来。那一刻，她就像油画中的圣母，脸上洋溢着满足和安宁，看不到一丝丝的痛苦。可是，当她把儿子紧紧抱在怀里时，她的眼睛变得很忧郁，令一平无限伤感。

接着，芙蓉很为惊讶地问一凡说：你们怎么长得一模一样呢？

一凡说：我们是孪生兄弟。我的哥哥一平，以后就拜托你照顾了。

芙蓉说：我会尽力的。

一平伸过手来，说：真是太高兴了，还以为再也见不到你了，是上帝把你带到我身边，我们是一家人了，这是你的儿子吗？让我看看。

芙蓉抱过儿子，说：是的，他还不到一个月。

一平的妈妈进来了，一平对妈妈说：妈，这是芙蓉，就是我对你们说起过的在清华大学救过我的那个女孩，她是我的救命恩人，从此也是我们家中的一名成员。

谢妈妈说，芙蓉啊，从今以后，你就是亲生女儿。一凡，谢谢你把她带到我的身边。

芙蓉说：一凡也是我的救命恩人，这也是我与你们一家的缘分。算是一礼还一拜吧。一平，你看，外面正下着大雪，是这个冬天最大的雪，要不要我推你出去看看。

一平说：你先休息吧。一凡，赶快推我出去看吧，我已经有三年没看到漫天飞舞的大雪了。一凡，人们说双胞胎是有心灵感受的，你是不是在见到她时觉得很亲切，你是不是认为认识她很神奇？

一凡点点头说：的确是这样。

55

自从芙蓉带着她的小宝贝黑仔来到家里，一平顿时觉得屋子里洋溢着春天的温暖，家的幸福的气息浓浓包围着他。芙蓉虽然不是他的妻子，却给了他渴盼的生活。像这般，屋子里有了可爱的孩子，家务事有年轻的充满活力的女人操持，特别是有一双女人细腻而灵巧的手为他洗尽身上的污秽，给他一件一件温柔地仔仔细细地穿上衣服，扣上裤子上所有的纽扣，拉紧鞋带，轻轻地问他还需要她为他做些什么，让他感到生命里有了自己的女人。

科学证明，主管爱情的神经存在于人类的脑丘，虽然一平没有性的冲动，却渴望得到女人真诚的爱，渴望有孩子能叫他爸爸，他甚至想与芙蓉相拥而卧，不让她离开自己。

芙蓉在谢家不像是女佣，而像女主人。而且，谢妈妈总是帮她带着黑仔。住进谢家的小院后，芙蓉的日子过得安宁平静，忙碌有序。

每天，芙蓉醒过来的第一件事，便为宝贝儿子忙乎，把自己和儿子洗换好后，便开始给一平洗涮，准备早餐，早餐后忙碌琐碎的家务事。

照顾一个残疾人，一个老人和襁褓中的黑仔，的确让芙蓉感到很累。不过谢妈妈和一平都很体贴她，也很心疼黑仔，她和他们在一起，就像共同生活了好久好久的一家人，彼此尊重，用心灵而不是用语言在交流。

没多久，芙蓉就被一平的智慧深深打动。一平的确是个不平凡的男人，他的思维与谈吐令芙蓉佩服得五体投地。一平特意找出他高中的课本让芙蓉学习，藉此减轻她内心的痛楚。

芙蓉的心渐渐平静下来，不过，她的脸上时时流露出让人心痛的悲哀。

一平说：芙蓉啊，当你觉得自己的鞋子不合脚时，有人连脚都没有。也许你真的遭遇了巨大的不幸，但和我比起来，你是幸运的。我本来是在天上飞翔的，现在却连路都无法走，只能在地上爬。好多次我摔倒了，趴在地上，心里充满悲哀。但是，悲哀能给予我什么？虽然我失去了下半身，但还有一双手和大脑，只要不放弃自己的梦想，总会飞上天的。芙蓉，我觉得你没有失去什么，比我幸运得多，如果你是因为失去爱而难过，以后还会得到的。我记得基度山伯爵说过，人类的一切智慧包含在四个字里面："等待"和"希望"。

芙蓉苦笑，不觉得自己比一平幸运，一平虽然瘫痪了，但他有自己的理想和事业，内心里很快乐。而且，他的亲人们围绕着他，关爱着他，甚至可以说娇宠着他。他还有一份不菲的收入，能养活自己和佣人。而自己呢，亲人们在万分屈辱与痛苦中离开了人间，这种伤痛铭刻在心灵深处，永远不会痊愈；她的正在服刑的父亲，与她生离死别，让她思念得彻夜难眠；强烈的报仇的欲望，让她几尽崩溃；对曙光的爱恨交集的情感，像毒蛇一般盘在内心里，一不小心碰着了，就会从心里钻出来，将她浑身咬遍，只留下累累伤痕。

芙蓉不愿将思绪留在过去，但她控制不住，心总是在悲痛着，她的会说话的眼睛把她的伤痛悲悲切切地流露出来。

一平很想知道芙蓉的过去，芙蓉如果不想说，他不会逼她说。

初夏，阳光和煦，清风吹拂，石榴花娇滴滴地开放着，无比艳丽，桃李枇杷都结出丰硕的果实，是一年中最美最宜人的季节。人们脱下棉袄，不过，也不会穿得很单薄，宽松的衣服上有两个大大的口袋，人们还像冬天一样，习惯把手插在衣袋里。不过，那也是个多雨的时节，暴风骤雨，电闪雷鸣，老天发怒时会不管不顾。

芙蓉让黑仔躺在摇床上，那是一凡的儿子躺过的小摇床，摇床放在一平的身边，里面有很多一凡夫妻送给他的玩具。黑仔已经会爬，会发出"格格"的笑声，还会撒娇。有时他"乌哇乌哇"哭了起来，一平立刻放下手中的工作抱起黑仔，口里唱着摇篮曲：啊——，啊——，宝贝别哭，你爸爸正在过着动荡的生活，他参加游击队打击打敌人那，我的宝贝……。

黑仔安静下来了，一平把他放在摇床上，又开始忙自己的科研课题，他在研究量子、光感应，电磁场在航天航空中的运用。虽然资料很有限，但是他过去的功底好，记下了很多的笔记，他从学院带回的笔记有几大箱，过去忙于教学，没时间整理。现在有时间了，他写下的草稿和计算公式已有半个屋子。他心中的英雄是罗斯福和霍金，他常说假如有一天，他的研究成果试验成功，他就是第三个坐在轮椅上获得巨大成功的男人。

可是，芙蓉今天特别伤心，泪水一直在脸上流淌，即使黑仔哭了，她也没有过来抱抱他。看到芙蓉不停地啜泣，一平不由放下手中笔，问：芙蓉，你今天怎么啦？是身体不舒服吗？

芙蓉只管摇头。

一平说：把你的难受说出来，你轻松了，我也好过一些，于是痛苦变为零。这样的事你为什么不做呢？是谁惹恼了你呢，说吧！

芙蓉说：平哥，你多疑了，你们一家对我们母子这么好，怎么会惹恼我呢。

一平说：既然说到我们一家都对你好，可是，自从进了我的家门，就没有看到你高兴过，你有什么心事是不能对我说的呢？

芙蓉说：没有。

一平说：看来你还是不信任我，或者，你认为我是一个残疾人，自己都照顾不了，说了也是白说，我也帮不了你。

芙蓉说：不是这样的，平哥。一年前的今天，我的两个妹妹永远地离开了我，那是我人生中最黑暗的日子。因为有了如此沉重的打击，妈妈才会早早离开人间。惨剧发生在五月，所有的五月都是我的断肠日。可是害我全家的周凤姣却活得春风得意，非但没有遭报应，还升职了，由居委会主任升为区革委会副主任。今天，我碰见她了，她居然当街呵斥我，说我怎么还逗留在城市里，要我立即滚回农村。

一平说：芙蓉，你说你的妹妹永远离开了你，你妹妹到底怎么了？

芙蓉说：她们跳河自杀了。

接着她说了发生在去年的悲惨的故事。

一平一听，浑身的血都凉了，芙蓉竟然有如此悲惨的过去。他问：你刚才说的那个姓周的，她与你家有仇吗？

芙蓉说：我的父母都是老老实实的工人，从来没有伤害过任何人。周凤姣为了帮她妹妹洗脱罪责陷害我爸爸，害我爸爸判了八年监牢。

一平说：这么说来，你还有一个正在监狱受着煎熬的爸爸。

芙蓉泣不成声，说：是的。

你刚才说，她要你滚回农村去？

芙蓉说：是的。

一平说：你读过鲁迅先生的《狂人日记》吗？

芙蓉说：读过的。

一平说：鲁迅先生在中国几千年的封建历史里看到了什么？

吃人。

所以，芙蓉你不要总为自己的不幸悲痛。人吃人的事过去有，现在一样存在。你我都是这个吃人的法制不健全的国家的牺牲品。

平哥，我难过是我不能为我的妈妈和妹妹们报仇，不报此仇我寝食难安。

一平沉默了，过了好一阵，他问芙蓉：你真的是那么想报仇吗？

芙蓉咬牙切齿地说：我一直想着要报仇，我是为报仇而活下来的！可是，我一个弱女子，手无缚鸡之力，又怎么报得了这深仇大恨？

一平说：很多事情看起来不可能，可是，后来又成功了。报仇的事更是一半人为，一半天助，所谓谋事在人，成事在天。要报仇没有别的方法，就是耐心等待，寻找机会，有了机会，那就是天助你也。不一定要有力气，有时，只要让仇人跌一跤，就要了他的命。在民国，有一个叫施剑翘的奇女子，她的父亲被孙传芳杀死了，她决心为父报仇。可是，那个年代女人是足不出户的，她要去杀一个官高位显警备森严的北洋军阀，在人们看来是绝不可能的，但是，施剑翘成功了。

芙蓉说：平哥，你知道得真是太多了，能给我讲施剑翘为父报仇的故事吗？

一平为芙蓉讲述了施剑翘的故事，尤其是施剑翘为杀孙传芳所做的准备工作，把一个有胆有识的奇女子讲得栩栩如生。

芙蓉无限感慨，说：比起施剑翘，我杀周凤姣要容易得多，可惜，我手里没枪。

一平说：你敢去杀人？

芙蓉说：她把我一家亲人害到如此地步，我兵刃仇人，怎么会下不了手？

一平说：好一个烈性的女子，我喜欢，可惜你不知道我是做什么的。

芙蓉说：难道你是造枪的？

一平说：何止是造枪，原子弹我都会造。只要你决心报仇，我送你一把无声手枪。

芙蓉说：君子一言。一平答：驷马难追！

以后，芙蓉和一平的话题基本上是围绕着周凤姣的。周凤姣的家庭，生活习惯，她本人的生活规律，甚至她的隐私。好多芙蓉以前不知道的，一平都要她去侦查。譬如：周凤姣的脾气、爱好、朋友、亲戚，对手，上、下班走的路线，直到对周凤姣了如指掌。

除了周凤姣，还有周美姣。一平说，枪杀案是震惊全国的大案，如果公安局找不到犯罪嫌疑人，会让很多人成为无辜的替罪羊。所以，一定要把公安的注意力引到周美姣身上，要让她成为枪杀案的罪犯。

十五天后，一平的手枪造出来了，这是一把由体育气枪改造的看起十分精美的手枪，外壳是 0.5 毫米厚的钢板，接缝处是焊过的，子弹头是铜的，弹壳里包的是杀伤力很强的铁砂。枪很小，可以放进衣服的口袋。夜深人静，一平要芙蓉练习枪法。

56

一年后，宝庆城发生了一件大案，区革委会副主任周凤姣，被人枪杀了。向姑姑惊喜地将这一消息告诉芙蓉。芙蓉说：这是老天爷惩罚她，不用我们去报仇了。

一平好像什么也没听到，埋头去安装一台小小的电视机。这一个月以来，他一直要芙蓉推着他购买各种半导体材料，经过好多次的试验，显像管和真空薄膜都有了替代的材料，眼看电视机就要成功了。

仲夏的夜晚，银河缥缈，繁星满天。鸣叫了一整天的蝉停了下来，蟋蟀和其他不知名的昆虫却不知疲倦地吟唱起来。高大的槐树上，鸟儿们在窃窃私语，槐花沁入心脾的香气弥漫在一平家的院落里。

芙蓉在院子里摆好桌椅，一凡一家人也来了。晚饭已经吃过，芙蓉把一平从屋里推出来，再把电视放在桌子上。一平打开电视，清晰的屏幕上正在播放新闻，主持人面容亲切，声音甜美。

一家人都兴奋得欢呼起来，一平说：十多年前，欧洲和美国就有了电视，遗憾的是中国太封闭太落后，直到近两年才有关于电视的文字传来。当他读到有关电视的书本后，才知道电视其实很简单，对他而言，只要有合适的材料，做一台黑白电视机只是小菜一碟。

正说着，向姑姑来了，情绪激动地大声喊：真是老天有眼啊，枪击周凤姣的人竟是周美姣，公安局把周美姣抓进去了。当年她陷害芙蓉的爸爸，把我们一家害得好惨，现在我看到报应了。

一凡看到芙蓉和一平交换眼色，一平的脸上露出欣慰的笑容，还打了个响指，这是他成功时的动作。

芙蓉平静地说：姑姑，人世间是没有报应的。正因为没有报应，那些做坏事的才那么肆无忌惮。周家姐妹都得到了应有的惩罚，只是巧合罢了。

向姑姑说：我倒希望有报应，让那些害人的人下到地狱里去。

57

肖建北站在北海的白塔下等候肖建南，虽然他知道肖建南不是她的真实的名字。

一年过去了，建南在他面前，就像倒映在水中的月亮，清晰，明亮，近在咫尺。可是，很虚幻，明明是捧在手里，感觉如清水一般，若有若无，飘移不定。

他没有问过她的身世也不想知道，只要看到她的眼睛，就知道她心里有无穷无尽的痛苦，那看不见的伤口一定在继续流血。一个十几岁的女孩，看上去很单纯，却老到精练，有着坚强的意志，沉稳的性情，让人捉摸不透。

肖建北站在白塔的阴影里，眼睛看着在北海里嬉戏的孩子，一时间，仿佛置身在另一世界。这里的树木郁郁葱葱，园丁正将盛开的鲜花拼成色彩绚丽的图案。美丽的白塔耸立在一碧如洗的晴空下，湛蓝的湖水在阳光下波光闪烁，风景美轮美奂，堪称人间一绝。孩子们正生气勃勃无拘无束的戏水，不时发出欢乐的笑声。

建北的情感很难融合到如此愉快的情景中去，只要与建南约会，等待犹如煎熬，心猛烈地跳动着。到了见面时，他尽力装出平静和淡然。因为她总是那么安宁，只是轻轻说一声：你来了。

只要听到她这么说，他的激情顿时随风飘散。她不懂他，她还太小，他们之间有代沟。于是，他感到莫名的失落。

每次见面，都像放一幕同样的电影，彼此都看到对方富有表情的面庞，不自觉地躲开对方的眼睛，然后稍稍拉开距离，沉默、推测、漫无目的沿着路往前走，直到天色很晚。

等到肖建北的呼吸渐渐顺畅了，他会尽量靠近蔷薇，向她解读自己的人生。有一次，他越说越兴奋，问蔷薇：你渴望爱情吗？

蔷薇沉默了几分钟，说：不！

他又问：你想过结婚吗？

蔷薇对着他生气地吼起来：不！

以后，肖建北再也没有对蔷薇说过情感类的话题。

现在，蔷薇出现在肖建北的前面，建北顿时感到窒息。

蔷薇轻轻说：你来了。

建北说：来了。

蔷薇说：火车票买好了吗？

建北说：是明天的。

蔷薇说：建北，我们找个地方坐下来，好吗？

建北说：你要是饿了，我们就先找地方吃饭。

蔷薇说：谢谢，我不饿。

他们在林荫道上的长椅上坐下来。

建北打量着蔷薇，觉得她比一年前长高了，也成熟多了。

蔷薇说：其实我也很想回家，可是学校不准我们回去，要我们在暑假里补习。我的功课又是全班最差的，学校已经说了，实在跟不上的，要劝退。

蔷薇念的是石油化工学院，她只念过小学，大学课本里有很多字不认识。

建北念的是地质学院，他说：我的功课也不好，工农兵学员都这样，没有谁敢开除我们。学校要你们在暑假补习，是对你们负责任，我觉得你应该好好珍惜。

蔷薇说：我也这么想。建北哥，我不能回家去，有件重要的事情想拜托你。

蔷薇从书包里拿出一个信封，接着说：这是我写给妈妈的信，拜托你亲手交给她。

建北很震惊，"建南"第一次提到家人。

蔷薇说：今年，我已经写了好几封信给我妈妈，都被退回来了。建北哥，我是已经死了的人，是你救了我，你是我的救命恩人。但是我妈妈不知道我还活着，她一定伤心到极点。我以前不懂事，只站在自己的角度，觉得既然已经选择了死，就不要再复活，不理解慈母爱女之心。上了大学后，我懂得了好多好多的道理，尤其是母爱、亲情、家人。我懂得了人类的家庭，是经过漫长的岁月才形成的，它之所以历久弥新，是因为蕴含了人类全部的情感。以前我却不懂得珍惜它，现在，我知道自己大错特错了。亡羊补牢，我请你在到达宝庆的第一时间告诉我的亲人们，我还活着，让她们减轻心里面巨大的悲痛。

建北接过蔷薇的信，眼睛盯着着蔷薇的脸，他真的有好多好多的话要问。

蔷薇说：建北哥，你一直想知道我是谁？我叫向蔷薇，是城步县的土岩寨的知识青年，原籍是宝庆市人，和你是老乡。我妈妈吕秀兰是服装厂的工人，请把信交给我妈妈，上面有我家的地址。

建北回过神来，见信封上写着：宝庆市南安街 XX 号吕秀兰收。

建北说：下了火车我就去找你妈妈，我想你妈妈一定会高兴得哭起来。

蔷薇说：如果是这样，请代我多多安慰她。我和妈妈分别后的所有的事情都写在里面，也许，我姐姐也在家里，那样的话，她会给你一个惊喜。建北哥，你是我们一家的大恩人，怎么谢你也不为过。

建北说：那就让我拥抱你一下。

蔷薇问：现在吗？

建北说：没错。

蔷薇扑进建北怀里，建北紧紧抱住她说：我爱你。

蔷薇说：我也爱你。

建北说：毕业我们就结婚。

蔷薇说：可是我不想结婚。

建北问：为什么？

蔷薇说：因为我恨所有的男人。

建北很温柔地吻了吻她的脸，说：虽然我不知道发生了什么，但我相信时间能治愈你心灵的创伤。

两天后，建北找到了蔷薇的家。家门紧锁，门前积满灰尘。

建北敲开隔壁的家门，一个老头探出半个身子。建北问：大爷，这是吕秀兰家吗？

老头说：是倒是，只是这女人已经死了。

建北着实吃了一惊，问：是什么时候的事？

老头说：已经大半年了。

建北又问：她家还有没有其他人？

老头说：她丈夫坐牢了，已经有几年了。唉，她家的事，你别打听，惨哪。

建北问：大爷，怎么个惨法？

老头不说，旁边有个女人指着蔷薇的家门说：这家男人在家里开了个地下黑工厂，给资产阶级小姐太太们做花里胡哨的衣服。

另一个男人插嘴说：什么小姐太太才喜欢的衣服，向裁缝不该做的就是在衣服上掐把腰，让女人的奶子胀鼓鼓的，屁股像水蜜桃一样翘起来。

女人说：这样穿衣服才好看嘛，总之，向裁缝是个有本事的男人。

建北问老头：大伯，他家还有些什么人？

老头说：有三个女儿，都上山下乡了。可惜啊，去年死了两个，吕秀兰就为这事气死的。她死的时候，好多知青来为她送葬。大女儿也不知结没结婚，生了儿子后，不知去向。

建北担心自己找错了人，或许是同名同姓的吕秀兰，便问：大爷，她家女儿叫什么，你知道吗？

老头说：我看着她们长大的，叫什么名字，哪有不知道的。大女儿叫芙蓉，二女儿叫茉莉，三女儿叫蔷薇，一个比一个漂亮，个个鲜花似的。

建北顿时如雷轰顶，难怪蔷薇的眼睛里有无穷无尽的悲哀；难怪她隐姓埋名，不提过去；难怪一提到芙蓉她几乎跌倒在地。原来她是芙蓉的妹妹，心里装着巨大的痛苦，真是难以承载之重啊！

他定了定神，努力让自己平静下来，说：大爷，我可以负责任地告诉你，芙蓉是结过婚的女人，我参加了她的婚礼，还是她的证婚人。我现在找的就是她。

老头说：那就对了。她家的女儿个个老实，守规矩，是清白人家的女儿。我告诉你，芙蓉有个姑姑住在西直街，离这不远，你这样去找她。

老头从屋里走出来，用手指着西方，一一指点。

建北找到向姑姑，见到了芙蓉。虽然他们只离别一年多，却恍若隔世。这一年改变了芙蓉的命运。她惨遭家破人亡，倍受情感折磨。继而为人妇，为人母，又因三餐无继，无处可归，成为谢家女佣。幸亏一平收留了她母子，才有了栖息之处。今日的她，不再是荷叶塘那个幸福的新娘，而是被命运抛弃的孤儿寡母。

千言万语不知从何说起，建北将蔷薇的信双手递给芙蓉，芙蓉看完后，"扑通"一声跪倒在建北脚下，只见她泪如雨下，哽咽得说不出话来。

建北扶起她，说：芙蓉，别这样，我承受不起的。

芙蓉失声痛哭，这一年来，她努力让自己忘记茉莉和蔷薇，想不到蔷薇幸福地活了下来，令她喜极而泣。

她语无伦次地对建北说：谢谢恩人，我想马上见到薇薇，去年她还是个不懂事的女孩，现在是大学生了，这一切都是您的大恩大德。我要去告诉死去的妈妈，我要写信给爸爸，我要告诉黑仔，他的小姨还活着，在北京念大学哩。妈妈啊，我们家的救命恩人在这里，我们给他磕头吧。

建北一定要芙蓉坐下来，他慢慢地述说了他与袁权、曙光的出逃，他与蔷薇的相遇、相识和在北京学习时的相处。他说：芙蓉，我们是朋友，这是我跟蔷薇的缘分，跟你全家的缘分，也是蔷薇命不该绝，而且是个有福气的女孩。我和曙光还是刎颈之交哩，我还要问你，曙光在哪儿？

这一下又勾起芙蓉的无限伤心，芙蓉说：自从荷叶塘分别后，我再也没有见到过他，现在儿子都一岁多了，还从没见过爸爸。

建北很为惊讶，他说：曙光沿着巫水河右岸去找你，难道他没有找到你？

芙蓉含泪将一年前发生的事告诉建北，又将自己如何寻找曙光的事说了一遍，还问建北可知道袁权如今在哪里？

建北感慨万分，说：芙蓉，这二年多，太难为你了，不过蔷薇活着，总算有了些安慰。袁权在克拉玛依的新油田，他来找我时，我和蔷薇刚好离开克拉玛依去北京。芙蓉，这个假期，我的任务是找到曙光，让你们夫妻团圆。寒假的时候，再和蔷薇一起回家来看你，我给她路费。

芙蓉说：建北，千万别让蔷薇回来，千万别让她知道妈妈去世了，让他永远做你的妹妹，永远叫肖建南。

一平一直在一旁听着，直到现在他才从头至尾了解芙蓉的过去，原来芙蓉是个如此不幸的女人，她的坚强超乎他的想象。

一平有些恨曙光，他想告诉芙蓉，像曙光这样的男人不值得她爱。他很敬重肖建北，于是问：你的奥赛罗怎样了？

建北说：我去新疆时，它跟着火车跑了两天两夜，后来实在追不上火车，才丢失了。我不知道它现在流落在哪里，一想起它，心里蛮难过的。

一平说：你要是找到它，一定把它送给我，这样的狗真是人间珍品。

建北说：好的，但愿能找到它。

建北离开后，一平说：芙蓉，原来你的妹妹遭遇了如此的迫害，真是天理难容。

芙蓉说：我不会放过土岩村的强奸犯们。

一平说：这些人渣真的很愚昧很可恨，很令人恐惧。你耐心等待吧，报仇的机会总会有的。

建北去师范学校找李珍，李珍去农村锻炼了，在这个年代，老师被称为臭老九，经常要到工厂和农村去改造思想。

建北向领导们询问她何时归校，领导说学工学农是老师们的政治任务，也许要等到思想改造好了才能重新站在讲台上。

建北无奈，便去了荷叶塘，他要从曙光离开荷叶那一刻寻起。

李禾生告诉他，曙光来过一次荷叶塘，拿走了手风琴，到公社迁走了户口。

建北去公社，公社负责知青工作的干部说，74 年起，知青们的户籍全送到了县知青办。

建北找到知青办管户籍的干部，干部查看后，说：张曙光于几个月前将户籍迁于红星军工厂，档案里有红星军工厂招工证明和户籍准迁证。

建北立即搭乘去红星军工厂的长途汽车，到了那里，才知道红星军工厂刚刚从雪峰山下迁走了。至于迁往何处，有人说去了贵州，有的说去了广西，还有的说去了甘肃的酒泉。总之，秘密军工厂，行踪是保密的。

建北失望极了，也对曙光产生了质疑，工厂离宝庆不到一百公里，他就不能回家寻找芙蓉吗？难道他真的变了心，一直在躲避芙蓉母子？如果是这样，曙光真是一条中山狼，亏自己还是他的朋友，相处几年都没把他看出来。

林场里还有建北的很多朋友，他去探望了他们。

越过从荷叶塘到哭河的几座山头，来到哭河下游的白沙洲上，建北看到一个熟悉的黑影从远处向他扑过来。

奥赛罗！

奥赛罗扑在建北的身上，用舌头亲热地舔着他的脸。

建北把奥赛罗抱在怀里，和老朋友在沙洲上打了几个滚。他的奥赛罗依然慓悍强壮，依然在林场和沙洲上等候着他的归来。

返回北京时，建北没有去见芙蓉，虽然，他答应过一平，要把奥赛罗送给他。不过，现在的奥赛罗野性十足，很难驯服，还是让它自由地生活在山林吧。后来，他给芙蓉去了一封信，告诉她，因为时间太仓促，没有找到曙光，他会继续寻找。

58

闰七闰八，皇帝老子该杀，76 年正是闰七月。

这一年，中国发生了数十件天崩地裂，震惊全球的大事。

一月，全世界最优秀的外交家，人民敬爱的周恩来总理去世。

三月，吉林下了一场世界罕见的陨石雨。

四月，为了纪念敬爱的周总理，北京天安门广场暴发"四、五"运动。

七月初，军事天才，中国工农红军的缔造者朱德委员长去世。

七月末，发生了震惊世界的"唐山大地震"，数十万人被埋地下。

八月，四川的松潘和平武相继发生 7.2 级地震，伤亡未做报道。

九月，伟大的毛泽东主席逝世，举国哀悼。

十月，逮捕江青、王洪文、张春桥、姚文元，十年"文化大革命"宣告结束！

十一月，卡特任美国第三十九任总统，美籍华人丁肇中获诺贝尔物理奖，对中国人民来说，也是一件大事。

十二月，中国大型集成电子计算机研制成功。

这些事件有些是天意，有些是人祸，有些介乎天灾人祸之间，全是关乎国计民生的大事。值得庆贺的是文化大革命结束了，苦难重重的中国人从此进入了以经济建设为主的新的历史转型时代。

一平最为关注的是电子计算机的研制成功，几年来，他一直在研制计算机，他握在手里的计算机比报纸上报道的成功更早，眼下他正在研究计算机数字遥控。

一平给学院写了几封信，希望学院给他一个试验室，让他做航天航空的数字控制试验，可是，所有的信都石沉大海。他想："四人帮"打倒了，在政治局会不会又有了一场新的政治斗争呢？如果有，学校会首当其冲。

一平决定等待局势的发展。

76年的夏天，第一届工农兵大学生毕业了。

肖建北和蔷薇回到克拉玛依大油田。

元旦的前一天，一平同父异母的姐姐谢梅回家探亲。

谢梅已有几年没回家了，她的归来是谢家的大事，一家人高兴得如同过年一般。

凡是谢梅爱吃的，谢母一一安排好，又将一凡一家人唤了回来。

谢梅是爱护母亲和弟弟的，每个月的第一天总将家用寄回来。

谢梅说她最大的遗憾就是没和家人常相聚，因为工作太忙，因为为自己的小家操劳太多，因为工厂离家越来越远，还有与同僚们勾心斗角，都费了她不少的心思和时间。这一次回来也是公私兼顾，她的老上级安静之的女儿安妮明天结婚，她特意来送一份贺礼，顺便请求安静之把她调回城市，儿女们快上中学了，她不想他们继续在山沟里的学校读书。

芙蓉听谢梅提到安静之和安妮，心就狂跳起来。她也弄不清是因为什么，只要想到安妮，就会恨从心生。记得三年前她去荷叶塘找曙光，在长铺子被安妮告密。袁权差点被她害死。她的曙光，也一定被安妮发现了，被迫远走他乡。这个女人太可怕了，冥冥中，芙蓉觉得安妮是她命里的克星。她已经有几年没见到安妮，不希望她出现在自己的生活中。

趁着与谢梅一起做饭的时候，芙蓉问：大姐，你认识安妮吗？

谢梅说：认识，还挺熟。

芙蓉说：其实我和她也挺熟，只是几年不见，不知她的状况。

谢梅说：她刚刚大学毕业，分配在省检察院工作。眼下虽然是个小检察官，可前途无量。你要是想见她，待会就和我一起去喝喜酒吧。新郎是我的部下，叫张曙光，也是本市人，……

芙蓉手中的碗掉在地上，打得粉碎。

谢梅看了芙蓉一眼，把话停了下来。

芙蓉拿起扫帚把碗的碎片扫拢，说：大姐，你接着说吧。

谢梅说：哦，他们很般配，恋爱十年，修成正果。

那天中午，芙蓉没有和大家一起吃饭，她抱着黑仔待在自己的房间里，此时此刻，她的心在流血。她反复问自己：我是不是被曙光欺骗了？他为什么要娶安妮为妻？

她想起那个夏天，在荷叶塘的知青屋里，王天泰的草帽放在桌子上，床在剧烈地晃动。安妮就像个妓女在出卖自己的肉体。

芙蓉控制不住滚滚流出的泪水，说：曙光啊，安妮本质上就是个妓女，为了自己利益不但出卖肉体还出卖灵魂，你不应该和她成为一家人啊！她流着泪对黑仔说：儿子，你再也没有爸爸了，我们再也找不到他了。儿子，你没有爸爸了，……。

黑仔已经三岁了，他指着正在吃饭的一平说：爸爸不要我了吗？

芙蓉说：不是他，他是个好人。我说的是你的亲爸爸，唉，你还小，说了你也不懂。

芙蓉好久没有哭泣过，自从开枪打死周凤姣，她的内心变得无比强大，不再相信眼泪。可是到了这一刻，她才知道自己爱张曙光已经爱到骨子里，曙光就是她生命的一部分，如今安妮活生生将曙光夺走，让她本已平静的心，掀起万丈波涛，让她再一次看到了自己软弱一面。

也许，这是一个好的结局，她想，终于看清了曙光是只披着羊皮的狼。让他以伪善的面孔去欺骗安妮吧，我相信他们之间没有真爱，只是利益的结合。从今天起，我向芙蓉不再相信爱情，不再为爱情痛苦。

安妮和曙光终于走进婚姻的殿堂，不管曙光对她是爱还是恨，总之，她把曙光从芙蓉的身边夺了过来。

在他们结婚时，李珍对她说：如果再见到芙蓉，请善待芙蓉和她的孩子。

安妮心里明白，芙蓉的孩子是曙光的，而且李珍见到过。不过，她倒是没有见到过芙蓉的孩子。

59

1977春天，党中央号召全国人民解放思想，让"科学和民主"重回的中华大地。这一年的春天也格外明媚、美丽，空气清新，处处生机勃勃，人们的脸上露出久违的笑容。中国人把这个春天称为"科学的春天"！

一平收到校党委从北京寄来的信，要他立即带家属返校。

一平欣喜若狂：知识分子改变命运的春天来到了。但是，一个很现实的问题又出现了。学院会根据他的身体状况安排适合他的工作，但不会安排人照顾他的日常生活，他的级别还不够。而他，不能没有人照顾。

还有，他走了，芙蓉母子怎么办？

傍晚，一凡来了，一平把自己的困扰告诉了他。

一凡说：把芙蓉母子带到北京去。

一平说：我想过的，可是，住房问题没法解决。我是个单身汉，学院只会在单身宿舍给我分配一间八平米的住房。

一凡说：如果你结婚了呢？

一平说：会在家属区给我分配一个六十平米的两居室的住房。

一凡说：那你就和芙蓉结婚吧。

一平说：我也想过，可我是个下半身瘫痪的人，不能成为她真正的丈夫。

一凡说：三年前，芙蓉来到你的身边，就像妻子一样照顾你。从她的眼睛里，我看到了一个女人对自己崇拜的男人的执着的爱。哥，我相信，她是爱你的，就像你爱她一样，你离不开她，她也离不开你。

一平说：的确，我很爱她，无法离开她。我能给她很多别的男人不能给予她的东西，但无法给她性爱，这是非常令人痛苦的事。我不敢奢望她一辈子陪着我，过无性的生活，这对她极为不公平。我一直很矛盾，很痛苦。

一凡说：你为什么不问问她，也许，芙蓉会因为爱而不介意你有这方面的缺陷！

对，我不介意！

一直站门外听他们谈话的芙蓉走进来，对一凡说：平哥不仅是个好男人，还是个合格的父亲。他一直是我心目中的偶像，是可以终生依靠的大树，我愿像小鸟一样，一辈子栖息在他身上，成为他的妻子。

一平激动地握住芙蓉的手，说：谢谢，芙蓉，只是太委屈你了。

芙蓉说：我愿意。

一凡说：如此，你们明天就举行婚礼吧！

芙蓉说：我不要婚礼，只要结婚证明书。虽然你们一家都是我的恩人，在办理结婚证书前，还是请一平郑重地征得妈妈和大姐的同意，我希望能得到谢家所有人的祝福。

那一年真的可以称为"一平年"，一平的关于航天航空数字遥控的试验成功，量子力学在航天航空方面的实用已通过，他荣获了"青年科学家"奖。

77年，恢复高考后，芙蓉考入了北京大学，成为文革后的第一届大学生。当她佩上北大校徽时，那种庄严和神圣的感觉，让她的心灵里所有的痛苦和追求都得以释放，善良、快乐、纯洁的本质瞬间恢复，她将在这个无数青年崇拜得五体投地的学府里重新塑造自己的灵魂。

此刻，芙蓉一手抱着课本一手拉着儿子，脑海里回忆着过去几年的生活。那年她刚刚去到谢家，一平就给她系统地辅导中学课程，她知道那是一平希望她忘记母亲去世的痛苦。渐渐地她爱上了学习，学得刻苦而用功。一平是个好老师，学识渊博，又擅长诱导。恢复高考时，芙蓉的文化程度已达到大学二年级的水平。一平戏说他们是最勤奋的学生碰到最聪明的老师，就像美玉碰到了最优秀的玉雕大师，成功是意料中的事情。想到这里，芙蓉的脸上露出幸福的笑容。

突然，有人重重撞了她一下，手中的课本全失落在地上，拉着儿子的手也松开了。

芙蓉抬眼一看，身上所有的血涌向头顶，心就像要从胸腔里跳出来。张曙光，四年来的魂牵梦绕，她的刻骨铭心的爱，竟在这一瞬出现在眼前。

张曙光惊讶的表情全不在她之下，就像白日里见到活鬼，眼睛睁得比铜铃还大，嘴巴张着合不拢来。

芙蓉很快让自己镇定下来，为了掩饰激动的情绪，蹲下去慢慢捡着课本，紧接着想的是怎么面对张曙光。其实，她为这一刻不知准备了多少回，她想到过要如何质问他，想到过自己会万分激动地扑在他的肩头哭泣，想到过曙光会不顾一切地冲过来紧紧地拥抱她，会对她说：我终于找到你了，……。

妈妈，我来帮你。

一个三四岁的可爱的小男孩看了曙光一眼，弯腰去帮芙蓉捡课本。也就在这一瞬，芙蓉镇静下来，把课本捡起来，整齐地放在左手里，右手拉起儿子看都没看张曙光一眼，很淡定地走了。

此时，到总务处来领课本的学生太多了，每个系的窗口前面都排着长长的队伍。来来往往的人流，让人目不暇接。

张曙光呆呆地立在那儿，他不敢相信自己的眼睛，不相信眼前这个风度翩翩气质高雅的女人是他日思暮想的芙蓉。他揉揉眼睛，想再看个清楚，那女人已经不知去向。

芙蓉怎么会出现在北大的校园里？是我太思念她了吗？开学的第一天，我就被自己的幻觉迷惑了么？曙光这么问自己，因为思念，他常常在幻觉中见到芙蓉。

恢复高考后，一直在夜大担任老师的曙光，被北大法律系录取。

自从进了军工厂，曙光慢慢认识领导们，学会巴结领导们，对领导形象的宣传只会过度而不会不够。总之，他所在的宣传科是为政治精英们"造势"的，他的工作就是为精英们歌功颂德。这工作给他学习机会，但厂党委的工作安排也打乱他的日程。他每次请假，想回家看看妈妈，最重要的是找到芙蓉，总是因为工作忙而耽搁。后来听说芙蓉已是他人之妇，他才娶了安妮，从此只能在梦里与芙蓉相会。

令他没有想到的是，会在这一瞬破了他的梦。从来，他都是梦到芙蓉面色惨白地站在他面前，哭着告诉他：我过得很不好，我的丈夫对我很残忍，我已经被他折磨死了。有时候，芙蓉在梦里向他呼喊：曙光，救救我吧！

每一次梦见芙蓉，他都惊出一身汗来，醒过来时即心疼又内疚。

刚才见到的女人一定是芙蓉，她那一脸的幸福把他所有的恶梦全破了。曙光反复回忆刚才的情景，恨自己反映太迟钝，错过了千载难逢的机会。

尤其是那个孩子，也像电影镜头一般，适时地出现了，吸引了曙光一半的注意力。孩子竟叫芙蓉妈妈，孩子是不会随便叫人妈妈的，那一定是芙蓉的孩子。孩子的衣着那么漂亮，和芙蓉站在一起，竟是如此亮丽，让校园的风景黯然失色。

孩子最小也有三岁多了，那么，芙蓉究竟是什么时候结婚的？怎么会有一个三四岁的男孩？

曙光越想越觉得这个孩子很面熟，好像在哪里见过。

忽然又想起自己匆匆忙忙赶过来，也是来领课本的。他慢慢向窗口走去，打开学生证，当他看到自己的照片时，才猛然发现，芙蓉的孩子像他小时候的照片。他没有多想，只为这个巧合苦笑了一下。

曙光释然了，不再为情困惑。他想：只要芙蓉是北大的学生，一定会再见到她的。当然，他们不会再相爱，造化无情，让彼此有了自己的家庭。想到这里，曙光认为还是不见的好。

其实，芙蓉不是很快而是慢慢走进人流，满脑子都是刚才看到曙光时的第一形象。四年不见，张曙光老了，成熟了，脸上的书卷气不见了，起而代之的是满脸的庸俗和疲惫，和芙蓉平时思念着他的样子相差甚远。

芙蓉联想起第一次见到曙光时的情景（她经常这么思念他），那时的曙光多么年轻，气宇轩昂。他仰望天空，背诵着描绘春天的诗篇，那一脸的书卷气，深深打动了她。后来，她暗暗爱上他，才知道一见钟情对于情窦初开的她，犹如魔咒。当田田告诉她，曙光拥抱着安妮，那一刻，她失望到心几乎停止跳动，几天几夜吃不下饭，睡不着觉，第一次知道什么叫爱一个人，什么是为一个人心痛。可她仍然爱着曙光，每时每刻为他付出真诚的心，比起安妮来要真诚得多。这一切，曙光是知道的。正是如此，她才会在那年的春天回到荷叶塘，她相信安妮最终会离开曙光，事实也是如此。曙光对她说他从没有爱过安妮，安妮也只把他当成寂寞时的玩偶，彼此间没有真爱。她相信曙光说的是真话，成了曙光的妻子，即使吃了这么多的苦也不曾后悔过。但是，曙光最终还是背信弃义和安妮结婚了。那一段日子，她总在问自己：是曙光欺骗了我？还是自己欺骗了自己？

此时此刻，她慢慢走着，希望曙光能追过来，拦住她，问她：你还在爱我吗？

她会回答：你是我今生唯一的爱。

很多夜晚，芙蓉都在问自己，为什么自己对曙光爱得如此刻骨铭心？

虽然，她成了一平的妻子，对一平更多的是崇拜和感激。她对一平的景仰超越了爱情，是那种崇高的可以牺牲一切的精神上的相互支撑，比柏拉图的精神恋爱更纯洁更高贵。

而曙光，是她的初恋，是她唯一付出过身体的男人，是她孩子的父亲。尽管那爱是一场梦，但不等于是一场空啊，那曾经的爱，怎能让她忘记？何况还有一个孩子！

也许，男女之间的真爱在身体结合后便让彼此融为一体，再也无法分割。芙蓉就是这么认定，张曙光是她一生中唯一的爱。

但是，张曙光没有追上来，芙蓉又一次从心底绝望。

60

　　1979 年的春节前夕，向成理被释放了。公安局在他的释放证书上写着：向成理于 1972 年 4 月判刑，刑期 8 年，经本人申诉，公安局核实，原审判量刑过重，现改判 2 年 6 个月。服刑期满，准予释放。1978 年 12 月 30 日

　　而此时，向成理已经在湘中锰矿服刑六年零 8 个月。由于长期缺乏营养和阳光，他头发花白，苍白的脸上，双目黯然。

　　向成理走出监狱的大门，回头看了看他做了近七年苦工的矿场。就在这一排排矿洞中，他弓着背，咬紧牙关将沉重的矿石背出矿井。在这里，他掉光了所有的门牙，他的脊骨再也直不起来了。粉尘侵蚀了他的原本健康的肺，从早到晚，他一步一喘不停地咳嗽。

　　他的宝贝女儿——蔷薇已经站在那儿等着他。看到几乎认不出来的父亲，蔷薇难过得流下眼泪。他们没有回到宝庆的家，（那是他们的伤心地。）便直接乘火车上北京，芙蓉一家在车站迎接他们。

　　这是他们分别七年的团聚，那感觉就像从地狱到天堂。一家人喜极而泣。

　　一平认为，眼下最重要的是向爸爸的健康，出狱的第二天，他督促芙蓉领着向成理在北大医研部做了全面检查。向成理患了严重的矽肺病，肿胀的肺挤压着心脏，使心脏无法正常的跳动，这也是他一步一喘的原因。

　　心肺病是芙蓉主攻的专业，她知道，父亲的病已病入膏肓无药可治，只能保守治疗。她要做的是提高父亲的生活质量，让他多享几年福。

　　向成理在芙蓉家舒舒服服地过了两个月，他镶好了牙齿，养壮了身体，迎来了这一年的春节。

这一年春节，对于芙蓉来说是盼望已久的，小妹蔷薇特地从新疆来到北京过年，父亲也活着回来了。虽然家残缺了，活下来的等来了美好的今天，总算是不幸中的大幸。而且，家里还增添了一平和雨顺。小雨顺五岁了，是一家老小的宝贝。

　　那一年春节，我也是在芙蓉家度过的。

　　蔷薇已经走出心理阴影，和建北真心相爱。建北对我说：有一个棘手的问题令他们不知如何解决。他们原本是兄妹，现在要向组织申请结为夫妻，那么，那些传奇般的经历是否应该向组织坦诚地说出来？组织又能否信任他们？会不会认为他们欺骗了组织？欺骗组织是个很大的错误，说不准会被他们非常热爱的油田开除。蔷薇羞答答地告诉我，他们的恋爱只能秘密的进行，至于结婚，必须耐心等待时机成熟。

　　向成理回来后，满腹悲痛，强装笑颜度过了 79 年的春节。过完大年初五，他把一家人叫到跟前，说：这几年，我亏欠你们太多，尤其是茉莉和你们的妈妈，到死我都没有见她们一面。我知道我活不了几年，想去她们下过乡的地方看看，到茉莉的墓地祭奠她，不然，我死不瞑目啊

　　说完，向成理用手捂着脸嚎啕大哭。

　　芙蓉说：爸，您别难过，您一定要去看茉莉，我和蔷薇陪着您去，我们明天就去。

61

　　大年初六，向成理和两个女儿登上北京——长沙的列车。两天后他们站在茉莉的墓前。

　　茉莉的坟头已经长满野草，一束枯萎的茉莉花放在墓的上面。

　　向成理和蔷薇已经不顾一切哭倒在茉莉的墓上，芙蓉盯着那已经残败得认不出来的茉莉花，那是去年夏天她送心爱的妹妹的鲜花。

　　茉莉出殡的时候，蔷薇刚刚被建北救活，她站河岸上，眼睁睁地看着河对面的知青们抬着茉莉向坟墓走去。后来，她跟着建北去了遥远的克拉玛依。几年后，蔷薇第一次站在茉莉面前，撕心裂肺的痛悔让她哭得快要气绝。

　　向成理抹去眼泪过后，目光被茉莉的墓碑吸引：

　　这里长眠着我们最亲密的姐妹，十八岁的少女向茉莉。她是从宝庆来的知识青年。她带着美好的愿望来到这里，却饱受凌辱。她美丽、纯洁、善良，却屈死在野蛮、邪恶、罪孽深重的土岩寨。

大南山全体知识青年泣镌

1973 年 5 月 27 日

　　向成理老泪纵横，用颤抖的手指着墓碑，问：你们一定要告诉我。我的茉莉是怎么死的，她为什么要跳河自杀？

　　芙蓉指着远处群山环抱中的村落，说：爸爸，那就是土岩寨，妈妈和妹妹被遣送在那里。她们扎扎实实干着农活却吃尽了苦头，最让我痛恨的是那里的男人们残忍地把茉莉强暴了，女人们还把茉莉丢进深山野林喂野兽，而公安局长说茉莉太过风骚，自己也有责任。这些，就是茉莉自杀的原因。

　　啊！向成理发出一声嚎叫，接着发出剧烈的咳嗽，只见他面色发紫，接不到下一口气。

芙蓉赶紧用手帕盖在父亲的嘴上，对着父亲的嘴猛吸。一块浓血被吸了出来，向成理才能自主呼吸。

我要为茉莉报仇！向成理用沙哑的声音大喊。

芙蓉说：爸爸，我就是为了复仇而活下来的。

蔷薇说：我也是，如果不是为了报仇，我早就死了。

芙蓉问：蔷薇，你说我们的仇人是谁？

蔷薇说：周凤姣姐妹，土岩寨的男人们，还有公安局长叶青。

芙蓉说：对！爸爸，你听清楚了吗？

向成理点点头，说：我记下了他们。

芙蓉说：周凤姣已经死了，被人用枪打死的。她的妹妹周美姣背上了凶手的黑锅，死在监狱里。叶青已经傻了，说不出话来，是去年夏天的事，他的病情只会越来越严重。

蔷薇说：有些药物中毒，在小县城是无法诊断出来的。

芙蓉惊讶地问：你怎么知道是药物中毒呢？

蔷薇说：我现在是克拉玛依中学的化学老师，对有毒化合物比较了解，比如原油里的铊，只要服用几毫克，就替代了人体里的钾，让人被神经麻痹折磨一辈子。

芙蓉说：对，去年夏天，我来到这里。见到叶青后，我请求他重新审理茉莉的案子。他说，那案子已经铁板钉钉了，谁也别想翻案。像叶青这样的人还能指望他说人话吗？所以，我在临走时将铊放进他喝个不停的茶杯里。我知道他会慢慢变傻，现在应该是除了会吃饭，什么都不会。

蔷薇说：姐姐，我真是太佩服你了。最后只剩下土岩寨的仇人们了，你就把他们留给我吧。

芙蓉说：不，这仇留给爸爸去报。

向成理一下子来了精神，说：是啊，我还是一家之主呢，怎么能没有我的份，拼下老命，我也要报仇啊！我要让害死我女儿的人下地狱！

芙蓉说：这事我已经想了好久，方案早就订下来了，就等爸爸您回来。

芙蓉说着将望远镜递给爸爸，说：爸爸，您仔细看，我们现在站在八十里大南山的最高峰。土岩寨在我们的南边，再往南就是广西。看到南边的那座最高的山峰了吗？它叫元宝山，和土岩寨紧紧挨着。

去年，地质队在那里寻到了铀矿，国家立即派部队过来开采。几个月后，原本什么都顺利的矿洞冒出了毒气。官兵们被毒倒了，中央派出最好的医疗队来抢救，我随我的老师来到了元宝山。原来，矿脉正好在地表的断裂层上，从地底下冒出了大量的硫化氢、氯等毒气，后来只好把矿洞封了。我为了挽救军人的生命，曾戴着防毒面具进去采集毒气的样本，以便对症治疗。爸爸，看到元宝山下的矿洞了吗？洞口约三米宽，两米高，走进去约五百米，隧道被石块堵住了。

爸，硫化氢是剧毒的气体，人在洞里待上十几分钟就会中毒身亡。我当时就想，为什么让我来到这里？一定是茉莉在冥冥之中引导我。

向成理说：明白，我会把土岩寨的男人带进矿洞。

芙蓉说：也不能伤及无辜，我会把那些该死的男人们的名字告诉你，爸爸，他们贪婪而愚昧，我相信你能成功。

蔷薇说：爸爸，让我和你一起去吧。

向成理说：你不能去，你姐姐的一番苦心，我是知道的。

62

就像阳光很少照耀在土岩寨高寒阴冷的山谷，干部们也很少将党的政策传达给这里的穷苦的山民。1979 年，中国农村的改革开放已经进展得如火如荼，农田分到了各家各户，农民们正在甩开膀子大干一场。对于土岩寨的农民来说，今年与往年没有什么差别，只是队长不再喊大家一起出工，种瓜种豆任凭自家做主，家家户户还是守着几亩薄土刨食。封闭与贫穷，让这里的村民三分野蛮，七分凶残。

正月十一日，是农历新年第一个赶集的日子。赶集是乡村留下的古老的习俗，集市在离土岩寨几十里的马路边，每隔十日赶一次。到了这一天，四乡八里的农民，到集市上来出售自家的农产品，有的能卖几个钱，有的以物易物，还有不少村妇来看热闹。

天刚亮，蒋秋生就将昨天猎获的麂子扛在肩上，他要去集市卖麂子肉。

俗话说：一方水土养一方人。土岩寨贫瘠的土地虽然长不出好庄稼，广袤的森林给了那里的村民丰厚的惠赠。他们的木楼宽敞舒适，是因为森林里的大树任他们砍伐。他们不仅用参天大树盖房子，还将树砍成碎片，当柴火烧掉。自古以来，山民们都把自己看成大山的主人，无论是天上飞的，地上长的，凡是能捞进他们手里的，都成为他们的生活的资源。

像蒋秋生这样的有着丰富狩猎，捕捞、耕种经验的山民，每一次赶集都有东西拿到集市上去卖。这只正在哺育幼崽的母麂子，昨天终于被他抓住了，假如运气好的话，能卖十元钱。

十元钱对山民来说是个大的数目，蒋秋生大步流星往集市赶。当他把麂子肉放在卖猪肉的王屠夫旁边时，遭到王屠夫的极力反对，王屠夫认为麂子肉会挡住他的猪肉生意。

蒋秋生天生是个不怕事的人，他说：你说不准，我偏要在这里卖！王屠夫说：凡事都有个先来后到，你要吃饭我也要吃饭。

　　这本来是小事一桩，两人都不让步，便对骂起来。什么脏话都骂遍后，眼看就要打起来了，一个皮肤白净，背有点驼的老头喘着粗气从后面挤上来说：和气生财，和气生财！卖麂子的老弟，你的麂子要卖多少钱呢？

　　蒋秋生本来只想卖十元钱，怕老头杀价，便开了个高价，说：一口价，十二元。

　　老头爽快地掏出十五元钱递过去，说：我买了。

　　蒋秋生说：大爷，我没有零钱找。

　　老头说：那就莫找了。老弟，家住哪里呢？我们交个朋友吧！

　　蒋秋生说：我是土岩寨的蒋秋生，你好像不是本地人。

　　老头说：老弟好眼色，我确实不是本地人，小姓刘，是来办事的，就想在本地交个朋友。你帮我把麂子扛着，我们边走边说话。

　　两人走出集市，老头说：我在这里承包了一座矿山，想找人帮我挖矿，每挖一天我付他二十块工钱。

　　蒋秋生说：我帮你找人去挖，每天工钱只要十块。

　　老头说：好，你明天就帮我找二十五个人来，多了不行，少了也不行。记住，女人不要，二十岁以下的后生仔与我犯冲，也不要。我每天给你五百块钱，你给他们多少我不管，也就是说我发包给你了，你看行不行？

　　蒋秋生连忙说：行，行！

　　老头说：那我就不找别人了，明天在供销社门口等你，你叫我刘老板就是。我再给你二十块钱的信息费，现在办任何事都要付信息费的，你可能还不知道什么叫信息，就是你帮我找到出来做苦力的人，这就是信息。我们是朋友了，我不能欺骗你。供销社的小刘是我侄女，这麂子肉是我买给她的。

　　老头说完，从衣服里掏出二十元钱交给蒋秋生，要他明天早点来，提起麂子走进了供销社。

蒋秋生远远地看到他在供销社大声说话，好像与供销社的人很熟，再看看手里的钱，简直不相信这钱是真的。他使劲甩了甩手，钱发出"刷刷"的金属般碰撞的声音。一下子得了三十五块真钱，让他喜不自禁。而且，以后每天能赚几百块钱，真像做梦一般。俚语说：狗有粪吃，桐子叶也盖不了，运气来了，阎王爷都挡不住。蒋秋生为这挡不住的好运气高兴得一步三颠，只恨时辰过得太慢。

前天，向成理送走女儿后，便住进了离供销社不远的小客栈。客栈的旁边有一条小路通向土岩村。

昨天，他已经去过矿山。矿山在人迹罕至的大山深处，开矿的部队在那里筑了一条土马路，矿洞里铺设了轨道，几节矿车还停留在轨道上。矿壁上吊着汽灯，油尽灯灭。插火把的洞眼里只留下灰烬，在通风条件不好的矿洞里，需要用火把测试洞里的氧气。往洞里走五百米，便是石块垒成的墙，它用来堵住毒气外泄。向成理用手推了推，石墙竟摇动起来。他点燃事先准备好的火把，火把正常燃烧，这说明空气很正常。看来石墙虽薄，密封得很严实。

矿洞的外面还有营房和生活设施，铁镐满地都是。

所见到的一切和芙蓉说的很吻合。

离开矿山，向成理去了土岩寨，他躲在路边的草丛里，用望远镜观察寨子里的动静。还不到正月十五，这里已经没有新年的气氛。天虽然冷，但是暖洋洋的太阳出来了，有几个人到外面来晒晒太阳，绕着寨子转一转，再走进屋里去。狗偶尔叫几声，让死一般沉寂的寨子有了一些乡下特有情趣。

深夜，向成理走进他的妻子和女儿住过的破烂的木屋，那里还有几张木床和破旧的家具，睹物思人，向成理不禁失声痛哭。

回到客栈后，他打听到正月初十一日是赶集的日子，就守在去土岩寨的小路边。这一天无论是谁去赶集，他会都盯上去，找机会和他交朋友。

不料事情会这么顺利，竟认识了蒋秋生。向成理也恨不得明天早早到来。

他把刚买来的麂子肉送给了营业员小刘，顺便认她做侄女。还买了几支三节的手电筒，打听到明天有一辆车去县城拉货，时间碰巧的话，小刘会拜托司机捎他回到县城去。

第二天上午，蒋秋生就领着土岩寨的男人们来了，向成理要他们报出名字，这也许是天意，这些名字正好在芙蓉写给他的名单里。

向成理满脸笑容发给每人一个红包，红包里有五元钱。向成理说，还是正月，就要他们挖矿，不好意思，这是给他们的见面礼。村民们在红包的刺激下，兴奋起来，本来半信半疑的人，不再怀疑向成理是骗子，因为是他给了他们钱，而不是他们给他钱。

向成理领着这一队人往南走。这时，供销社还没有开门营业，公社的干部们还留在家里过年，按照风俗，要过了正月十五，农村的干部们才上班。

这天，公路上空荡荡的，只有北风在一个劲地刮着。村民们很兴奋，因为，他们就要当工人了。平时，他们除了在村子里干活，或者去林子里狩猎，没有去过更远的地方。林子里的猎物越来越少，挣钱也越来越难。忽然，生活有了新的转机，可以当矿工赚钱。当工人能挣很多钱已经成为乡下人的思维模式，也是他们人生的最高理想。刘老板的慷慨，大家都看到了，没有人怀疑以后会挣不到钱。

村民们紧跟着向成理，生怕跟丢了。他们边走边问：老板，我们是去挖么子矿？

向成理说：金矿。

老板，你是用好多钱买下金矿的？

不是我买的，是承包的，蛮多的人结伙承包的。

蒋秋生问：是不是挖出来就是金子？

向成理说：挖出来的是石头，捡到手里都不晓得是金子。

蒋秋生又问：老板，你何解晓得这里是金矿呢？

向成理说：我儿子在部队当团长，去年是他带兵来开矿的。后来和越南打仗了，我儿子带兵去了越南。儿了走的时候说，地方政府怕部队再来占金矿，一定会把金矿承包出去，他说准了，我们很便宜的包下了这个金矿。这事是很秘密的，我告诉你们，你们不能传出去。

老板把这么秘密的事告诉村民们，一下子拉近了老板和他们的距离，他们还想从老板口里多听到更多的关于矿山的事。

向成理说：我还告诉你们一个秘密，这里的矿石含金子很多，你们要是捡一块回去，锤得跟砂子一样细，用筲箕装着，放到河里洗一洗，砂子被水冲走了，金子留在筲箕里，几粒金砂就能卖一百块钱。

村民们一个个睁大眼睛听着，原来，金钱离他们这么近。

到了矿山，村民完全相信了老板的话。村民们说：老板啊，翻过北边的山，就是我们寨子，今天我们绕了路了。

向成理说：你们明天来上班就不会绕路了。说着，把村民领进矿洞里，三支电筒把矿洞照得半明半暗。

过了十来分钟，向成理指着前面的乌黑的石头墙说：墙里面就是你们要挖的金矿，为了怕人晓得，部队走的时候用石头把洞子封了，这也是我儿子告诉我的。你们今天的工夫是把墙挖掉，把垒墙的石头放进矿车运到外面去，明天正式挖金矿。

向成理说完，拿出一沓钞票数都没数，交给蒋秋生，说：工钱先交给你，多劳多得，谁要是不听安排，你看着办。

蒋秋生对村民说：刘老板看得起我，要我领个头，今后哪个偷懒，哪个少拿钱。

村民们都说：要得，要得！

向成理说：我已经跟你们讲了，挖金矿挖金矿，就是使劲挖。我去营房给你们烧点茶水，你们开工吧。

手电筒和火把的光将矿洞照亮，把这二十五个人的身影投在前面的石头墙上。他们扬起铁镐向石墙砸去，墙上的身影像鬼魅一样晃动着。向成理听到身后"呼呼"的挖掘的声音，加快脚步往外走。

向成理坐在营房的板凳上，心里想着芙蓉说的话：毒气会慢慢麻痹人的神经，大约在三十分钟后，中毒的人会失去知觉，然后死亡。

向成理双手合十，向上苍祈祷：老天啊，我向成理从来没有想过要杀人，我也知道他们有家有室拖儿带女的，但是，我女儿死的时候，心里是千疮百孔啊，难道他们就不应该千刀万剐吗？我让他们毫无痛苦的死去，已经是厚待他们了。老天，你就让他们进地狱吧！

正在挖矿的蒋秋生，此时恨不得将"刘老板"一锄头砸死。在这样的深山里害死一个人比打死一头野猪容易得多。一头野猪只能换二、三十块钱，刘老板死了，金矿就是他们的了。他相信在场的人都是这么想的，别说是一座看得见的金山，就是为了刘老板身上的钱，只要他喊一声"打死他！"，刘老板就没命了。

突然墙被挖倒了，石头差点滚落在他的身上。随即一股臭气扑鼻而来，谁也没有介意，因为这样的气味他们早就习惯了。

蒋秋生说：大家快点把石头捡进铁车子里，推到外面去。早点做完早点回家，早点吃夜饭，吃完饭到我屋子里来，我有话跟大家说。

这时，有人觉得喉咙被卡住了，便咳了起来，这一咳，大家都觉得喉咙里有点痒，跟着咳起来。接着又有人觉得眼睛痛，用手背去擦眼睛。有的人头痛了，有的人觉得舌头发硬，说不出话来。有人用手抓自己的脖子、胸部，有人想往外走，可就是迈不开步。渐渐，他们倒在地上挣扎着。

向成理闻到了臭鸡蛋的气味，他从提包里取出芙蓉给他的解药和一个又大又厚的毛巾，用山泉水服完药，毛巾沾湿后捂住嘴巴向矿洞走去。

到了洞口，他点燃早已准备好的火把，奋力将火把掷向矿洞的深处，只见洞内腾起火焰，发出细碎的爆炸声。

几分钟后，火渐渐熄灭，矿洞里不时传出零星的爆炸声，那是硫化氢在燃烧。

没有一个人走出来，他们全都死去了。向成理收回他发给他们所有的钱，用尽力气将他们的尸体堵住洞口，不让毒气外泄，然后心情沉重的离开那里。他没有从原路返回，而是向广西方向走去。

63

安妮仔细读完了蒋大林的诉状，诉状中提到他父亲和寨子里的村民失踪多年，除 1979 年，在失踪案刚刚发生时，公安干警来调查过，后来不管他怎么上诉，此案如石沉大海，无人问津。直到 5 年前，在离他寨子不远的矿洞里发现多名无名死尸，曾经有个北京的公安干警来寨子里进行调查，还在寨子里住了几天，后来又杳无音讯。蒋大林认为 5 年前发现的无名死尸有可能是寨子里的失踪者，因为案发地点离他寨子近，又是死在矿山的，与村民被矿老板带走相符。所以，希望高院重新审议此案。

原来，此案曾经有过两次办案调查，结果都是无果而终。

安妮决定先去城步县询查当年的办案人。

接待安妮的县公安局长正是当年办案的田和平。

田和平说：这个案件确实是我经办的，案子很复杂，不是说它案情有多复杂，而是政治背景很复杂，它涉及知识青年上山下乡运动。案子办着办着停了下来，也是上级的指示。

安妮问：你在办案过程中是怎么想的，曾经怀疑过这是一桩谋杀案吗？

田和平说：怀疑过。

安妮：那么，谁会谋杀这些贫穷的山民呢？作案的动机又是什么？

田和平说：哦，动机很明显。土岩寨曾经下放过两个女知青，其中一个被寨子里二十五个男人强暴了，这些男人也就是死去的这二十五个失踪者。后来，这个女知青和她的妹妹因为这事跳河自杀了。女知青的父亲和姐姐都有复仇的动机。

安妮说：那么，怀疑他们的证据呢？

当年我去调查时，寨子里的一个老人告诉我，在村民失踪的前几天，寨子周围有鬼在徘徊，有一天夜晚，他还看见鬼进了女知青的木楼，在那里号哭。我作为公安干警是不相信鬼的，但是，不是老人亲眼看到，他也没有必要对我撒下这样的大谎啊。我当时就怀疑"鬼"就是女知青的亲人，只有她的亲人们才会走进那个令人恐怖的已经荒废木楼。当他目睹了亲人生活过的地方，也就增强报仇的信念。我也问过村民们，在知青下放期间，她们的父亲来过吗？他们说，没有看见过她们的父亲，不过，她们的姐姐一直住在这里。我想，如果是一桩复仇案，不管那个冒充矿主老板的是谁，她们的姐姐一定是背后的主谋。

田和平的判断和上诉人蒋大林是一样的。

假如当年让你继续调查，你会顺着哪条线索查下去呢？

首先是查找无名死尸，另外我也会对女知青的亲属展开调查，因为他们有作案动机。

后来，你关注过这个案子吗？这也是二十几条人命啊！

84年，我局在与广西交界的一个矿洞里发现了二十几具无名尸骨，我当时怀疑过他们是土岩寨失踪的村民，怀疑归怀疑，要有证据才行。但是年事已久，地方警力又有限，更谈不上用刑侦技术破案，我便上报到省公安厅。后来省公安厅来人调查了，调查的结果没有通报过，我一直不知道。

安妮告别田和平回到省城，她认定，这件失踪案已经失去了最好的破案时机，如果当年田和平向前走一步，也就是拿着向成理的照片，要目击者辨认，至少向成理是不是带走村民的矿主老板能肯定下来，假如是的，直接抓捕他。在那个凡是犯过罪坐过牢的人都是专政对象，实行严密管制的年代，要找到劳改释放犯的照片是很容易的，尤其是城市人。现在就算能找到向成理本人，那些目击者又会在哪里？

在省公安厅的档案室里，安妮找到了《关于城步县元宝山矿洞内无名骸骨的调查报告》，报告不到一百个字，简单到一目了然。报告人的名字却让安妮震惊：袁权。

　　安妮继续找，始终没有找到省公安厅关于土岩寨实地调查失踪案的其他文字记录。为什么会找不到呢？难道去土岩寨调查的人也是袁权？

　　公安部刑侦科长袁权走进了安妮的视线。

64

1984 年，李珍病入膏肓，决心把芙蓉和孙子的事说出来。

她说：曙光，你还在思念芙蓉吗？你想知道芙蓉的故事吗？你想知道在你们分手后，她的生活里发生了什么？来，你坐下，今天，妈就把芙蓉的故事讲给你听。妈这一辈子最对不起的人就是芙蓉和你们的儿子。儿啊，你是有儿子的，是你和芙蓉的儿子，我见过的。是我把你们活生生的分开了，每每想起这事，妈就后悔不已，这事是妈的心头之痛啊！

弥留之际，她留下的遗言：一定要找到芙蓉，代她向芙蓉道歉。

母亲的遗言让张曙光无比痛苦！

十年过去了，曙光一直暗暗寻找芙蓉，却一直没有找到芙蓉。

和安妮结婚后，安妮一直没有生育。让李珍生气的是，安妮没有生育，却总要曙光去看病吃药。曙光吃了好多药，安妮还是生不出孩子。李珍偷偷去问医生，才知道是安妮不能生育。医生说安妮的子宫内膜大面积损伤，还患有妊娠心脏病，一辈子都不可能生育。而这些病，都是女人流产时受了风寒而留下来的。

曙光告诉妈妈，他根本没让安妮怀过孩子，这事曾经让曙光在生理上厌恶安妮。他没有追问过安妮，也没有在安妮面前流露出对她的鄙视。让他痛苦的是，他爱的人是芙蓉，而和他睡在一张床上的是安妮。多少次他把安妮当成芙蓉，激情过后，心灵一片空白。

自从知道芙蓉的遭遇后，曙光很是内疚，坚信当年在北大校园见到的是芙蓉和自己的儿子，尽管至今还难以相信芙蓉会是自己的校友。

现在，曙光已经是北京市中级法庭的审判长。我也成了公安部有名的刑侦专家。

曙光曾经请求我帮他寻找芙蓉，他给我提供的线索是自己曾在北大的校园里见到过芙蓉。他说，他看到芙蓉出现在北大的校园里，怀疑自己看错了人，所以没有走上前去相认，他为失去那一次机会深深懊悔。我告诉曙光，为了芙蓉，我和建北曾踏遍万水千山寻找他。想不到他为了娶安妮而抛弃了芙蓉。这么多年过去了，就算找到芙蓉又怎样，难道还能回到从前？

曙光说，他为自己的婚姻痛苦过，忏悔过。为摆脱痛苦他曾努力为事业拼搏。而今是奔五十的人了，事业眼看就要到头了，日子总是那么阴暗，心情总是那样沉重。如果找不到芙蓉，母亲临终的遗嘱又怎能实现？

见到曙光如此痛苦，我也曾犹豫过，但是一想到雨顺，就决定硬下心来。

77 年，我从克拉玛依油田考上中国公安大学，建北托我带上和田的大红枣去看望芙蓉。从此，我成了芙蓉夫妻最好的朋友，也是他们家里的常客。不仅如此，芙蓉把自己上大学时的闺蜜介绍给我认识，后来成了我的爱妻。

如今，一平是清华大学的教授，芙蓉也是首都医院的著名医生，夫妻俩非常恩爱。他们的儿子雨顺是清华大学少年班的高才生，是个阳光帅气的男孩，一平生命中的宝贝。每个人都看得出来，一平视雨顺为生命。我一直保持着与芙蓉一家的友谊，非常敬重他们。曙光没有在我面前提到过儿子，我也从不提及此事，我不想曙光从一平那里夺走雨顺。

就在这时，安妮以检察官的身份约见了我。

寒暄一番后，安妮说：上级交给我一件积压了十五年的旧案。我在调查此案时，了解到你在 84 年也对此案调查过，想问问你当时调查的经过。

我说：84 年我办的案子太多了，不知你问的是那一件？

安妮说：城步县土岩寨村民失踪案。

我说：这案子太久了，事实也不清楚。

安妮说：家属一直在上诉。

我说：原来是这样。这本不是我要调查的，因为在我调查的案子里涉及死者的身份，所以去了土岩寨。土岩寨子的男人失踪后，大多数的女人拖儿带女的改嫁了。当时的孩子们已经长大成人，为寻找新生活也离开寨子外出打工。留在寨子里的都是老人和小孩，没有人还能清楚地记得当时的情形，也没有谁能说出失踪者年龄和外貌，大多数失踪者的名字被忘记了。很遗憾，我没有调查出实质性的东西。

安妮问：他们有没有提到曾经插队在他们寨子里的女知青？

我说：说过，男人们失踪时，知青们已经死了。

安妮问：他们是怎样评论知青的死？

我平静地说：很平常，好像知青的死与寨子里的人没有关系。

安妮问：你是否问过他们那些失踪的男人是因为什么原因离开寨子的？

我笑了笑，说：这个肯定是要问的，老人们都说他们跟随当年的生产队长去挖矿，一走就没回来了。

安妮问：你在那儿调查了哪些人？

我说：为了证实元宝山矿洞的尸骸是否是土岩寨的失踪者，我在那儿待了三天，寨子里所有的人都问过，没有谁能提供失踪者其中一人的准确年龄和身高，后来实在找不到证据才离开的。

安妮问：你去县公安局跟当时办案的公安刑警田和平交流过吗？

我说：对不起，我又接受了新任务，来不及和他交流就回北京了。

安妮说：那么，你最后的结论是什么呢？

我回答：不太好下结论，虽然我去调查的矿洞尸骸案是二十五具男性尸骸，而土岩寨失踪的也是二十五个男人；从死者身边的一些物证可以判定他们是附近的村民，而土岩寨也就在矿山的北边；经科学验证死者大至死于 1978 至 83 年之间，土岩寨的村民是在 79 年失踪的，时间上相吻合。但是，要将两案合并在一起，第一，找不到目击证人。第二，没有证据证明死者是被害还是意外。你知道，要为案件下结论，二者缺一不可。我们可以推测，可以判断，但不能根据推测下结论，结案是要证据的。

安妮沉吟片刻，说：今天的谈话就到此结束吧，你要是想起了什么，一定要告诉我。

我说：我这是我们司法工作者的职业操守，凡我知道的一定会向组织汇报。

在离开检察院后，我内心一时无法平静。当年我在土岩寨调查时，村民不但说了发生在寨子里的女知青被强暴的事实，还清楚地叙述了那二十五个村民失踪时发生的一切。虽然事情过去了十年，但是，一个那么小的寨子，几乎每一个家庭的主心骨都在同一天消失，村民们会忘记吗？何况他们的亲人一直在寻找着，从未放弃过。我今天的话，安妮会相信吗？她没提起向芙蓉的名字，因为她知道我和芙蓉是好朋友。

我不知道安妮的调查已经进入了哪一道程序，如果她已经去过土岩寨，而调查的结果与自己截然不同，那么，她一定能臆测出我在隐瞒什么。所有的一切都与芙蓉紧密联系在一起，芙蓉要是真的犯罪了，她会放过芙蓉吗？

仔细回忆自己看过的案卷和调查过的知情人，都没有芙蓉涉案的痕迹。芙蓉压根没到过作案现场，这让我很放心。

65

安妮决定亲自去土岩寨，从省城坐火车到那里，要路过宝庆城，因为涉案人是宝庆人，安妮决定先去调查向成理父女。

二十年过去了，石头街原来的建筑大多不复存在，芙蓉家的木楼也被拆除，起而代之的是高大的百货大楼。旧日的街道已经面目全非，只有居委会还在原来的老地方。

新来的居委会干部对芙蓉一家完全不知情，当安妮说到向成理是个劳改释放犯时，居委会要她去派出所调查，派出所有所有两劳人员的档案。

当安妮说明自己的来意后，派出所的干警找出向成理的档案。安妮在档案首先中找到的是一张由首都医院开具的死亡证明书，原来向成理已于81年10月死亡。

接着，安妮仔细读了向理在服刑时向上级递交的申诉状。

向成理在申诉状里陈述：

……

我记得是在春节前夕，居委会主任周凤姣陪着周美姣来我家，说她的亲妹妹周美姣手里有一些布料要卖出去，要是我能买下，可以不要布票，不过，在价格上要贵一些。我便要她拿过来看看。

第二天，仍然是她们姐妹二人一起来的，拿来了十几个布料，都是当时很流行的花色，质量也是上乘的呢子、灯芯绒一类，这些布料是拿着钱也买不到的。我当时只想到做成品衣能多赚钱，便全部买了下来。

接下来的一年里我买了她三十五个布料，共计付给她七百二十元，这些布料都是我主动交代的，公安局进行了核实。

我的确不知道周美姣是百货公司的售货员，出于对居委会主任周凤姣的信任，从未怀疑过布料的来历。直到那天周凤姣领着革命群众将我按在地上，要我承认，我为了开资本主义的黑店，无耻地唆使革命立场不坚定的群众偷国家的计划物资，挖社会主义墙角。由于不知道周美姣卖给我的是赃货，被蒙在鼓里的我，认为自己清清白白的，认为斗争我，是周凤姣在故意打击我，曾顽固地不认罪。

由于我的阶级觉悟太低，过于信任周家姐妹，为她们销了赃赃，辜负了党和政府对我的教育。但是，周家姐妹冤枉我，说我唆使周美姣偷布料是在减轻她们的罪责，让我为她们背黑锅。为了让我在严打运动中成为重点打击对象，周凤姣诬告我请工人做工，自己当老板，把我接私活说成是开地下工厂。事实是我有几个同事偶尔来我家玩，帮我缝些钮扣，年底活太忙的话，我也要她们帮几天忙，收到的手工钱一分不少付给她们，这些，我的同事们都为我做了证明。我从没歌颂过林彪……

我的错误是，党给我一份工作，让我抬头做人，不再受地主资本家剥削，我却挖社会主义的墙角，接私货，为了多赚钱，我买下了周家姐妹的布料给资产阶级的小姐太太做衣服，还偶尔请人帮忙做私活。

……我再三请求政府对我犯下的罪行重新审议。

看完向成理的申诉，安妮再清楚不过：周家姐妹是造成芙蓉一家悲惨遭遇的罪魁祸首。她想，在《心理学》的理论中有一条法则：人们时时刻刻记在心头是仇恨而不是幸福。

按照这条法则向芙蓉一家人到死也不会忘记周家姐妹对她们一家的陷害，那么，周家姐妹也不敢忘记自己对向家的迫害，他们一定时时在关注着对方的动静。也许，找到周凤姣就能找到向芙蓉。

于是，安妮问派出所的干警：那个曾经当过居委会主任的周凤姣现在何处？

一个老干警告诉她：你要找的周凤姣早已死了，而且死于离奇的枪杀案，此案至今都是一个悬案。不但是周凤姣死得离奇，还连累了她的妹妹周美姣，她妹妹周美姣死得更冤更惨。

安妮听到后来不由张大了嘴巴，她忍不住问：周美姣是怎么死的？

老干警说：公安局在周美姣家里找到了枪杀周凤姣的手枪……

手枪？什么样的手枪？安妮不等老干警说完就打断了他的讲话。老干警说：你不是在问周美姣是怎么死的吗？我告诉你，我就是这个案件的专案组成员，十五年过去了，我对这个案子还是记忆犹新，你问我，算是问对人了。这个周美姣是被拷打致死的。因为你是来办案的，我给你讲实话。周美姣因这个案件被关进公安局，当时革委会限公安局十日内破案。在周凤姣死后，专案组在周美姣家里被搜出了一支手枪，那是一支由气枪改制的无声手枪，外表小巧，杀伤力却很强。周美姣自然成了重要的嫌疑人，女人家是经不起拷打的，没几天就死了。她一死这个案子就算破了。我想，无论何时调查她的案子对公安局来说都是很忌讳的。

安妮说：我能理解。那么杀害周凤姣的手枪还在不在？

老干警说：手枪被送到公安部去了。

安妮问：后来，有没有继续调查此案？

老干警说：一直没有新线索。周凤姣在当居委会主任时得罪不少人，生活作风也不好，同时与她有奸情的男人有几个，她那个居委会地、富、反、坏、右也不少。过了两年，文化大革命也结束了，急需处理的大案要案冤假错案太多了，办案人员能推就推，就算上面要求下面重审某个要案也不见得下面的人会雷厉风行扎扎实实地去办个水落石出。

安妮问：专案组人员有没有怀疑过向成理的一家？

向成理？老干警想了想回答说：好像没有谁提供过跟他一家人有关的线索。

安妮暗自思忖：强暴向茉莉的人离奇失踪，陷害向成理的周家姐妹离奇死亡，这两宗案件都与向芙蓉一家的遭遇密切相关。如果向芙蓉要报仇，可谓大仇已报。这两个大案，向芙蓉一家都有作案动机。问题是，找到了与向芙蓉相关的案件，却没有发现向芙蓉作案的线索，她本人也像人间蒸发，不见踪影。不过，向芙蓉，你不可以侮辱我的智商，掘地三尺我也要找到你！

安妮向派出所要了向成理劳改回来时的照片，有了这张照片，或许还有人能认出他。接下来她要找的是与向芙蓉有关的线索。

离开派出所，安妮立马去了市公安局，她一定要在周凤姣的案件中找到向芙蓉作案的蛛丝马迹。

安妮在公安局翻阅了整整三天的案卷，她没有放过任何细节，案件的侦查可以说没有任何遗漏，而且没有一个字与向成理一家有关。

接下来，居委会与派出所都协助安妮调查寻找向芙蓉的下落，遗憾的是，向芙蓉户口从 1968 年迁走后就再也没有回来过，1974 年，她生下孩子后，就和孩子一起消失了，这十几年都不曾有人再见过她。

66

　　失望的安妮决定在父亲家休息几天再去城步。

　　安静之夫妻已经离休在家，老干部的优越的生活条件让他们活得快乐而健康。看到满脸春风的父母亲，安妮内心深处的某些惶惑不安在弥漫，尽管，父母让她骄傲，自己的社会地位也是远远超过同辈，但内心的阴影是永远也无法抹去的。她感到这一辈子都不曾幸福过，即使到了的晚年也不会像父母这样的幸福，因为没有谁会牵挂着她。

　　晚上，安静之约了朋友打麻将，常来打麻将的朋友中有谢梅。

　　见到安妮，谢梅便辞去麻将与安妮聊天。

　　谢梅说：我记得你当知青时插队在金桥公社一个叫荷叶塘的地方。

　　安妮说：是的，你的记性真好。

　　谢梅说：不是我记性好，是我的弟妹也插队在那里，她和我说起过她在荷叶塘的遭遇。

　　安妮惊讶地问：你弟妹？她叫什么名字呢？

　　谢梅说：她叫向芙蓉，你们应该认识的。

　　安妮再次张大了嘴巴，她不相信自己就这么轻松地得到了向芙蓉的消息，一生经历了那么多，第一次感受"踏破铁鞋无觅处，得来全不费功夫"的令人窒息的激动。不过，她立马收起满脸的惊讶，故作亲昵之态，说：啊呀，向芙蓉是你的弟妹，她也是我最好的朋友，谢阿姨，怎么从没有听你说起过她？

　　谢梅说：我和你，和她，都是好几年才见上一次面，一见面要聊的事情多着哩，哪有工夫聊她。

　　安妮说：谢阿姨，你这就说错了。我和芙蓉同住在一间破烂的土砖屋子里，同一个锅里吃野菜拌饭，感情很深厚。后来她离开了荷叶塘，我一直好想好想她，你要是能和我聊聊她，我可高兴了。她眼下在哪里呢？

谢梅说：她在首都人民医院当医生，医术高明得很，是医院鼎鼎有名的内科主任。

安妮做梦也没想到哪个在荷叶塘只会傻傻的听命于她的向芙蓉，竟成了女医生，而且是有地位有名气的女医生。原来，她在派出所看到的向成理的死亡证明书，就是向芙蓉在首都人民医院开具的。

安妮说：我记得从前向芙蓉家住在石头街，家里面有爷爷奶奶、父母和两个漂亮的妹妹，他们后来是不是和芙蓉一起住在北京？

谢梅说：没有，听说她没有亲人了。她的父亲我倒是见过一面，说来也巧，那年我去北京办事，住在我弟弟家里，那天刚好是芙蓉三十岁的生日，她还约了几个好朋友准备去酒店庆贺。谁知她爸爸突然发病，芙蓉赶紧将他送进医院，可惜的是，那天晚上她爸就死在医院里。那时，芙蓉还在北大念医学院，也就是几个在北京念书的老朋友帮她处理了老爸的后事，骨灰盒也放置在北京，没有送回老家。老家的亲戚也就没通知。我见到的就是临死前的向爸爸。

安妮问：那是哪一年的事？

谢梅说：81年，那一年我儿子考上了北京大学。

安妮问：你可记得芙蓉爸爸去世那天，她的哪些朋友为她安葬了父亲。

谢梅说：我只记得其中有个男生，是我们老乡，在芙蓉还是知青时，他们就是好朋友，当时他在中国公安大学念书。

毫无悬念，安妮立刻想到了我。她问谢梅：芙蓉是哪一年做了你的弟妹？

谢梅说：77年的春天。我想想，那时你已经大学毕业了，也和曙光结婚了，不再是知青。可芙蓉是个没有户籍的知青，我帮她在红日军工厂搞了个户口。后来，她的户籍随丈夫迁到了北京，她是在北京报考北京大学的。她，一个初中生考上了北大，不简单吧。

安妮用鼻子说：是的。

77年的春天结婚，而枪杀案发生在75年，那时，芙蓉还没有结婚，她的儿子还不到两岁了，这案子会是她做的吗？安妮想。

沉默了片刻后，安妮问：谢梅阿姨，你弟弟是干什么工作的？

谢梅说：我弟弟是哈军工毕业的，现在是清华大学的教授。

安妮问：你弟弟是学什么专业的？

谢梅说：飞机制造，主攻战斗机。

安妮大喊：谢梅阿姨，你当初怎么不把你弟弟介绍给我呀！

谢梅笑了笑说：你会看不上他的。

安妮说：为什么？我就是喜欢有学问的人呀！

谢梅说：可惜他残废了，只能坐在轮椅上。

安妮问：那他能有孩子吗？

谢梅说：有一个儿子，在清华上大学，英俊得很。

安妮哼了一声，说：这么说来，他儿子是74年以前生的？

谢梅自知失言，便说：我话是不是多了？

安妮似乎陷入沉思，那边有人在喊：谢处，我输得连裤头都押出去了，你赶快来替我一把。

谢梅对安妮说：我去替替，帮他转一转手气，待会我们再聊。

安妮说：你去玩吧，有事我会再找你的。

谢梅一走，安妮无比兴奋：向芙蓉不但有作案动机，还具备了作案条件。

那支不寻常的自制手枪一定出自对武器的制造有着丰富经验的人，尤其是枪支的弹药。芙蓉的丈夫，一个毕业于军事工程学院的残疾人，他也许不能成为枪手，但他可以为芙蓉制造枪支，他也许就是这支枪的制作人。

那一晚，安妮对案件进行深入分析：

假如，谢梅的弟弟在成为的残疾人以后，认识了芙蓉，残疾人最大的需求就是有人照顾。向芙蓉在生了孩子后，最需要的是一份收入。如果他俩相遇了，会怎样呢？肯定是谁也离不开谁了。

向芙蓉是个什么样的女人？温柔、漂亮、细腻、体贴、能干、勤快，正是这样，她赢得了曙光的心。我虽然得到了张曙光这个人，但没有得到过他的心。他的心给了芙蓉，如果芙蓉要他去死，他会毫不犹豫地去死。芙蓉能让张曙光为她死，也能让别的男人为她死，她是有这种魅力的。

安妮想到这里，眼前仿佛出现了张曙光那张郁郁寡欢的脸。

芙蓉背着我勾引张曙光，夺去了曙光的心，还为他生了一个儿子，这是我一辈子不甘心的事。让我心恨恨的是她的日子过得比我还好，她的丈夫会造战斗机，还为她造了枪支，帮她去复仇，这样的男人真真是太难得了。假设真是这样，算是上天给了我一个机会，让我亲手把她送上断头台。

接下来我应该立即回检察院汇报，要检察院责成公安局重审"周凤姣枪杀案"。我争取任专案组组长。取得组织同意后，即刻赴北京的公安部。既然那把枪送到了公安部，那么这个案子一定在公安部立了案。只要枪还在，直接拿枪去找向芙蓉，告诉她二十年前的"周凤姣枪杀案"已经告破，就等她坦白自首了。如果能配合，或许能留她一条小命。同时暗示她，她和父亲合谋制造的"土岩寨失踪案"也有了确凿的证据。

一般罪犯会在确凿的证据（特别是物证）面前强作镇静，但无法掩饰内心的恐慌。带上两个经验丰富的助手和最先进的测谎仪，先让他们轮番去恐吓和诱逼，让她的心理防线崩溃。

兴奋过头的安妮竟然毫无睡意，她决定回家后把这个计划告诉张曙光，她要刺激刺激这个内心冷漠的男人。

67

张曙光举起木槌在桌子上重重敲了一下，大声宣布：退庭！

法庭上的人纷纷离开座位向外走去，只留下女犯人和看押她的干警。

张曙光看了一眼表情麻木精神几近崩溃的女犯，转身走向法庭休息室。

陪审员，书记和审判长都已经脱下制服换上便装，张曙光看了一下时间，已经下午五点，下班的时间到了。

刚才审判的是一桩"妻子杀害亲夫案"，关于这个案件已经讨论得够多了，不过，刚才在庭上，女犯人不仅翻供，还递交了新的证据。

张曙光觉得新的证据很重要，它有可能填补某些不够清楚的细节，他希望同事们留下来讨论一下，以便明天开庭。可是审判长认为这是犯人在为自己狡辩，不想再谈，同事们也就跟着走了。

张曙光有点懊恼，法庭审判原本是很庄严的，它体现的是公平和公正。可是，这些年来，它变得越来越暧昧。说到底，法律被钱与权玷污了。而且，就算法官很正直，可是审判大权在合议庭，最后落在审判长手里。在合议庭，总由级别高的人担任审判长。这样的审判制度让张曙光觉得自己干的事越来越没有价值。

他慢吞吞地脱下法官的制服，换上便服。

他不急于回家，安妮不在家，家里冷冷清清。就算安妮在家又怎样，他们之间是缺乏交流的。安妮越来越霸道，好像张曙光能当上大法官是欠了她一个天大的人情。

当张曙光慢悠悠回到家里，安妮正坐在客厅的沙发上啃着苹果看着电视。

曙光问道：你什么时候回来的？

安妮说：没多久。

曙光说：吃饭没有？

安妮说：吃过了，你呢？

曙光说：我也在外面吃了点。

看到安妮苹果啃完了，曙光为她倒了一杯白开水漱口，问：案子办得怎样，还顺利吗？

安妮得意地说：太顺利了，这次我挖出一个大案，一个隐藏了多年的隐形凶手被我侦查出来了。

曙光看了安妮一眼，安妮得意的眼神有点邪乎，好像案件跟他们熟悉的人有关似的。

曙光不再说什么，回到房间，越想越觉得安妮那得意的样子值得琢磨。安妮因为有心脏病，和同事相处得也不好，在事业上发展得很不顺利，一直做着无关紧要的工作。每一次办案，都交给她一些上级认为可办可不办的小案子，这一次也一样。不过，这一回她的情绪和以前任何一次办案都大不相同。

曙光问：你已经向领导汇报了吗？

安妮说：还没有。不过，这一次我得花一些时间向他们好好汇报。

曙光顿了顿，说：安妮啊，你在汇报时还是谨慎些，或许案子不是你预料的那样。

安妮说：你当然希望这案子不是我预料的那样，不过，我告诉你，这一回我是瓮中捉鳖十拿九稳。

曙光说：为什么是我希望的呢，难道这个案件与我有关？

安妮说：与你无关，但与你爱的女人有关。

曙光听后，笑着从房间走出来，说：看你说得有鼻子有眼的，你说说，我到底爱上哪个女人了？

安妮说：我不说，不代表我不知道。我不计较，不代表我不在乎。

曙光说：那你就说出来，吞吞吐吐不是你平时的性格。

安妮说：那个深深埋藏在你心里的女人，那个为你生了个儿子的女人，不过，她的好日子就要到头了。

曙光听后，浑身的血瞬间凝固，他说：安妮，你不要以个人恩怨报复别人，老天爷给我们一颗心是用来爱的，而不用来互相伤害的。

安妮说：你是说报复？我倒是不想报复，可惜证据确凿，她这一回插翅难逃。

曙光沉默无语，绕着客厅走了几圈，做了几个深呼吸，让内心镇定下来。然后故意激她，说：你的能耐我知道，有什么证据还会落到你手里？别到时候是搬起石头砸了自己的脚。

安妮说：告诉你也无妨。我的证据就是杀害周凤姣的手枪。那是一把高级的自制手枪，全湖南省乃至全国恐怕只有一人会做那种手枪，那就是凶手的丈夫。周凤姣陷害凶手的父亲，让她父亲身陷囹圄，将她母亲和妹妹流放到荒蛮之地，她的妹妹在遭受野蛮强暴后跳河自杀了。两年后，她紧握她丈夫为她制造的手枪将周凤姣枪杀，然后，把枪藏在另一个陷害她的女人周美姣家中，让那个女人做了替死鬼。不仅如此，在她父亲出狱后，她又和她父亲一道杀害了强暴她妹妹的二十五个男人。

我们从来没有在一起讨论过案件，今天正好是一个机会。我是这么分析案情的，首先是作案动机，这个女人的作案动机很明显，她要为妹妹们报仇。再就是作案条件，她的丈夫是个军械专家，在体育气枪里加上一点现代元素就是一支杀伤力很强的手枪。还有作案时间，周凤姣被杀害的那一天正好是她爸被判刑的日子。你只要用心想想，除了她，又有谁把周家姐妹当成共同的仇敌呢？

曙光，当我把手枪摆在她眼前时，我相信，她的眼睛会告诉我，她就是凶手。

曙光说：我不相信芙蓉是凶手，你一定弄错了！

安妮冷笑，说：你终于说出了她的名字。自从我们结婚后，我再也没有听你提到过她的名字。我知道，你不是忘记了她，而是一想起她，心里就会流血。

不，安妮，我是爱你的，你要相信我，唯有相信我对你的爱，你才能得到你想要的爱。

安妮冷冷地直视着曙光，说：一个男人最大的失败，就是把爱自己的女人推到冰冷的对立面，让她的心变成一块冰，结冰的心是很脆的，轻轻一击，就七零八碎了，不敢再相信爱情。

安妮，就算你不相信我，我求求你，给芙蓉一条生路吧，给她一条生路，也是给你自己一条生路啊！我知道这些年来，你一直恨着芙蓉，恨也在伤害着你啊！

曙光，你不要求我，要求，就求你自己，求你自己睁开眼睛看看我，看我被你伤害成什么样子了。

曙光突然跪倒在安妮面前，说：我不管芙蓉杀没杀人，我只求你别让恨蒙蔽了自己的心，就算我该千刀万剐，这也与芙蓉无关，你就放过她吧。

害怕了，是吧。我不向领导们汇报也行，但我有一个作为交换的条件。那就是芙蓉必须把你的儿子还给我们，要她保证从今以后不再和儿子见面，用你们的儿子来换她的命。

安妮，这是万万办不到的，我不会这么做！

那她只有死路一条了！

一瞬间，曙光仿佛置身于法庭上，芙蓉像他今天审判的女犯人一样站在审判席上，一脸的委屈，一脸的绝望。曙光害怕了，如果真是这样，他宁愿自己替她去死。

他仰起脸来看安妮，他看到安妮一脸恶毒的笑。

曙光彻底被安妮的恶毒激怒了，他来不及站起来，奋力用头向安妮撞过去。

安妮被撞倒了，头重重撞在墙上，接着摔倒在地上。

曙光立起来，坐在沙发上，盯着安妮。对她说：安妮，我已经非常对不起芙蓉了，因为我的原因，你才会肆意诬陷她，要将她置于死地，我又怎么能容忍你这么做？安妮，你只知道我爱她，却不知我爱她有多深？她就是我的灵魂，离开她以后，我只剩下一个躯壳。和一个躯壳生活在一起的感觉，你已经尝够了……

他见安妮哼都没有哼一声，不由紧张起来：难道她气绝身亡了？

他摸摸安妮的脉搏，还有轻微地跳动。

曙光本能的反应是：我不能救她，死活由她去吧。

就在这时，他看到安妮睁开眼用手指着沙发上的公文包，好像要抓住它。他打开胀鼓鼓公文包一看，原来是芙蓉的案卷。

这一下，他不由怒从心头起，恶向胆边生。他拿过沙发上的枕头盖住安妮的脸，心里面说：只有让你去死了！

当他确认安妮已经死亡时，心里踏实了。

他拿起电话：袁权，能过来一下吗？我把安妮杀了。

68

　　黄昏，是北京城最美的时刻，夕阳里，古朴庄严的城楼沐浴在金红色的霞光中。渐渐地，几颗明亮的星星隐隐约约在城楼上面闪烁，与绚丽的晚霞相映生辉。不久，满城的星星闪烁起来，瑰丽如彩霞的霓虹灯成就了北京城傍晚的华丽风景，灵动活泼的城楼如剪影般定格在天幕中，美丽得摄人魂魄。

　　此时，也是北京最热闹的时候，大街小巷人头攒动，那些刚刚下班的人，骑着自行车，自行车上搭着个菜篮，灵巧得像一条蛇，穿梭在密集的人流中。

　　向芙蓉从自行车上跨下来。她把自行车锁在车棚里，从后座上提起满满一篮蔬菜，满脸笑容和看守车棚的大爷打过招呼后便向家里奔去。

　　多年来，向芙蓉过着忙碌而淡定的生活。每天下班后，她骑着自行车，车上搭个菜篮，穿过熙熙攘攘的人流，采购着一天的食物和日用品。她购买的食物一定要营养搭配好，鱼要活肉要香，蔬菜要鲜嫩。

　　从医院骑车到家大约 40 分钟，一路上买菜要又花掉 40 分钟，下午 5 点半下班，到家总是夜幕降临。当然，有时会遇上急诊病人，她只能打电话要儿子早点回家。从早上离家到这时候差不多十二个小时，一平早该换洗了。护理好一平，一直是芙蓉一天中最最重要的事情。

　　推开门，一平已在屋里等候着她。给丈夫一个拥抱和一个热吻已是她和丈夫见面时必不可少的，有时还会拥抱一小会。

　　一平总会问：亲爱的，今天病人多不多？要不要先休息一会？

　　芙蓉会说：不累，先帮你擦洗干净，我再休息。

接着，她把一平推进盥洗间，用最大的力气将他背起来，安置在专门为他定制的椅子上。她帮他换下臭烘烘的尿布，从头到脚为他擦洗干净，再帮他穿上干净舒服的睡衣，系好尿布。把他背进书房。

这些年来，一平吃着芙蓉为他搭配的饮食，按时运动和按摩，一直保持着年轻时的体型，显得健康而且比实际年龄年轻得多。

芙蓉也像年轻时一样的苗条和漂亮，而且，在她身上越来越多学者的气质。接下来她更忙碌，晚餐总是一天里最丰盛的，她要做白米饭，还要做丈夫和儿子最爱吃的青椒炒牛肉，素菜和鲫鱼萝卜汤。

就在这时，雨顺打电话来了。

妈，你在忙吗？我想提前给你和爸爸一个惊喜，今天下午我通过了哈佛大学的面试，我想，去哈佛留学应该通过了。

真的，太让人激动了，儿子，祝贺你！

芙蓉对着书房喊：一平，我们的儿子通过了哈佛的面试！

一平立即用手摇着轮椅出来，说：别挂电话，我也跟他说几句。

可是，儿子已经把电话挂了。

一平有点遗憾，忽然想起一件事来，对正在厨房忙碌的芙蓉说：就在你回来之前，袁权打过来一个电话，语气不怎么好，他要你回家后立即给他打电话。

什么事这么急，为什么不先给你说说呢？

一平说：为什么要给我说呢？要你打电话就打呗。

芙蓉说：什么事也没有吃饭重要，吃过饭我再给他打电话。

当香喷喷的晚餐摆上餐桌时，雨顺回家了。

爸爸、妈妈，我回来了！

一平和芙蓉立刻回应：回来得正好，在等你吃饭哩。

雨顺是一个英俊的有点稚气的大男孩，宽而明亮的额头上反射着太阳的光辉。鼻梁高而挺拔，五官端正，皮肤白皙，最吸引人是那双和妈妈长得一模一样的眼睛。他一跨进家门，家里就充满青春和活力。欢乐和甜蜜荡漾在家的每一个角落。

雨顺说：老远就闻到了香味，妈，你又做什么好吃的了。

接着走到餐桌前，眼睛盯着桌子。

男孩子总是特别馋，雨顺也一样，他一边说着一边伸手去拣碗里的爱吃的菜。

芙蓉笑着说：都这么大了，还不知爱干净，手还没洗就去拣菜吃，让人看见了，会说你欠教养。

雨顺说：爸爸从没说过我，就妈嫌弃我。爸，你说是吗？

一平在一旁笑呵呵地看着儿子，好像永远也看不够似的，他说：你妈说得很对。

雨顺故意说：你们俩总是一条心，我好孤独哟！

芙蓉说：别贫嘴了，吃饭吧！

一家人围坐在餐桌旁，一平一边吃一边问雨顺哈佛面试的事，雨顺一一回答，所有的答案都让一平十分满意。一平说：儿子啊，你已经胜过老爸我了，真是长江后浪推前浪，一代更比一代强，这也是老一辈最大的心愿啊！

雨顺真诚地说：感谢爸爸多年来的培养，没有您的耐心教诲，就没有雨顺的今天，妈妈说，是你改变了她的命运，所以，我特别感谢您。

一平说：儿子，你说错了，你妈妈给了我新的人生，应该感谢的人是她。

吃完饭，雨顺推着一平出去散步，从雨顺十岁起，推着父亲出去散步是他一天里最重要的功课。

芙蓉说：今晚你俩散步想去哪就去哪，不必等我，我要给袁叔叔打电话，等打完电话我会来找你们。

接着，芙蓉用深情的目光送走他们父子，二十年来他们就是这样用爱相伴。

69

　　我正焦急地等待芙蓉的电话，电话铃终于响了。芙蓉在那头说：什么事这么神秘，说吧，就我一个人在家。

　　我说：芙蓉啊，你不要说话，仔细听好我说的每一句话。昨天夜里，我接到曙光电话，他要我赶紧去他家。我去了，曙光递给我一个公文包，告诉我，他把安妮杀死了，他要我拿着公文包赶快走。

　　芙蓉说：别吓唬我！

　　我接着说：今天，公安局已经将安妮的尸体进行解剖，而张曙光因自杀未遂，还在抢救。重要的是到家后，我打开公文包，才知道曙光为什么要让安妮去死。原来安妮的公文包里，装着她调查"土岩寨失踪案"和"周凤姣枪杀案"的所有笔录。她把你锁定为犯罪嫌疑人，不管你是不是，都要将你置于死地。

　　芙蓉在电话那头发出轻轻的声音：啊。

　　也许，他们为你而大动干戈。安妮一直患有心脏病，只要曙光轻轻推几下，就会倒在地上。倒在地上的安妮没有得到及时抢救，就死了。

　　曙光也许知道自己犯了哪条律法，畏罪自杀，也许是因为心理崩溃而自杀。我要说的是，我不知道安妮是否将她的调查向检察院汇报，除了她还有谁和她一起办案，这两个案件是否已经重新立案，接下来我只能赶紧去暗中了解。

　　我担心的是，如果你已经成为侦查对象，那么会对你进行一系列的调查，也许会找你谈话，你要有个心理准备。办案人一般会从离案件很远的细节问起，抽丝剥茧，绕一个很大的弯才让你看到主题。到了这一关就是威逼恐吓了，说什么你的罪行已经被掌控，只等你交代罪行，什么坦白从宽，抗拒从严之类。其实，安妮什么证据也没有，只是从犯罪动机，犯罪条件和犯罪时间上去捕风捉影。所以，你一定要沉得住气，不管他们说什么，你都不要相信，只相信自己是无辜的，是清白的，什么罪行都没有。芙蓉，安妮在案件中提到一支自制手枪，她怀疑是一平制作的。万一他们把枪放在你面前，你一定要否定，要沉着冷静，否则会将一平扯进案子里。他是个对国防事业有重大贡献的学者，一旦惹上官司会名声扫地。我相信你们是清白的，这几天我会以朋友的身份去打听曙光的消息，有了曙光的消息，我会再给你电话，再见。

芙蓉放下电话，头脑一片空白，十几年过去了，她曾经的负罪感渐渐淡然，今天又重新闯入，令她的心一阵阵发抖。更让她窒息的是曙光，曙光杀妻，自杀，都是为了她，这是一份多么沉重的罪孽和深沉的爱啊！

芙蓉想：因为茉莉的死，已经死了二十八个人。昨天又有安妮为她而死，而第三十个将是我的爱人曙光。

明天，我又会遭遇什么？我需要去自首吗？

芙蓉努力让自己镇静下来，细细回想当年作案经过。

70

那是 1975 年的 4 月 4 日，连续下了几场春雨后，天还是黑沉沉的，几步外便看不清人影。早餐后，雨竟越下越大。

芙蓉认为这是个复仇的好日子。

她从屋里拿出军用挎包后，看了看黑仔，心里一阵激动扑进一平怀里。那是她第一次吻一平，吻过他的额头他的脸颊将火热的唇压在一平的唇上。一平也紧紧拥抱着她，吻她，似乎知道她要去做什么，在她耳边说：去吧，一定会成功的。

那是他们最悲壮的告别。不再迟疑，不必伤感，芙蓉毅然转身穿上雨衣，跨上单车消失在烟雨中。

石头街连接中央大道和红新路。芙蓉家住街头，走过第三中学和五金厂的围墙便是周凤姣的家。那本是一个资本家的小院子，70 年资本家被遣送乡下，居委会主任周凤姣便住了进去。

芙蓉站在自家门口等着周凤姣下班。雨越下越大，要是 11 点半周凤姣还没回家，就要到她家去看看，还有十分钟。雨就像水帘隔断了人们的视线，芙蓉带上黑色手套，背过身子从挎包里取出手枪放进雨衣口袋，在雨中搜寻人影。

据她所知，周凤姣的大儿子当兵在外，小儿子读高中，在校寄宿，丈夫恨她偷人，不与她一起过，平时她一人在家。调区委后，她主管街道工厂，一天到晚无所事事，东游西荡，每天中午早早回家吃饭睡觉。周凤姣常与人说她过的是神仙日子。

11 点 25 分，还不见周凤姣的影子，芙蓉推着单车往她家走去。忽然有人撞了她的单车，一个熟悉的声音大声呵斥：闪开点！

芙蓉赶紧低下头往街边走，她看见周凤姣打着伞从她身边走过去。于是放慢脚步跟着她。

到了家门口，周凤姣收了雨伞，用钥匙打开大门。芙蓉丢下单车一个箭步冲上去，用身子将周凤姣撞进门里，周凤姣还没看清是谁，头上就中了一枪，她应声倒在地上，血从额头上喷出来。芙蓉对着她的左胸又打了一枪，这才退出大门。她从口袋里掏出事先准备好的铁锁把门锁上，跨上单车向周美姣家驶去。

中心百货公司的家属院就中心百货旁边的巷子里。芙蓉把单车停在百货公司的屋檐下，雨水从屋顶泄下，瀑布般飞溅，把单车冲洗得干干净净。

芙蓉顺着围墙走进家属院的厕所，院子里鸦雀无声，因为风雨交加，家家门窗紧闭。

厕所里没人，芙蓉赶紧从挎包里取出一大块黑色的布将枪一层层包紧。厕所的对面是一排煤球屋，门上写着职工名字。芙蓉早就踩过点，周凤姣的煤球屋在厕所的对面。

芙蓉走向对面，浅灰色的雨衣被雨水淹没了。她掏出万能钥匙打开小木门把包裹着手枪的黑布团塞进杂物里，再把门锁上，然后冒着瓢泼大雨，从容走出百货公司家属院。

她骑车驶过邵河桥，往左拐进紧挨邵河的中河街。这是宝庆城的商业街，商铺多，还有一家电影院。

中河街地势低，七十年代的宝庆城没有下水道，雨水污水从高处冲下来，淌过中河街流进邵河。

此时，中河街的几条通向邵河的小巷已成了排水沟，污水从石阶上哗哗流入邵河，染黑了河水，散发出腥臭的气味。

芙蓉扯下手上的黑手套丢进污水里，看着它被污水推着流入河里。她转身走进商场，在那儿买了一件浅蓝色的雨衣，然后推着车继续往前走。

学校正巧放中午学，街上的行人一下子多了，大家打着伞，匆匆忙忙地从她身边走过。芙蓉走得很慢很慢，似乎被大雨浇得难以行走，直到那些匆匆赶回家的人走得差不多了，她才把单车停在一条巷口的屋檐下，脱下脚上吸满雨水和泥浆的布鞋和袜子，将它们扔进小巷里，看它们被污水冲入河中。接着从挎包里拿出一双水靴穿上，脚立刻舒服多了。

再往前到了邵河与资江的交汇处，芙蓉在一条奔流着污水的下水道旁停下来，脱下塑料雨衣，将它扔进下水道中。瞬间，湍急的水流将雨衣冲到资江的旋涡里，在污黑色的江水中翻动着，随即消逝。

芙蓉穿上新买的雨衣骑车前行。到了资江桥的桥洞下，她停下来，取出毛巾将单车擦得锃亮，没有水渍，更无泥浆。感谢老天，感谢这场大雨，让一切变得完美无瑕。芙蓉深深吸了口气，仰望上空，一种从未有过的轻松的感觉让她热血沸腾。

天空上仿佛出现了妈妈和茉莉的脸，脸上有久违的笑容。芙蓉对着天空轻声说：妈妈、茉莉，我开了两枪，一枪为妈妈报仇，一枪为茉莉报仇，但愿你们真能在天上看见。一切这么顺利，一定是你们的灵魂在帮我。

芙蓉这么想着，铆足劲踩着单车，飞快地向一平家驰去。

那天晚上，一平打开家里珍藏多年的香槟酒为她庆贺。

周凤姣的死是几天后才发现的，虽然她流了很多血，但血都被雨水冲走了。雨水也冲走了作案者所有的痕迹。没有目击者，也没找到线索，一个月后才在周美姣的煤球屋里搜出作案手枪。

71

十五年过去了，周凤姣枪杀案也快过了追诉期。为什么此时此刻案件会落到安妮手中，让她成为芙蓉的追命阎王，天意吗？遇到一平是她一生中最大的幸运，让她这个命运的弃儿成为今日的白衣天使。为了正义，一平帮她复仇，怎么能让一平成为此案的罪人？曙光为救她杀妻自杀，她怎么能让曙光为她而死？她要守护在曙光身边，将他救活，可曙光此刻在哪里，又怎么去拯救他呢？。芙蓉的心几近崩溃。

正想着，一平父子回来了。看到芙蓉泪流满面脸色苍白，一平焦急问道：芙蓉，你怎么了？发生什么事情了？这一问，芙蓉反而悲从心来，哽咽得说不出话来。

一平把轮椅摇到芙蓉身边，为她拭干泪水，说：宝贝，别难过，慢慢说。

芙蓉抬起泪眼把袁权的话一字不漏地说出来。并简短地说出她与安妮的爱恨情仇。

一平，我该怎么办？明天，也许今晚我就会被捕，我该怎么办呢？我要是去自首，就会把你扯进来。就算你没事，我肯定会判刑。我要是入了监狱，你怎么办呢？谁来照顾你？我们的儿子还能去哈佛留学吗？

一平沉思了一会，说：不会的，不会这么快，案卷在袁权手中，还有转机。如果真的到了那一步，你可不能认罪，你要是认罪了，我们这个家就完了，雨顺不能去哈佛留学了，袁权知法犯法也会坐牢。至于那枪，我只是将气枪简单改装一下，工厂有经验的钳工，乡下会制作火铳的农民都会做，不是只有我会做，玩过枪的人都知道。你只要咬紧牙关不承认见过它，我们就有救。

芙蓉稍一冷静就明白，她认罪了大家死，不认罪，就算把牢底坐穿也只是她一个人的事。

一平语重心长地说：芙蓉啊，当年爸爸去土岩寨报仇雪恨，他拖着病弱的身体，冒着可能死去的风险，一人将二十五人骗进矿井，并毒死了他们，那是多么大的智慧和勇气啊！你家两条人命，让他们赔了二十五条人命，值啊！如今到了节骨眼上，你自首救不了任何人，明白吗？

是的，我只能斗智斗勇。唉，当年县革委和公安局能秉公办案，该杀的杀，该判的判，也不至于死二十五个人啊！一平，我常常问自己，我怎么就成了杀人犯？而且杀了那么多的人。这到底是我的原因还是这个社会的原因？

芙蓉，过去的就让它过去，今晚好好睡一觉，明天又是新的太阳。

一平，如果曙光活过来，我把雨儿还给他，让他们父子团聚，你会同意吗？

芙蓉，雨儿快是成年人了，我们让他自己选择。也可以让曙光和我们住在一起，三人行也是美事。

72

情为何物？梦里寻它千百度，

痛苦、挣扎、虚无、屈服。

蓦然回首

突然面对坟墓。

我冷眼向过去回望，

只见蜿蜒曲折的悲喜，

消失在亘古不变的死亡之路。

当我来到曙光的病床边，曙光刚刚咽下最后一口气。

曙光是吞安眠药自杀的，死前留下了遗书。医生翻看他过去的病历，原来几年前他就患上了抑郁症。没有悬疑，病痛的折磨是他自杀的原因。安妮的死因也已查明，心肌梗死。

治丧小组立马成立了，明天上午举行遗体告别，然后将夫妻一起火化，让他们生生死死在一起。

曙光多次对我说过，他死后将遗体献给首都人民医院做标本，只有成了标本，他才能在京城的空气中捕捉到芙蓉的气息，重温鸳梦。可惜，到了明天他的这一遗愿再也无法实现了，真是缘分太薄啊。

我作为曙光好友，列席参加治丧小组，今晚我要为曙光守灵。

曙光的死，令我极为悲痛，我们曾一起走过长满青苔的路，我们摔倒过，但爬起来继续走。我们过得很苦，但很快乐。人生的路很漫长，关键处那几步：结婚、死亡。他怎么都走错了呢？是命运安排的吗？芙蓉比我更悲痛。尽管曙光对不起芙蓉，芙蓉却深爱着曙光，痴情不变。我不知该不该让他们再见一面。犹豫再三，还是拨通了芙蓉家的电话。

芙蓉这一晚辗转难眠，一阵阵心疼让她备受折磨。忽然电话响了，她拿起话筒，听到袁权的声音。

芙蓉，告诉你一个不幸的消息，曙光走了……如果你想见曙光最后一面，我开车来接你。

我一定要去见他……

芙蓉放下电话，悲痛袭来肝肠寸断，那痛彻肺腑的感觉令她蜷缩在床上，连呻吟的力气都没有。

零点，我来到芙蓉家，把悲痛欲绝的芙蓉抱上车。芙蓉在我的耳边说：把雨顺叫去。

曙光躺在冰冷的玻璃棺里，面容安详，甚至面带微笑，就像睡着了。

曙光，我来看你了。你的儿子雨顺也来看你了。芙蓉伏在曙光的棺盖上悲恸地说。

曙光呀，有多少次我想带着儿子去找你，我想我们三人聚一聚，哪怕是喝一杯咖啡，可惜，这个愿望再也不能实现了。曙光，我爱过你，恨过你，爱过恨过，你仍然是我的唯一。我感谢你给我一个儿子，感谢你成为我的丈夫。感谢你为我而死。曙光，你可记得我们新婚之夜，还有那刻在树上的誓言。你可记得我们被追捕，只好劳燕分飞，不料这一别竟成永诀。有多少回，我在梦里与你邂逅在北京街头，我是何等的惊喜。可是，我们相爱这么深，缘分却这么浅……。你是我一生唯一以身相许的男人，那种血肉相融的亲情，你是否感觉到了……

雨顺从不知道自己的亲生父亲是谁，天生的血缘让他在看到曙光后陷入悲痛之中，原来爸爸这么年轻这么英俊，还这么有学问，只可惜父子无缘，自己从未叫他一声："爸爸"。

不管芙蓉多么悲痛，多么留恋曙光，在治丧小组快要来到之时，我还是送她回家了。

芙蓉在做最后的告别时说：曙光啊，今生已是阴阳两隔，来世若是有缘，千山暮雪，万里层云，终会相逢。我相信来世还会遇到你，来世你我生生世世在一起。

当空荡荡的追思堂只剩我和曙光时，我痛苦地感到曙光的人生竟是一场无尽的凄凉，他常跟我说，他每时每刻都在思念芙蓉母子，忏悔撕裂着他的心灵，让他的灵魂和肉体漂浮在两处。对于儿子，他更心疼，甚至觉得无颜相见。二十多年来我与曙光休戚相关情同手足，我相信他的每一句话。我害怕他会打扰芙蓉平静幸福的生活，从不把芙蓉的任何信息透露给他，就这么残忍地对待自己的好朋友。如今四十五岁的曙光走了，"从此世上再无君"，英年早逝，真是太令人惋惜了。

　　人生真是无常，我见证了曙光与芙蓉的纯真爱情，见证了他们的不幸与不屈，见证了他们相思与相恋，见证了曙光为芙蓉去死的决心。我也见证芙蓉的坚贞与悲痛，见证了他们的结合，见证了曙光的死亡。而今芙蓉万箭穿心，曙光安详地躺在棺材里，什么都不知道。我想起《红楼梦》的诗："若说没奇缘，为何今生偏又遇着他，若说有奇缘，为何心事总虚化。"曹前辈一个"缘"字真是道破世上多少事！有多少红男绿女相遇红尘，有缘无份。有多少有情人结缘江湖，又各奔东西。有多少姻缘，守不得繁华，耐不住寂寞，终将离弃。有多少神仙眷属，命薄缘浅，英年夭折。没有缘分又怎么能白头偕老，没有缘分又何必痛苦一生。

　　释怀，释怀才是走出痛苦的抉择。

　　释怀吧，芙蓉。

　　释怀吧，所有有过美丽恋情的知青们。

后　记

　　本故事纯属虚构，如有雷同也在情理之中。龙应台说："一个时代，一个社会，很可能有负于一整代人，欠他整个回不来的青春，而且绝对无法偿还。"假如我们生活在同一时代，同一社会，接受同一教育，经历同一遭遇，那么，国家欠我们整个回不来的青春和经历也会相似。虽然我卑微到连敌人都没有，但我还是在迟暮之年，把生活的碎片拾起来，拼成一幅图，还原当年的真相。这图中有我，有你，有整个一代把美好青春失落在大山、田野、荒漠中的知识青年。

　　冷雨飘过，清风拂过，风雨承载过我们的悲欢离合。见过春花的惊艳，有过秋叶的落寞，留下了我们朴实的生活痕迹。走过山重水复的流年，修得心淡如水，才敢面对人生。我用我的一首诗结束这个故事吧。

　　　　《那年的风》
　　　　那年的风，
　　　　吹过没有结局的恋情。
　　　　没有惊醒的梦，
　　　　是你留给我的回忆。

　　　　泪已流尽，
　　　　依旧那么傻那么痴情。
　　　　总想问你一句，
　　　　你到底爱没爱过我？

　　　　我等待与你白发偕老，
　　　　你却离我远去。

我不再寻找你的踪迹，
因为我已看破红尘。

2014 年 12 月 20 日
品华

写给 40、50 年代的人们

煮一壶香茗，
等一朵红梅绽放。
读一本闲书，
送走浅醉的时光。
吟一首小诗，
答谢浮世的凉薄。
剪一缕光阴，
那是我们的曾经。

从起风的清晨到落寞的黄昏，
不知是谁走进谁的梦里。
春花秋月红尘滚滚，
不知是谁推开谁的心扉。
命运的交响曲成就生命的史诗，
岁月的清苦演绎风雨禅说。
往后的余生相伴云静山青，
不要问岁月还有几许。

2019 年元月 7 日 7 时
品华感言

www.ingramcontent.com/pod-product-compliance
Lightning Source LLC
Chambersburg PA
CBHW061516020726
47502CB00006B/2095